麻辣人世間

張家渝／著

一個大陸青年的
社會觀察筆記

愛這個世界，
雖然它不夠完美。

──獻給我的青春歲月

插畫：王嘉驊

⬛ ⋅ ⋅ 目次 ⋅ ⋅

A面　人生的向度

學術研究要不要「政治正確」？──一個青年的苦惱 3

臉紅 7

當車馬費成了問題 9

致命的老鄉 11

有多少人讓你一生銘記 13

非典時期的怕和愛──一個研究生的日記 17

重裝人生的作業系統 27

不缺時間的中國人 29

你的品牌烙印在哪兒 33

說歧視 35

我為什麼反對向領導人下跪？ 37

被動 39

論研究生導師制應該緩行 41

上學就像喝醉酒 49

偉大的作品 55

缺乏常識的人 57

人人都當公務員？ 59

《油漆未乾》：我們都給異化了 61

一個平民的格言──卅年頓悟錄 63

一個非「兩會」代表的N個提案 65

B面　旅途的風景

閒話重慶人的語言 69

閒話重慶人的語言：重慶語言中的「吃吃喝喝」 71

閒話重慶人的語言：腦殼 73

閒話重慶人的語言：金錢的別名 75

閒話重慶人的語言：看稀奇 77

閒話重慶人的語言：堂客別說 79

閒話重慶人的語言：「落地桃子」隨想 81

閒話重慶人的語言：鏵口與耙子 83

閒話重慶人的語言：洗白 85

閒話重慶人的語言：割裂與決架 87

重慶，重慶，我又愛又恨的重慶 89

北京：自我放大的城市 95

北京人的北京？ 99

武漢，武漢，大武漢 101

赴台旅遊的荒謬規定 107

昆明印象記 109

隆中記 111

體驗苟各莊 113

雨中登古長城 121

還有哪一個行業沒問題？ 125

國慶閱兵給誰看？ 127

多難一定會興邦嗎？ 129

淚別或吻別──獻給高校畢業生 135

一場公開的北京毆打事件 137

在中國，死是容易的 139

《孔雀》：那些草根階層的愛恨情仇 141

顛沛流離後的親情之美——評電影《我的兄弟姐妹》 145

《金剛》：人獸情未了 147

母親 149

姑父 151

紀念唐安全君 153

晚安，我的民工兄弟 157

C面　媒體的批判

崔永元：要革誰的命？——兼評崔式市場策略 161

芮成鋼：人格分裂的央視主持人 171

媒體紅人于丹的「小事」 175

《新聞聯播》是為人民服務的嗎？ 179

誰有資格把《同一首歌》搞爛？ 183

《南方週末》有多少「逼」可以用？ 191

歐巴馬接受南方週末專訪註定載入中國新聞史 195

我們為什麼愛鳳凰？——為鳳凰衛視九週年而作 199

娛樂新聞滿天飛　怎樣讓我們相信？ 205

娛樂新聞：炒作式生存 207

誰關心王菲生不生？ 217

廣播：心靈的毒藥 221

中國電視：做假者生存 225

「很黃很暴力」背後有深意 233

為什麼是媒體？ 235

木子美現象的反思 237

玩弄媒體是容易的 239

腦白金廣告狂播有原因 243

「負面」的標準由誰定？ 245

狗一代———一個新階層的誕生......247

吹哨人與社會良性運轉......251

奧運開幕式評論：勿害孩子 救救大人......255

讓北大三角地消失沒道理......257

湯唯被封殺與中國口頭政治運行體制......259

「敏感」的中華文化標誌城......261

D面 男女的秘密

閒話女人......265

閒話男人......271

《雷雨》：只有一個男人是好的......279

一個憂怨的女子......281

你手機裡都有什麼短信？......285

一個熟悉女人的來信......289

男女的選擇......293

此文獻給美女 WIND......295

我們熱愛校花兒的九大理由......299

女人抽煙......301

求婚被拒的十大理由......303

下山，下山，愛......305

走了那麼遠 尋找一雙眼......307

情詩不斷......309

A 面　人生的向度

學術研究要不要「政治正確」？

——一個青年的苦惱

　　最近聽了幾場朋友的博士學位論文開題報告會（亦即可行性論證會），有一些驚訝的發現。不少專家在提意見時，會很善意地提醒說，「你這個提法不太好」或者說「這種題材不要碰」。他們甚至當眾說，做中國做論文總得講「政治正確」。這實在讓淺薄的我莫名驚詫。

　　比如一同學準備寫拉美國家媒體在民主化進程中的作用。那為什麼研究這個題目呢？他的說法是在給學生上外國新聞史課程時發現資料奇缺，所以想填補一下空白。當然，在座的不少人也有疑問，在該博士論文中為何不涉及一章，專門講它們對中國的啟示。該同學的名師立馬自嘲說，「還是以為教學需要而作這個理由好些。免得政治不正確」。

　　博士學位論文的寫作其實只算是小範圍裡傳播的寫作行為，成稿後大多只是作者本人、導師和學校圖書館各存一份了事，外人很難一睹真容。好一些的會在中國知網這樣的專為研究者服務的機構供人付費下載，傳播的範圍也不會太大。說得樂觀一點，一份博士學位論文，如果不經成書出版，讀者應該難以突破一千人次。但就是這樣小範圍傳播的作品，依然有著「政治不正確」的禁忌，面臨「自我審查」的處境。

　　翻開中外歷史，我們會發現，思想自由總是推進社會進步的重要力量。而宣揚言論自由、出版自由的諸多著作成為人類珍貴的文化遺產，也指引著人類的方向。英國的約翰‧密爾 1859 年所著的《論自由》中，列有專章《論思想自由和討論自由》，「迫使一個意見不能發表的特殊罪惡乃在它是對整個人類的掠奪，對後代和對現存的一代都是一樣，對不同意於那個意見的人比對抱持那個意見的人甚至更甚。假如那意見是對的，那麼他們是被剝奪了錯誤換真理的機會；假如那意見是錯的，那麼他們是失掉了一個差不多同樣大的利益，那就是從真理與錯誤衝突中產生出來的對於真理的更加清楚的認識和更加生動的印象。」（商務印書館 1959 年 3 月第 1 版，p.19-20）同樣，伏爾泰的「我不同

意你的觀點，但我誓死捍衛你說話的權利」則在中國大行其道，讓大家認識到寬容的真義。

在中國，國學大師陳寅恪追求的「獨立之精神，自由之思想」仍為知識分子認可的高標；蔡元培在北大時的辦學方針是「相容並包」、「思想自由」八個字，所以在師資力量上不但聘請了陳獨秀、胡適、李大釗、錢玄同、劉半農、周作人等一批新文化運動的健將，還有一些學術上有造詣但政治上保守（甚至主張君主制）的學者，如辜鴻銘等人。正因開放的心態，北大才有當年的輝煌和美談。

同樣，在中國共產黨的歷史上，領導人也曾積極倡導思想自由。1956 年 4 月 28 日，毛澤東在中共中央政治局擴大會議上提出：百花齊放、百家爭鳴，應該成為我國發展科學、繁榮文學藝術的方針。「百花齊放、百家爭鳴」不僅是中國共產黨領導文學藝術的基本方針，也是黨領導科學研究工作的基本方針。雖然 1957 年毛發動了反右運動，但「百花齊放、百家爭鳴」仍是一個應該堅持的好方針。時任中宣部部長的陸定一曾在 1956 年 5 月 26 日作了題為《百花齊放，百家爭鳴》的講話，闡釋說要「提倡在文學藝術工作和科學研究中有獨立思考的自由，有辯論的自由，有創作和批評的自由，有發表自己意見的自由。」這應是「雙百方針」的真義。

時下，中國又開始了新一輪解放思想的浪潮。鄧小平曾說過：「我們黨的十一屆三中全會的基本精神是解放思想，獨立思考，從自己的實際出發來制定政策。」天下共見，正是在這一精神的指引下，中國取得了舉世矚目的成績。可在社會科學領域，又有多少人是秉著「不自由，毋寧死」的決心在做學問呢？這些年又出了多少「解放思想」後的著作呢？

不少所謂的知識分子循著「政治正確」的路徑做學問，當然成果與陳雲同志晚年留下的 15 字箴言：「不唯上、不唯書、只唯實，交換、比較、反覆」差距太遠。追根溯源，「政治正確」本是美國 19 世紀的一個司法概念，主要是指在司法語言中要「政治正確」，即「吻合司法規定」或「符合法律或憲法」。然而這一司法概念到了上個世紀 80 年代，卻逐漸演變成為「與佔壓倒性優勢的輿論或習俗相吻合的語言」。只是這概念在中國落地之後，開出醜陋無比的花來。

　　所以在學術界，「學術無禁區，學者有禁忌」或「學術無禁區，宣傳有紀律」之類的「潛規則」成為眾多人心目中的思想準繩，於是在他人審查前卻「自我審查」起來，這樣下來的結果是，一團和氣，只求安全，不求創進了。雖然本文是以博士學位論文為由頭，但與之相關的一個大問題是，一些譯著甚至中國學者自己寫作的書大陸出版後常常有「本章有刪節」的字樣。讀者諸君若有興趣，可以翻翻查建英的《八十年代訪談錄》（三聯書店 2006 年版）裡有多少人的訪談內容被聲明「有刪節」。而最大的問題是，刪節的理由沒有說，讀者也無從知曉。

　　從小範圍的研究到大面積的出版，都有一些內心「警戒線」，讓矢意以研究為志業的我等後進來說，實在是如頭上立一把達摩克利斯劍，時常有畫地為牢之感。1980 年 5 月，讀者「潘曉」一封名為《人生的路呵，怎麼越走越窄》的來信發表在《中國青年》雜誌上，這是一個二十三歲青年對徬徨人生的傾訴。快三十年過去了，我也這個青年也大膽說出這一點小小的苦惱，讓大家討論討論，也算是為解放思想提供一盤開胃菜。

2008 年 7 月 12 日作

載《中國青年報》2008 年 7 月 15 日，見報時有刪節

臉紅

閒來無事，託人在某市廣播電台謀了個實習機會。之前我靜下心來讀了一個月的新聞類專業書籍，自認為可以派上用場了。電台新聞中心的領導挺重視，把我指派給一個專跑時政的老記者L，讓我跟著她實習。

L每天的主要任務是盯緊市委的動態，市委書記上哪兒了，市委及各部委有何動靜，都得時刻關注著，並得在第一時間準時「在現場」。也難怪，作為黨和政府的喉舌，這些新聞不成頭條，誰成頭條？

在兩週的實習時間裡，我跟L列席了兩次新聞發布會。第一次是由於某報業集團為慶祝五十誕辰要舉行一系列的文藝演出，所以請同行們多一些鼓與呼。去簽到時，迎賓小姐給了L兩個信封。剛坐下來，L給了我一個信封（大約覺得自己全得了不太好），我推遲了半天，難卻盛情，還是收下了。後來一看，裡邊是現金一百元。會後，組織單位讓各媒體的記者們吃了一頓「便飯」，各領導紛至遝來，敬酒致謝。就這條新聞，電台發了一條近兩分鐘的短消息，後來的文藝演出也是以短消息來報導的。報業集團的某某說，大家都是宣傳戰線上的，要互相幫助云云。

某部門策劃了「愛心資助」活動，主要是號召大夥兒捐錢來讓特困職工家庭的子女能順利地去上大學。新聞發布會主要就活動的意義、實施方案等問題給各媒體通了氣。我大膽地提了一個問題：捐贈的錢怎麼用是否會公開化？組織者說捐贈人可以選擇指定受贈人，也可由組委會來安排。我感覺有些答非所問，就沒再問下去。不過就這次「愛心資助」活動，我寫了一條短消息加一千多字的新聞背景。這次發的紅包裡裝了五十元，記者來了近二十人，不清楚這筆錢是不是在捐贈費中列支。有意思的是隔了幾天，某退休老幹部在病房裡要捐款，L和我也受邀去了，某報社攝影記者迫不及待，組委會工作人員也溫婉要求先把「捐贈儀式」進行了再說，於是老頭數了一千元出來，並說不要報真名

出來，因為老伴都不知道呢。餘者皆大歡喜，大夥兒一會兒就作鳥獸散，組委會沒有出任何收據，只是去的時候帶了一籃花而已。同行的一名記者搭車出醫院幾分鐘後，決定返回去採訪老幹部，大家一致認為，她應是實習或見習記者。

市委宣傳部組織的「三個代表」宣講團圓滿結束，所以在黨校就有了個總結會。L 沒空，就派我去了。記者不到十人，坐在靠門的兩排位置。黨校的一個大姐拿了一張紙讓記者簽到，她懷裡抱了不少於四十張的五十元人民幣，簽一下就抽一張錢出來。有一個報社的記者後來，帶了一個實習生，挺清純的女孩，一看就知道是學生。她簽了字後，大姐給了她兩張五十元鈔。她的臉「刷」地紅了，然後將錢放在抽屜裡。她的老師倒是有些不屑，待她坐到他旁邊時還耳語了一陣，不久脫了鞋把臭腳放到了她的抽屜箱下。一問他，才知道他在日報社已幹了七八年了，實在是「老痞」一個了。

後來我就想了，為什麼自己不會臉紅呢？是閱歷太深嗎（幹藥品銷售兩年多，都是給人送錢）？還是道德淪喪到向錢看？可能都有一點吧。在吾鄉，對錢的理解有經典的形容：掙錢如針挑土，花錢如水沖沙。今年，父親五十多歲了，還執意要與瘦弱的母親「自力更生」地收割稻穀，因為如果承包給人的話，一畝地要一百元，而這樣下來一畝稻田的純收入也不過一百元。想到這，我很難過。

吾鄉的人還總結說：費力的不掙錢，掙錢的不費力。誠如斯言，那麼我為什麼要臉紅呢？

2002 年 8 月 18 日於山城

當車馬費成了問題

「上週六的那事兒真的發不了麼？」這是伊打來的第 N 個電話。得到否定回答後，伊稍後又來電斷斷續續地說，「我向領導彙報了此事，你把上次我們給你的車馬費還給我們吧。」

我答應了，其實也只是兩百塊錢的事。但這卻是我做記者以來遇到的首宗要求退還車馬費的事情。雖然自己已經寫了稿子，但由於部門編輯的原因沒能見報，對我來說，退錢也沒有什麼可說的。我以前也有過拿人通路費未能見報的「前科」，只是每一次內心總是不安，卻沒想到過退錢的這一好舉措。

做娛樂記者兩年半了，我發現在這一領域裡跑新聞，大多數屬於產品宣傳類的，而產品包括電影、電視劇、唱片和藝人等。資訊發布的主辦方多是影視公司或音樂公司，一般來說，它們為了推廣藝人或產品，當然不會傻到在媒體上做硬廣告。所以就會有不少的發布會，以新聞的方法做推廣。而據我觀察，相當於打車費三四倍的車馬費多在兩百元到五百元之間（據說這只是房地產和汽車報導領域的零頭），並沒有人會把這看作是版面費之類的宣傳費。

正是在這個意義上說，之前有些學者在分析記者拿「紅包」（其中九成為車馬費，一成應為較大數額的宣傳推廣費）會影響對新聞報導的傾向，我覺得這是不大可能的。在各個領域跑新聞的記者多了，拿車馬費的記者也多了，我們也沒有少見一些通過新聞發布會上而發出的帶有負面傾向（或評價）的報導。

就我個人而言，在跑這些新聞發布會時，會處於一種焦慮，不是因為有兩三百塊錢，而是在一些稀鬆平常的發布會現場找到適合自己媒體報導的新聞，而且力爭比其他媒體記者的報導更有可看性。當然，很多時候，本人並不想拿車馬費，但其他人都簽到拿了，你要提出不要，會讓對方驚詫。

一直記得曾有一個老記者在我入行時說過一句話，「對於紅包，別人不給，你不能去要；如果別人給你五十塊，你應該把信封砸還回

去。」前者應該是一個記者的底線問題，而後者則表示做記者也是有尊嚴的。如果「坦白從寬」的話，本人平生只要過一次車馬費。那是在好幾次幫同事跑新聞卻眼見他人得路費而我不得的情況下，又遇到一次這種「忽略不計」的情景下，我終於忍不住要了一回。其時自己從事發地出來，打車才發現只有十元在身，於是才想到走時沒有拿到車馬費，於是對計程車司機開門見山：「師傅，我到地鐵站，兜裡僅餘十元，如果不夠，請讓我半路下車」。的哥很客氣，笑說，「沒事，我保准拉你到地鐵」。在地鐵裡坐了二十分鐘，一到地面我就發了帶情緒的短信問，「你們做宣傳不給路費嗎？」對方立馬回電，說「有啊，剛才我正找你，結果你走了。」協商的結果是我給她一個帳號。至今快半年了，依然沒有把二百塊大洋打過來，我的氣也早消了。由於可見，「不能去要」是真理，因為「要了也白要」。

在我的記者生涯中，其實至少有一半以上的見報新聞都沒有拿過車馬費，這倒讓我自己更加心安理得。老有同事跟我說，「幹娛樂記者沒有意思，給點車馬費像是打發叫花子似的。」而另有一個同事則說，「好多主辦方只發一份車馬費，我每次都把它給攝影記者了。這樣弄得我都不愛叫攝影記者了。」這些問題我都遇到過，心態倒是放平了，就還能承受。

上個月到廣州出差三天，發了一篇短消息。雖然往返機票都是主辦方出錢，但從家打車到首都機場以及返回時打車回家都是自己出的錢。由於沒有給車馬費，實際上，我花費這麼多時間是自己倒貼錢在做新聞，因為一篇消息的稿費肯定抵不掉打車的費用。想想曾經拿人路費沒辦成事的過往，覺得自己被別人欠幾次情也沒所謂了。

作為記者，好像談車馬費成了禁忌。有時候我自己也寬慰自己，只是路費而已，其實產品宣傳方獲利最大，我們記者真是叫花子在吆喝。這樣敞開來談一次，可能讓人們對民工一樣的記者會有更多瞭解吧。

但願這不是一種奢望。

2008 年 1 月於北京

致命的老鄉

　　新生像新鮮血液一般灌注到校園軀體的每一個部位。於是乎，找新老鄉老老鄉成為校園特有的熱烈景觀。這其中，多是老老鄉主動出擊（與資歷及其副產品世故的面孔有直接關係）。以尋老鄉為內容的文字載體——海報像一幅幅炫目的旗幟高懸起來。召齊「人馬」後便宣布成立老鄉會，老老鄉自薦為會長，然後鄭重其事地通知如下：「茲定於×x日晚×點在××餐廳會聚，帶人民幣×元整，切記切記！」於是，大夥兒在觥籌交錯與金錢的流逝中認識瞭解……酒精使人健忘，但終於有記住了的，那是上門「服務」的老老鄉，先是寒暄一陣，然後輕快地從攜帶的牛仔包裡拿出運動鞋肥皂盒牙刷牙膏耳機之類，你不禁納悶：「送東西給我幹嘛？」正要說一句感謝的話，這心思卻被一句「老鄉嘛，便宜」狠狠打死。釋然後無話可說，硬撐著買牙刷牙膏耳機各一。翌日到雜貨店買針線，你猛然瞅到「優惠價」比市場價高出好多，一進宿舍你就大罵，老老鄉也終不見（多數沒留「山寨」方位）。

　　還有請你當「紅娘」的。老鄉中有好事者，百無聊賴，便找到你，苦訴豔福之淺是由於班上男女比例嚴重失調戀愛競爭大且民主性迫切需要提高，接下來浮誇你班裡的姑娘是多麼漂亮多麼迷人並讓人嘴饞（雖則事實上從未謀上任何女孩一面）。最後，他極力宣揚什麼「大一是愚昧主義」、「大二是浪漫主義」，所以應該同步前進，奪取愛情、事業雙豐收。上課時，他就跟你同去，用質樸的方言同你審定誰當「世界小姐」、誰當「亞洲小姐」、誰是「村裡來的小芳」，然後向自己滿意的小姐發射丘比特之箭，大量過謙之詞批發零售。成也罷，敗也罷，一個重要的結果是全班都知道你有一個女迷心竅的老鄉，並根據「地區一致性」原則推及你的品質，那可慘了。如果你是女性公民，男老鄉們便紛紛而來，全方位向你介紹本校的自然景觀人文景觀，然後看破紅塵似的告你「玩」組成了大學，殷勤地說放假給你買火車票以便「同去」，你被其「熱情＋真情」感動，你們就是天造地設的一雙了；倘若你洞察出

他的叵測居心並婉言拒絕「愛情」，他就會唾罵而去，並決心驗證「積毀銷骨」的虛實性。這時，你不得不說，世風日下，做女人難。

最普遍的感覺是，大一時還有老鄉關心你，一到大二就難說了。偶爾碰到大三、大四的老鄉，只能應和一兩句客套話，並口口聲聲說這學期忙不過來，但你總有一兩次有意無意見他（她）與戀人模樣的人一起散步或在人工湖畔聊好幾個小時。一到寒假，回家的火車票可以在學校裡買，但返校的票就很難買，假如要轉車，那就更複雜了。還沒到期末，老老鄉們便早早地說今年春節不回家了你自己學著買票吧路上多加小心啊。你硬撐著單個兒回去，在家裡待幾天後到縣城逛去，卻發現了他們熟悉的身影，像是一夜間從地球那邊鑽過來的。

老鄉到畢業了，發了請柬，曰：「某月某日在某某賓館開送別會並聚餐，以敘別離之憂傷」，你帶了一月的生活費去了。大夥兒故意啜泣著吃了一頓豐盛得讓皇帝老兒跳樓的晚餐。末了，老會長面帶愧色地說：「我沒有幹好工作……我不配當會長……我走後，你們要繼續——幹下去！要知道，加強老鄉聯繫實屬大學生活的頭等大事。」說完，他狠命地擠出幾滴無色、略帶鹹味的液體；大夥兒也最終麻醉了回去。

夠矣，夠矣，勿需再勾畫其他讓人厭惡的面孔了。冥冥中，為了我們的「錢途」和「前途」，我們有理由呼籲……鄙視老鄉，並可將其作為大學四年裡唯一可以自負的良心發現，意識領域無可非議的一筆。九十年代的跨世紀青年渴望真誠渴望溝通瞭解，這我知道，老鄉們也知道。但現實總不盡人意（一個自然法則），我們喊出口號是為了像驅趕蒼蠅一般趕走一切難言的虛偽，喚回一小縷質樸的鄉情。

年輕作證。言者不美，美者不言，懶得後悔！

1996 年 1 月載
《當代青年》雜誌

有多少人讓你一生銘記

除了你的至愛親人，這一生中，有幾個人讓你一生銘記呢？

人的一生，大約在一個世紀左右的長度，如果將生命世界視為一趟急馳的列車的話，那麼，我們的生命只是車上的一個個匆忙旅客而已。而在上下車的短時間裡，我們相遇一些人，認識一些人，相互琢磨對方在想什麼，會做什麼，然後或成為平行線或相交線，而正是這些曲線構成了絢麗多彩的人間世界。

馬克思說人是社會關係的總和。我們不得不經營自己的社交圈子，我們需要月下「對影成兩人」的酒肉朋友，我們也需要縱論天下的高朋，我們還需要郊遊天下的伴侶，我們更需要冬天溫腳的連理枝……當我們夢想著一生中都只遭遇好人時，我們又遭遇到無數讓我們切齒痛恨的人。更多時候，我們遇到的是見面一次就忘的人。有一天我們老了，不由自主地回望時，又有幾人成為層層腦海深深的烙印？

李白的《贈汪倫》一詩成為《唐詩三百首》中吟詠友情的經典之作。清代沈德潛很欣賞此詩的後兩句（桃花潭水深千尺，不及汪倫送我情），認為這是詩眼所在。他說：「若說汪倫之情比於潭水千尺，便是凡語。妙境只在一轉換間。」而問題在於，汪倫何許人也？他在大詩人李白面前實則是白丁一個：當年李白游涇縣桃花潭時，常在村民汪倫家作客。《贈汪倫》即是李白告別汪倫時寫的詩作。明代唐汝詢在《唐詩解》中說：「倫，一村人耳，何親於白？既釀酒以候之，複臨行以祖（餞別）之，情固超俗矣。太白於景切情真處，信手拈出，所以調絕千古。」這一評論是恰當的。人一生中能有這樣一個知己足矣！

另一個唐代詩人卻是在困頓時遇到一個幽怨的女子，於是「心有戚戚焉」，從而也成就了一首千古絕詩。這個詩人便是白居易。西元八一六年深秋，被貶到江州（今江西省九江市）做司馬的白居易在潯陽江頭準備乘船送友人，在客船上暢飲時，被一琵琶女的彈奏深深地打動了，當天晚上就寫下了《琵琶行》。詩中對琵琶女高超的技藝給予了生動細

緻的描繪，對琵琶女的身世寄予同情，同時抒發了詩人被貶的悲憤。七百字的詩裡有著無數精妙絕倫的句子，比如：「我聞琵琶已歎息，又聞此語重唧唧。同是天涯淪落人，相逢何必曾相識！」又比如詩的末尾：「淒淒不似向前聲，滿座重聞皆掩泣。座中泣下誰最多？江州司馬青衫濕。」如果一個人沒有被深深觸動的話，這樣的句子是無論如何都寫不出來的。

我們談到友情和無名的邂逅之後，我們不得不談到愛情。而一談到愛情的絕唱，柳永的《雨霖鈴》必是首選。這一百二十五字的詞極盡簡練，哀傷與感喟力透紙背。「執手相看淚眼，竟無語凝噎」：言語已成淚；「多情自古傷離別。更那堪、冷落清秋節」：見景生情；「此去經年，應是良辰、好景虛設。便縱有、千種風情，更與何人說」：纏綿無限，哀惋無限。這首詞是柳永晚年赴屯田員外郎任所作的。他屢試不第，一生落魄，只等到晚年才考上進士，那時已年近半百了。為著去做這樣一個小小的屯田員外郎，不得不與自己心愛的人相別，體驗淪落飄泊的生活。愛人的「好」自然就一一湧上心頭。

在我們人生的驛站裡，友人、愛人和一面之緣的人構成了我們親人以外的主要交際故事主角。汪倫之於李白，琵琶女之於白居易以及柳夫人之於柳永，前者已成為後者腦海中深刻的印記，將伴隨他們相識後的漫長歲月，直至遁為無形。

那麼，什麼樣的人會像鬼魂一樣附著在你腦中，揮之不去，即便是某一段時間忘了，但某一刻又會來叩開你的記憶之門？一種當然是讓你身心愉悅的，一種則是讓人你屢生怨恨的人。這兩種極端構成了我們的記憶主線，而這與人的學歷、身高和階層等其他因素無關，它只與你我個體的心理感受有關。按照劉小楓博士在《沉重的肉身》一書中的說法，以某種價值觀念為經脈的生命感覺即為倫理，而現代的敘事倫理分為人民倫理的大敘事和自由倫理的個體敘事。在大敘事下的好人與壞人最終模糊異常，而個體的感覺卻是切切實實，成為腦海裡或深或淺的印記。

問題又來了，我們自己也作為被交際的對象，你怎樣去撥動他人心底的最軟的弦兒？正如前文如述，我們應該突出自己的個性差異，不要

做一個庸常的人，在排除做一個惡人的選擇後，我們應處處與人為善，並將自己的能力發揮到極致，從大事著眼，從小處著手，讓你成為對象喜歡進而惦記的人。在與陌生人的偶然之緣時應該這樣，在與友人交往時更需長期堅持，在與愛人廝守時亦是如此。

　　一個當代的例子是，黃永玉先生辦畫展從不請領導人或者藝術界名流剪綵，但在 1999 年請了一個朋友來。他是個花農，在「文革」時曾在黃老最困難、最危險的時候送花給他並說：「別難過了，看花吧」。花農用一輛自行車裝五、六盆花送來，有吊蘭和綠菊花什麼的，春夏秋冬，一直在送。黃永玉說：「你別來了，我是『反革命』要影響你。」他說：「不怕的，我家三代貧農，都是栽花的。」後來他們一度失去了聯繫，黃永玉苦心找了他兩三年，最終成為北京畫展的座上賓。

　　人生如斯，情感如斯，復何求？

2003 年於北京

非典時期的怕和愛

——一個研究生的日記

4月19日

晚上去上自習時，偌大的教室裡空蕩蕩的。

平時二十幾人在，今天只有四、五個人了。

4月20日

看了衛生部的新聞發布會，副部長高強說：「我們對公布疫情是坦誠的，對廣大人民群眾是負責的。」而國務院已經決定取消「五一」節期間 7 天長假，將執行法定節假日，以避免人們大面積流動而造成非典型肺炎疫情擴散。

而針對「非典」防治工作中存在的問題，中共中央果斷對衛生部和北京市政府主要負責同志的職務作出調整。中央向外界宣布決定：免去張文康衛生部黨組書記職務、免去孟學農的北京市委副書記、常委、委員職務。

這樣的快刀和高規格調整實屬罕見，同時也說明了北京形勢的嚴峻程度。

晚上依舊去上自習，人更少了。

晚間鄰舍的同學鵬過來說，現在北京告急，大家最好不要出校門，也別去公共場所了，像我這樣愛好學習的人最好不要去上自習了。

4月21日

今天給媛發短信，說最好不要上教室這樣的公共場所去了，危險。她立馬打電話過來，細問其詳。我建議下午去買些藥品服用。她忙問我幾時去，並要同去。

傍晚我戴了口罩走出宿舍，見媛和同學君也戴了時尚的口罩，我們不禁相視而笑。學校尚可自由出入。校門外的路上有近一半的人戴口罩。

到了藥店，買藥的人有十來個人，我買了一盒抗病毒的沖劑和維E，而媛和君各自買了板藍根和維E、C，她們一人用了七十、八十元，並說為的是保險起見。

回到學校，媛說為著感謝我提供的資訊，要請我喝牛奶，君卻到教室去拉了朋友焱出來，並把我的話復述一遍，並真誠地說：「別再去上自習了」。

大家相互安慰，但願平安。媛說：「為安全起見，我們少見面。」

4月22日

今天，北京市人民代表大會常委會任命王歧山為北京市副市長，決定由王歧山代理北京市市長職務。有評論說王歧山成了臨危受命的「救火隊長」。「關鍵在領導」還是有一定道理的。

聽說學校東邊的外語學院發現了病例，大家都很緊張，又有本校五號樓被封，因其職工因疑似非典，又說南邊的校學生公寓有混住的外語學院學生出了問題。這些消息來路不明，姑妄信之，於是更加局限了自己的活動範圍。

一個很顯著的變化在飲食上，吃速食盒飯的人排起了長隊；自持餐具的人日漸多了起來。

今天的新聞說，截至4月21日20時，全國共累積報告病例2158例，治癒出院1213例，死亡97例。其中，北京報告106例，出院3例，死亡3例。北京累積報告病例增至588例。

這就是資訊公開的結果：它最大程度地逼近了真實。

4月23日

在食堂碰見媛，她說君今天上午飛回湖南了，到了機場發回的短信說自己是「連滾帶爬」上的飛機。昨晚，她在北京某電視台的朋友打來電話，透露的資訊把她震住了（說是北京難自保）。

君已婚，育有兒子兩歲。

媛也已婚，說父母和先生老打電話過來，讓趕緊回家，並說可能單位有車過來，搭外語學院的一學生同回，但她想起外語學院就發毛，而自己單獨回去又不踏實。她還說班上有好幾個女同學都回家去了。

而問題是：「我回家能幹什麼呢？萬一我已是帶原者呢？」

媛的初步計畫是 5 月 1 日回去。

4 月 23 日

小師妹菱決定乘坐今天的火車回家了，理由是自己身體不好，怕扛不住。再說她今年本科畢業，論文已出初稿，研究生複試還早，回家總要好些的，而自己居住的公寓又不太安全（外出打工和實習的人多）。

娟是研一的學生，她也是今天搭車回山東，同學的父母弄了轎車來接，正好可擠著借光。——她是不幸的人，不久前到朝陽醫院補三顆牙齒，最近才發現有一顆沒補好，得重補，卻不料朝陽醫院成了非典醫院。真是每個人都有每個人的難處。

「我不走，我不給病毒殺死，首先得給餓死」。在她回家的路上，她用手機發了這樣一條短信給我：＞＜（（（：＞……送你一條幸運魚，好好養在手機裡，它會給你帶來好運氣，幫你遠離非典，有空記得和它一起通通風哦！

而今天北京報告病例 105 例，出院 9 例，死亡 7 例。

4 月 25 日

衛生部新聞辦公室今天下午通報了全國內地非典型肺炎疫情：大陸共新報告非典型肺炎病例 180 例，治癒出院 23 例，死亡 5 例。其中北京報告 103 例，治癒出院 9 例，死亡 3 例。雖然對於 1000 多萬人口的北京來說，100 來號人並不算什麼，但由於其病源及傳染的不確定性搞得人人自危。

《中國青年報》發了一篇名為〈北京大學生激辯該不該回家〉的文章，網上也在討論「民工和學生應不應該回家」，有說法「這是不負責

任的表現」。其實各有各的難處，比如民工患了病，醫療費由誰出在很長時間沒有政策出來，他們除了逃還能怎樣？而對於學生來說，學校能否做到安全保障有力，總有些未知數，所以他們選擇了「自己對自己負責」的最優途徑。

校園網上學校就明智地說「充分理解返家的學生」，並敦促各院、系將授課題綱、考試方法掛在網上。

4月27日

導師發來短信，是自賦詩一首：

《卜運算元‧詠梅》
風雨將春歸，非典伴春到，已是京城抗非激，猶有口罩俏，俏也不爭春，只把平安報，待到科技擒魔時，全民揶手笑。

事實上這段時間，我的手機成了短信收發機。一個同學極端地說：別碰我，別染我，別吻我，千萬別怕我，關鍵是別煩我，提醒大家珍視健康，我是「五別」我是非典。

有意思的是不斷有一模一樣的短信過來，這真是機械複製時代的傳播。

4月28日

媛發短信給我，讓下樓去，有事求助。女生早就不能進男生宿舍了。她是要我幫她轉交作業，又說今明兩天可能她會飛回瀋陽，定頭等艙，出校門時打扮的得全副武裝：口罩加手套，以增加安全係數。她已聯繫訂票事宜。

「我的父母和先生每天把我的手機都快打爆了。你知道，成了家的人跟沒成家的人肯定是不一樣的，總得為別人想想。」她還在電話裡鄭重其事地問先生怕不怕自己是非典，先生堅定地說不怕。

我說幸福的人兒都害怕死，所以富翁們都大逃亡。媛說這說法有問題，不幸福的人在憧憬著過好日子，所以更想堅強地活下去。

都在理。

4月29日

4月28日上午10時至4月29日上午10時，北京新報告非典型肺炎152例，（其中103人為新發病例，49人為疑似病例轉為臨床診斷病例），治癒出院5例，死亡7例。

姐夫打電話來詢問北京的情況，我只好說學校挺安全的吧，只要自己不出校，吃飯用自己的飯盒，喝喝學校中午備好的藥湯。再說是福不是禍，是禍躲不過。

在感染病例中，醫務人員的比例特大，佔三分之一強，他們真可謂是非常時期「最可愛的人」了。

4月30日

傳言很厲害，說是五一北京要封城；又說晚上要撒硫酸，以殺死病毒，還說某天SARS病人要大轉移，切忌外出。

這些資訊通過手機短信這樣的人際傳播，其不確定性增加，增加著人們的恐懼感。

在傳播學上，流言的公式是：流言流通量＝問題的重要性×證據的曖昧性。實在經典！有意思的是，流言資訊有著奇異回流現象，如同一個流言在經過若干人的傳遞之後，又重新傳回它的發布者那裡，而這時由於流言已增添了許多新的內容，連發布人也很難辯認它的原貌。

老有異地的同學、友人問我北京的情況是真是假，我也很茫然，而我有時也不自覺地參與到傳遞二手資訊中去了，想想愧煞所學的新聞專業。

5月1日

4月30日10時至5月1日10時，北京報告新增非典型肺炎臨床診斷病例122例（其中82例為新發病例，40例為疑似病例轉為臨床診斷病例），治癒出院10例，死亡7例。

　　情況真是危急了，本來早就預備五一節去郊遊兩、三天的，現在看來只能在學校裡彳亍了，因為黃金週已取消，學校放假三天，而北京形勢又如此這般。而老師每晚還要到宿舍裡查人。

　　班裡買了羽毛球拍三副和排球一個，因此每天下午都成了運動的節日。這是我四、五年多未鍛煉後的大補課了，而更重要的是，和同學們多了瞭解和關愛，我們猛然發現，快一年了，我們從來沒有現在這樣近。

5月6日

　　網路是個好東西。像三年前一樣，我又開始網聊了，個個網友彷彿都有說不完的話，而第一句都是千篇一律的「你還好嗎」。其實在這樣的時候，每個人都是差不多的脆弱，脆弱到需要網戀的力量。一個叫「水光」的女生和我聊了幾句後就問我有無女朋友，然後又問她有沒有機會，讓我有些措手不及。

　　問候的電郵也多了起來，在徐州的同學，在成都的前同事，在武漢的朋友都關切地詢問北京的疫情和我的健康狀況。

　　非常時期，情感在非常地發酵。

5月9日

　　又給家裡打電話了。家裡不太忙。母親說鄉里正在清查外地回來的民工和學生。又說父親是鄉村醫生，每天都得給上月從廣東回來的某某量體溫。我就叮囑說得事先帶口罩，父親說鄉里發了口罩和手套的。

　　鄉里還將近期從外地返回的民工隔離在鄉場上的蠶繭收購站裡。母親說：你就不要回來了，要被隔離的，自己在北京注意身體。

　　母親年過半百，躬耕不輟，總是為兒女著想。

5月24日

今天又看了《面對面》，是第二十期《呂厚山·隔離之謎》。這是近兩月來好幾期受訪對象落淚的又一次。自從 4 月 19 日在央視一套的《面對面》節目中採訪了中國疾病預防控制中心主任李立明之後，王志就一發不可收，鍾南山（4 月 26 日）、張積慧、薑素椿、王岐山，半個多月的時間裡這些非典時期的熱點人物，被《面對面》「一網打盡」。以致有媒體喊出：《面對面》和其犀利的主持人王志也成為這個「非常時期」觀眾心目中的「非常欄目」和「非常主持」！

在全民抗擊「非典」的這場戰役中，王志成了觀眾最「買賬」的主持人，他做的採訪《李立明·非典報告》、《鍾南山·直面「非典」》、《王岐山·軍中無戲言》（5 月 2 日）、《薑素椿·生死試驗》（5 月 3 日）、《張積慧·「前線」日記》（5 月 9 日）、《陳馮富珍：香港戰「疫」》（5 月 21 日）讓很多觀眾留下了深刻印象，人們感動的不僅僅是他敢於冒著生命危險進入隔離區的採訪，而更讓人喜歡的是他那種直來直去舉重若輕的主持風格。

而對於王志來說，特定時期（非典）和特殊處理（短時裡的高播出頻率）造就了他的知名度。瞭解王志的人或許還能得出人生的啟示，在百轉千迴和執著等待後，金子總會發光的。

6月4日

昨天 10 時至今天 10 時，全國內地報告沒有新增非典型肺炎臨床診斷病例），治癒出院 116 例，無死亡病例。其中，北京報告新增治癒出院 74 例。北京新增疑似病例 2 例。

形勢樂觀起來。若要說在經歷了一個多月的緊張與恐慌，現在才可以長出一口氣，但這氣也不太安穩，因為還有不少疑似病例在醫院裡呢。

截至 6 月 4 日 10 時，全國內地非典型肺炎疑似病例合計為 908 例。

6月9日

《中國婦女報》曾在 5 月 23 日排出了中國「抗『非典』英雄榜」。排名第一的是廣東的呼吸道專家鍾南山，七十二歲的解放軍三零一醫院醫生蔣彥永排名第二，排在第三位的國務院副總理吳儀。今天出版的《三聯生活週刊》封面刊登了蔣彥永的彩色照片，並用十個版的篇幅刊登了封面故事：《蔣彥永：人民利益高於一切》。

開場白中說：對很多人而言，蔣彥永或許是個陌生的名字。他是全國六百萬與 SARS 頑強鬥爭的醫務工作者中的一員，但這位老外科醫生用一種獨特的方式將自己與中國的抗擊 SARS 歷程維繫在一起。在二零零三年中國抗擊「非典」歷史中，會有越來越多的人記住這個名字。

然而，對於蔣彥永的報導實在是不多（在早前，除《財經》雜誌堅持在 5 月 5 日首次刊登蔣彥永的事蹟以後，6 月 5 日又以《講真話的蔣彥永》為題，用四個版的篇幅敘述了這位老軍醫的生平，關於抗 SARS 向中央的建議以及國內外友人對他的支持。吳敬璉與蔣彥永通了一次電話。《財經時報》和《經濟觀察報》也曾幾乎同時刊出了吳敬璉在六月三日與蔣彥永的電話內容。吳敬璉電話一開頭就說，「你為我們國家立了大功，為人民立了大功」，並說「現在有一種奇談怪論，認為說老實話反倒有問題，而封鎖消息是正常的，是對國家和人民負責。我覺得我們首先應當辨明是非」。吳敬璉說，「我向你致敬不是對你個人，而是要辨明這種行為的正確性。好像有人在這裡把這個弄顛倒了！」

這實際上也印證了在當代中國說真話的難處：缺乏一種讓你講真話的機制和大環境。比如在 5 月 30 日的國務院新聞辦的新聞發布會上，一位高官在回答記者問時卻說，蔣彥永是「全國六百萬與 SARS 鬥爭的醫務工作者中的一員」，「我不知道大家為何對他如此感興趣」。這兩句話雖然輕描淡寫，但是人們還是有不同的看法。

而三聯生活週刊在原文刊出了蔣彥永給 CCTV-4 和鳳凰衛視的原信，一直沒有沒有任何回音，最後卻只好通過時代週刊才得以傳出真實的聲音，這是一種怎樣的悲哀？！

又有消息說蔣醫生已提出了出國申請，如果他真去了美國，實在是國人的一大損失。

6月18日

北京連續十二天沒有新增臨床診斷病例報告，這是天佑中華，也是億萬群眾群防群治的結果。

全國人民正進入反思階段，關於這次良性危機的討論，關於媒體在這次危機中的影響力與失職，都將在中國新聞史上留下一筆。正是國家不幸傳媒幸。

6月20日

娟發來電郵，標題是「關於非典的一些總結」，有一些偏激的東西，卻能給人以思考：

最受歧視的動物：果子狸和北京人。

最以為自己是男人的人：

王志。該央視節目主持人在「勇敢」地採訪了一個病區後便整天把此事掛在嘴上向十三億人民說個不停。

最大的既得利益者：鍾南山。

最值得同情的人：溫家寶。晚上睡不著覺，白天又要去火線看望同志們。

最快被歷史遺忘的人：孟學農。

最佳表演者：

某某副局長。總是「我以流行病學家的身分」說著「我也搞不清楚具體數字和情況」的話。

最倒楣的職位：中國衛生部部長。

最無可奈何的機構：世界衛生組織。

最不幸的人：因為感冒發燒被送進小湯山醫院而被傳染上非典的人。

最打掉牙齒往肚裡咽的一件事：給台灣的援助被「謝絕」了。

6月21日

多年後，回想在我們短短的一生中遭遇了如此重大的危機事件，真是讓人百感交集：我們見證了當代中國的一段重要的歷史，而更重要的是，我們經歷了非常時期的怕和愛。

2003 年

重裝人生的作業系統

　　大學同學澤，三十二歲，現在江蘇某小城工作，為一外資公司人事主管。在我想像中，他本應是春風得意的，不料他近日卻在 MSN 上對我說，「我有一種被困死的感覺。老了，看來一輩子是沒有什麼出息了。」我安慰他說，「不一定的。」他回說，「但各種跡象顯示，差不多沒有大作為了。」

　　或許宿命論在中國總是很暢銷的吧，即令在二、三十歲的年青人身上。可是，人一生充滿種種可能性和未知性，這應該是我們活著的最大樂趣的啊。曹操就曾在詩作《龜雖壽》中寫道，「老驥伏櫪，志在千里；烈士暮年，壯心不已」。只是一千多年過去了，不少人連曹操的壯心已經沒有了。

　　人從生下來起，應該時不時地都會對自己的存在價值進行自我評定或允人評說。說到底，這都是在追問「我為什麼活？」和「我為誰活？」之類的話題。這樣的哲學題顯然不是一時半會兒能得到答案的。

　　這正如我們大多數人在世界上的旅程一樣，不斷地完善我們的知識拼圖，從而在認知上臻於至善、至美，最終了卻此生。而問題在於，這些書本加社會上獲得的知識雖然化為精神食糧進入我們的大腦，但當我們為人處事時，卻有不一樣的取向：今天可能用這個價值系統對人對事時，明天可能用另一套認知系統來操作了。

　　這正如我們在使用電腦時，隨著開發商新品的推出，不斷更新作業系統一樣。這看似矛盾的做法，實際是人生「有破有立」的常態，因為它驗證了每一個人螺旋似的成長歷程。在古今中外可以找到很多的例子。比如法國詩人波特萊爾的簡歷是這樣的：生在巴黎，早年喪父、母親改嫁，幼年飽受孤獨和憂愁之苦。青年時代生活放蕩，將父親留下的遺產揮霍一空。後迫於經濟壓力，開始創作。

　　請注意，正是為生計而創作，波特萊爾卻改寫了詩歌史：一八五七年，三十六歲的他發表詩集《惡之花》，但受到當局的起訴，被勒令刪

除六首。該詩集後被譽為法國象徵主義的開山之作，也是十九世紀歐洲最具影響的詩集。

　　而在中國，這樣重裝人生作業系統的例子更多了。現代文學巨匠魯迅先生是由於留學日本時看到中國人對日本人屠戮同胞而麻木不知，從而憤而棄醫從文，治療了無數代中國人的心病。而因寫了《萬曆十五年》等「大歷史觀」著作而廣為人知的黃仁宇年輕時不過是蔣介石門下的下等軍官，一心想當大軍官。由於蔣家王朝的衰落，三十四歲的他改變了人生的方向，開始赴美求學，從而畢生專注於歷史研究。

　　當然這世上也有一條歪路走到黑而慘敗的人生。比如陳佈雷，本是一個才子，卻委身於蔣介石當了刀筆吏，欲棄之而又不捨，最終落得失信並自殺的下場。世上也因此少了無數傳世的篇章。

　　波特萊爾在《遠行》一詩中寫道：

　　人，懷抱著希望永遠不知疲倦，為了能休息瘋子般奔走不停！

　　是的，多少人在尋找和實現個人價值和社會價值而奔忙啊。但又有多少人會在跑道上使勁時隨時調整自己的方向呢？

　　正如我的同學澤，當他陷入悲觀的人生境地時，他是否想過走上一條新的道路：換一個行當，抑或換一個城市工作？常言說，退一步海闊天空。而我想說的是，換方向，可能內心舒暢、人生幸福。

2008 年 7 月

不缺時間的中國人

　　二○○四年十二月二十六日，上午有一家深圳的電視機構到學校來專場招聘，時間原定是十點開始，所以我九點五十左右就去了。到教室一看，只見幾個工作人員正招呼著，現場有二十來個學生。我問了問工作人員，說大致流程是招聘方宣講，然後是遞交個人材料。到十點整，宣講並沒有開始，也沒有說原因，大約是宣講人還沒到。再過三十分鐘，招聘會依然沒有開場，也沒有說任何原因。一個好看的女生逕自走了；我忙於另外的事兒，把簡歷留給同學，讓她代為投遞。

　　在出行的車上，我就在想，將時間定在十點應該對誰都是適合的，但為什麼主辦方卻還是缺席呢？仿照王小波在《黃金時代》中對陳清揚的推理法大致可以作如下猜想：

> 　　如果宣講人是男人，大約有早上做愛的習慣，時間是從早晨七點開始，直到九點，而事後還得故作小資，要沖澡一把，所以我們正在為工作等待時，他正在熱水的氤氳裡裸體唱歌，手裡不可能有電話，所以也不能與工作人員保持聯絡。收拾完畢後再跑到一所名叫中國傳媒大學的學校時，終於見到一群菜色和陽氣十足的學生們，這個男人露出滿足的微笑；如果宣講人是女人，一種情況是早上有被做愛的習慣，所以行為方式都是被動語態，而不是時間的主人，不但早上十點不是她的，連十一點、十二點都不會是她的；另一種情況是這個女人有化妝的習慣，不是一般規模，是唱大戲的規模，所以會像朱自清先生多年前感歎的「我覺得它（時間）去的匆匆了，伸手遮攔時，它又從我遮攔的手邊過去……」是適用的。而對於這個妖豔的女子來說，時間從她的臉上走過，從胸上掠過，從腿上爬過……

　　以我粗淺的閱讀經驗和傾聽經驗，一個男人做愛的時間一般在一小時以內，除非神油是上帝加工廠獨制的，而在上午九、十點還在沖澡

的，大約只會如我一樣的單身無業男子。綜上兩點，這個名曰「宣講人」的顯然不是一個職業男性，而電視機構是職業機構，由此可見這個人如果說是男人的話，是不具有現實可能的。

以我的智商猜想，一個做人事工作的女人應該是一個早起的人，也是寡欲的人，而且是主動語態的人；而對於化妝來說，「濃妝淡抹總相宜」更像是這類人的風格。綜上所述，這個宣講人顯然不是一個無所事事的人，她不早起，不主動，顯然不似職業女人。

按照淺顯的邏輯推理，宣講人應是不男不女的人，非要命名的話，他們是實實在在的「時間偷吃機」，抑或「殺人不見血者」。而對於電視人來說，他們也確是追殺時間的人，只不過是用它來換回對受眾有益的新聞資訊或是娛樂精神。所以當電視人背上受眾囑託上路之時，最缺的東西不是錢，也不是麵包，而是「時間」。

記得上紀錄片創作課程時，老師給了一個拍片子的機會。先是通知了某日早上 8 點就得到機房去領那值十幾萬 RMB 的攝像機。那會兒我所在的組都較懶散，只晚去了近十分鐘，結果被平常溫和的老師罵得狗血噴頭，實在是想找一個地縫鑽進去。老師給的理由很簡潔：十分鐘，會漏多少新聞？從那一刻起，我終於知道，不只是拿手術刀的人才在爭分奪秒，拿著話筒的人也是與時間賽跑！

然而在現實社會裡，如同前文所述某電視機構的不男不女般的人又何曾少過。對這樣的人來說，別人的時間都不叫時間，自己的時間才叫時間，當他們面向接受服務者時，儼然有了劉文彩似的作風，還會嘲諷著說：中國人最不缺的是時間！

在二〇〇四年歲末，因為報考博士需要網上支付報名費，我卻沒有指定銀行的卡，所以某天我起得挺早，吃過早飯走到北京第二外國語學院邊的工商銀行營業廳，其時是九點，電子排序的結果是 190 號，而櫃檯正在接受服務的卻才到三十幾號。我以「把牢底坐穿的精神」，買了一份八十版的報紙翻閱，到十點半時終於輪上了我，報紙也看得夠精夠細，中間櫃員離開了五分鐘，也沒說任何原因，辦一張網上能支付的卡大約用了七、八分鐘的有效時間。辦事時間不長，等待時間卻用了一個多小時。這顯然算是幸運的吧。在學校北邊的那個農業銀行營業廳，常

常是人滿為患，某一次想去存點錢，一拿電子序號，上面顯示說，「你前面還有一百二十人排隊」，其時是下午 3 點多，我料想等下來太陽公公都下班了吧，這些工作人員也都回家過日子，還是甭存了，自己花掉得了。

在北京工作的人都有一個感慨，說北京太大，一天能辦一件事兒就不錯了。我的一個同學說得更形象：你別把北京看作一個市，得把它當一個省。這樣說來，在北京辦事，大量耗散在壅堵汽車上的時間，大量耗散在跑「部」蓋章的時間，大量耗散在等待中的時間都倒不是真正的時間，有用的時間了。

想來中國人多，時間也多，大家都習慣了四川人所謂的「擺龍門陣」，北方的「嘮嗑」，無謂的消耗時間倒成了一種常態，而這種習氣並不僅在無所事事的人當中有，也在現代化的企業中有，還在各級國家機關中有。就像本人在三年前報考某直轄市某區的公務員一樣，從筆試到最終錄取結果出來，用了足足半年時間，這是怎樣的世界紀錄啊！

很推崇深圳當年的「時間就是金錢，時間就是效率」口號，真要落實到每一個中國人身上，不知道會對中國的 GDP 產生多大的影響，大概十個點的功勞是會有的吧。照此看來，有著「時間缺乏」意識的中國人才會是有競爭力的中國人，有著「時間缺乏」意識的中國才有可能屹立於不敗的民族之林。

而那些不男不女的人們呢，還在自己的角落裡安歇嗎？

2004 年 12 月 28 日於定福莊

你的品牌烙印在哪兒

　　我們每個人都在生活和工作中的江湖行走，可是你有沒有想過，當你購物時明確指認某名牌時，你自身也在有生之涯裡鍛造著自己的品牌？

　　想想看，我們是不是一個符號，或者一個商標：我們在大街上走著的時候，陌生人為什麼不和你打招呼，而熟人卻可以要過和你擺龍門陣，這是什麼在作怪？而當一個明星出現在任何一個地方，卻總會有粉絲們追隨，這不是名牌的效應嗎？

　　我姐的小兒子才七歲，放假時到我家去玩。有病人到我父親那裡看病，他老人家不認識某人，因為他是外村的，或者壓根兒就是春節大老遠過來探親的。於是，父親就問他姓甚名誰。小侄子卻忍不住插話了：他要是劉德華的話外公就不用問了！

　　這個小傢伙不經意間就道出了一個真理，這就是世上每個人都在打造著自己的品牌，有的成功了，而有的失敗了。在智慧五筆輸入法裡「劉德華」天然就已被設置成一個片語了。

　　不過，小侄兒認識劉德華還是因為我，幾年裡堅持買了他幾年演唱會的 VCD，並不斷地播放，所以在侄兒的小腦袋裡，「劉德華」顯然是一個大明星，而且是視域裡最大的明星。

　　這就涉及到如何把自己的品牌打造得更好，甚至如何成明星的問題。在資訊爆炸的時代裡，我們的注意力資源愈發珍貴與稀缺起來，想要進入更多的視野，顯然是需要一番絕妙的經營的。在想到寫這個題目時，我其實不知道兩個美國人已經寫了一本書《Be Your Own Brand》，中文翻譯為《個人品牌》，書是二〇〇二年三月出版的，由此可見外國人意識的先進。外國一讀者稱《Be Your Own Brand》是有著 Powerful 提論的好書。而最打動他的是：人們不能看到他的內心，但通過他的行為來作評價。從這位讀者的感想，我們可以看到，每個人之所以活著，忙著，實際都是「利他」行為，讓人認識，讓人評價。

　　我們知道，品牌裡重要的兩個概念是知名度和美譽度。那麼多的明星之所以我們耳熟能詳，主要因素在於他們的曝光率巨大，他們深深印在我們的記憶深海裡。美國學者魯夫特提出的一個命題說，每個完整的自我，都由大小不同的四個象限組成，即「開放的自我」，「隱蔽的自我」、「盲目的自我」和「未知的自我」。若是「開放的自我」這個視窗開大一些，其他三個「自我」則相應地縮小。而所謂「開放的自我」指的是個人行為態度、情感、觀念、期望的真實表露。其實魯夫特的「開放的自我」是將人的知名度與美譽度都涵括了。

　　開放，開放，開放吧。從這個意義上，新時代對女生的要求是不要小家碧玉，而要大家閨秀；對男生的要求則是不要小肚雞腸，而要梁山好漢的情懷。當然會有人提議說：原 INTEL 總裁葛魯夫的「唯有偏執狂才能生存」作何解釋呢？如你所知，這個「偏執」據說為誤翻，實則是一條路走到底，雖百折而不撓。這正印證了很多性格內向甚至抑鬱的人最終成了藝術家，但照我的理解，他們只是「開放」的對象不同而已，而這樣的人在全社會裡比例總是不大的。

　　資訊社會裡，技術給我們提供了很多「秀」場，比如建立個人主頁，又比如在網上發帖子。當然，傳統路線並沒有被淘汰，比如電視選美，又比如拼命在報紙上發文章。湖北的蔣方舟才 14 歲半，是目前中國年齡最小的專欄作家，自二○○一年八月開始，一直在《南方都市報》上開設有個人專欄，是該報最受歡迎的專欄作家之一，現在《新京報》開闢了「邪童正史」的專欄。而她的著作讓人瞠目結舌：《打開天窗》（九歲完成）；《正在發育》（十二歲完成）；《都往我這兒看》（十二歲）；《青春前期》（十二歲）；《我是動物》（十三歲）。這不禁讓想到張愛玲說過的「出名要趁早」的話，而問題在於，我們奉若神明的「厚積薄發」精神是不是過時了呢？

　　歲月刀刀催人老，你給別人留下的「記憶點」有多少呢？而記憶點的多少直接衡量著你的品牌價值的大小。做一個奔跑的豪豬（快刀手），還是踱步的大象（荒江野老之士），這是一個問題。

2004 年 7 月 22 日晨

說歧視

對我們來說，一生下來就生活在殘酷的現實中：因為一不留神，你我就會歧視人，或者被人歧視。從這個意義上說，在華夏文明的氤氳裡，人活得是很艱難的。

比如我喜歡仿效學者的樣兒，把那些靠出租身體的女子稱為「性工作者」，而更多的人說她們是「妓女」，口頭語則多用「雞」。後面兩個用語顯然都是有貶義的，而一個甚至貶為低級動物，這是讓人無法接受的。而「性工作者」只是表明一種工種，係分工的不同，與律師、教師都一樣的，所以是中性詞。

當然，嘴上說說也不定就說明一個人沒有歧視之心。但說法上的改變顯然也是一種平等意識的必要。對大眾傳媒來說，說法意味著態度。比如對於一群女人，報紙上用的是「他們」，因為我們的教育中很少用「她們」，但這實際是一種男權社會的產物。又比如，對外來務工人員，如果他們的出身是農民，無論他們在哪條戰線，也不論什麼工種，我們都會說他們是「民工」，大不了加上地域。實際上我在敘述這個事兒時就已經犯了歧視的毛病：什麼叫「外來」？大家都是中國人，哪應有這麼明晰的劃分？不過想來這也很正常，因為對於中國人來說，更多地是「地域意識（或本土意識）」，而不是中華意識，這與行政區劃與戶籍管理密切相關。比如在北京工作多年、有固定居所的人沒有北京戶口的人很多，而似乎北京人就高人一等。其實說到底戶口也只不過一張紙而已，被人為地賦予了更多的莫名其妙的含義。

正是媒介環境等組成的社會環境造就人，從而讓每個人都有了歧視的衝動。在上研究生二年級時，我們在定福莊拍一個三輪車夫的 DV，事先找到一個姓于的師傅溝通了一下，然後互留電話號碼。他一聽我的手機號碼是 131 打頭，立馬不屑起來：連你們也用這孬號？！搞得我一頭霧水，連手機號碼也有等級之別，也難怪人們在為私車上牌時如此斤斤計較了。

　　想起一個人，他叫遇羅克。一九六六年底，二十五歲的遇羅克發表
〈出身論〉一文，針對社會上流布極廣的封建血統論。遇羅克通過對當
時一副著名的對聯「老子英雄兒好漢，老子反動兒混蛋」的剖析，指出
了血統論的荒謬本質。《出身論》的核心是「平等」兩字，即為專制制
度下的賤民們（黑七類子女們）爭取政治權利的平等。一九七〇年三月
五日，在北京工人體育場裡，在排山倒海的「打倒」聲中，二十七歲的
遇羅克被宣判死刑，並立即執行。

　　近四十年後，這樣的思想並不見得都在人們心中紮了根：即人生來
平等。這倒是導致歧視的根源。而且這「平等」的含義不只是在國內適
用，也適用於與他國人員交往。對中國人來說，最大的問題在於自己人
看不起自己人，然後在與外國人交往中自我弱化，這兩方面因素導致很
難被人看得起。

　　記得一九八〇年代後期，我正上初中，其時城鄉差別很厲害，最大
的理想就是娶上一個有城鎮戶口的女生，因為她有免費供應糧，大約一
月二十九斤。不勞而獲對於我這樣的農村人來說是不可想像的，這顯然
可以成為巴結她的理由。幾年以後，城鄉巨變，驀然回首，我才發現，
每個人都很容易於囿於歷史進程的偏見，從而很好笑。多年後，想到要
寫的這個題目時，我的領悟又多了一些。在我看來，歧視與學歷無關，
但與教育有關；與風格無關，但與人格有關；與歷史有關，也與現實
有關……

2005 年 5 月 15 日

我為什麼反對向領導人下跪？

　　在中國，很多偏離常識的事情老是發生，但不少人會覺得正常。比如今天南方都市報報導說，汶川縣一個退休醫生向溫家寶總理下跪。這就是一個顯明的例子：大多數人可能認為君重民輕，作為一芥草民，應向自己的領導者彎下高貴的雙膝。不過，我卻要說「不」，因為這樣做偏離了二十一世紀新中國的應有軌跡。

　　南都的報導說，「汶川縣婦幼保健院五十五歲的退休醫生黃群華從來沒有想過有一天她會握總理的手。但昨天上午十點十五分左右，總理來了，在她的跟前，握住了她的手。她哭了，她泣不成聲地跪倒在地上，她想說感謝，卻沒有語言可以表達」。由於溫家寶總理在此次汶川大地震中的確用心良苦，兩度深入災區，在救援和災後工作的協調上用力甚多，災區人民自然心裡明白，所以心存感激或通過言語表達謝意顯然是情理之中。但用下跪這種形式卻是太過了。

　　一直記得，不少影片或小說都呈現過，在封建社會，有冤曲的民眾常在大道上攔縣官的轎子，為的是一呈訴狀，多採用下跪的方式獲得注意，引來同情。在那樣的社會，民眾本不是自己的主人，實則是官員們的奴隸，做出這樣的舉動倒是可理解。那麼，在現時的中國，為什麼就不可以下跪呢？那是因為，在社會主義的中國，人民當家作主，人民是自己的主人。而包括總理在內的國家領導人或官員也只是民眾利益的代言人，說到底是人民出錢請的高級打工仔。從這個意義上，二者實際是一種雇傭關係。再者，在社會主義法治社會，法律面前人人平等，所以一個平民和國家領導人在法律上是平等的。按照共產黨員的黨章，共產黨人沒有個人的利益，全心全意為人民服務。這可以借用李敖在北大講演的說法，人們可以騎在共產黨背上，讓它為大家服務。

　　正是從上述立場出發，政府受人民委託，是有義務為人民服務的。當四川發生八級地震時，政府火速救援和進行災後重建都是必須做的事，而做得不好的話，還應接受人民的監督。

　　可惜的是，中國封建傳統太濃厚了，所以不少人心目中還是把自己當成國家和政府的「下人」，自我矮化明顯，一見領導就腿打哆嗦，話都說不明白。我曾聽過人民大學一位知名學者的講座，他在舉例中國人習慣對領導神化時也自嘲了一把：「如果今天知道明天錦濤書記要接見我，他媽的我肯定一晚上睡不著，甚至會跳樓」。玩笑歸玩笑，這放在你我身上可能都很合適。

　　這突顯了中國人民主意識的不足，至少是看林達夫婦那本《總統是靠不住的》太少了。毛澤東的前秘書李銳先生曾寫過一篇〈要習慣聽反面意見〉，直言「我們這個封建國家太缺乏民主傳統了，對民主有一種頑固的排斥力。可以說中國吃的很多虧都在民主問題上」。（李銳：《李銳反「左」文選》，中央編譯出版社 1998 年 11 月第一版，339頁）說得真到位。

　　只是，我們心底的那些奴性基因何時能清除呢？

2008 年 5 月 25 日

被動

　　人活在世上就是在主動與被動的的相互博奕中，一個人不可能永遠在主動中，但卻有人一生都在被動中掙扎。當某某獲得了充分的主動權，那我們就會認為他（她）在一定程度上成功了。

　　時下在青年白領中很流行的一個短語是「提前退休」，即在三十五歲之前把錢掙足，然後釋掉掙錢的重負，放浪形骸，在自己喜歡幹的事情中還原真實的自我。如果說社會各個階層構成了一座金字塔，這批人為數不多，在接近塔尖的位置。為什麼要離開金字塔，扔掉手機，甚至不再看電子郵件？這是由於塔中人總是在關係的掣肘中，總會有來自上上下下的壓力，使自己在越來越狹窄的空間中謹慎起來，連笑一聲都得環顧四周。

　　在這個萬元戶都屬貧困戶的今天，三十五歲前退休的人又杳若星辰，所以註定了大多數人憑藉有限度的主動權聊度此生。老莊說知足常樂，確有些道理，因為人比人是會氣死人的。所以如果你有一官半職，車不是自己的，機油也不是自己的，所以你可以大方地用它（當然是在你的任期內），不過開車去買菜的時候車速不要太快，以免土地公公帶你去見閻王爺。

　　在網上看到一個資料說，對某地的女性性工作者的調查顯示，有近一半的女人將自己的工作視作享受，是不是出賣身體如同吸食鴉片？未可知。如果上述調查屬實，那麼它似乎印證了這樣一個真理：被動的盡頭是主動（真是發展的觀點）。不過這樣的主動還是讓我不寒而慄，因為由此可見被動的程度！

　　現在社會各界都很關注「弱勢群體」。什麼是「弱勢群體」？無錢無權無勢的「三無」人員是也。他們被「被動」壓得翻不過身來，所以就當不了自己的主人。有的人實在忍不住，他（她）不懂為什麼手中的資源只是空空如此的破房子，甚至只是午夜的大街，而別人則可以趾高氣揚地擁有香車美女。——被動與主動的落差太大，逼使他（她）「主

動」走在大街上，或賣或偷或搶，借助「強力」找回來自己的價值。但火中取栗的大多數人在法律的裁判台前會付出沉重的代價。

　　報上說某南下打工的民工，多年前在生活無著落的情況下，在夜幕下搶劫了一個男人。其時那男人身邊跟著一個曖昧的女人，所以搶劫很順手。民工兄弟用其中的一部分錢拿去學了個駕照，跑起了運輸，過起了人模狗樣的生活。現在這位原本善良的民工籲請媒體幫助尋找那個男人以還錢物並致謝。

　　這個故事真是有些喜劇（西諺說：這個世界，用理智去體會，是喜劇），所以我覺得這位民工無比天真可愛。余華的小說《許三觀賣血記》中，一生追求平等的許三觀納悶地說：鳥毛出得晚，長得倒是比眉毛長。話不雅，但說明了不平等的事情無處不在，所以人的一生中充滿了苦悶的被動之感。

論研究生導師制應該緩行

師生之關係更多地體現在利用與被利用上，這種多年來積結成的壞風氣已然成了業內公開的秘密。而值得我們反思的是，為什麼就沒有人主張站出來對導師制進行質疑呢？

在中國大陸現行的研究生教育中，無論是碩士還是博士，註定是要有所歸依的，也就是無論如何要跟著一個導師學習，而且是跟到底直到畢業。另有新聞報導稱，近幾年來，國內一些知名高校也開始在本科生教育中實行導師制。如北京大學二〇〇二年已在本科生中試行導師制，浙江大學二〇〇二年已在本科生中全面實施導師制。北大提出在本科生中實行的導師制，導師的職責有三：「一是負責對學生進行政治思想方面的指導；二是對低年級學生給予從中學階段到大學階段學習方法的幫助；三也是最重要的一點就是給學生選擇專業提出一些建議。」

導師制是何方神聖，居然有如此魔力？據資料顯示，導師制最早出現於英國牛津大學的「新學院」（興建於西元一三七九年），當時新生被錄取後到某一學院報到時，學院當局就給他（她）指定一位導師。本科生的導師稱 Tutor，研究生的導師稱 Supervisor。導師制就是為一組學生確定一名導師，在導師和學生之間建立起「師徒」關係。導師是學生所選科目的學者，他（她）負責指導學生的學業和品行，協助學生安排學習計畫，指導他（她）如何進行深入學習。學生在學習期間每週必須到導師那裡去至少一次，每次半小時以上，導師與學生這種談話叫 Tutorial（個別輔導）。「導師制教學促使學生對所學科目進行創造性思維，這是牛津教學體系中最值得稱道的地方。」

牛津與劍橋在建校之初就實行導師制，事實證明，這一制度是行之有效的，培養了眾多具有創新精神、成就卓越的人才。由於導師制在人才培養中的有效性，繼牛津和劍橋之後，世界上許多國家的高等教育都採用導師制。但由於經費和人力的限制，一般只在研究生教育中實行

「導師制」。因此，從導師制的起源看，它最早出現在高等教育領域，並主要用於研究生教育，是作為一種側重於對學生進行個別化學術指導的教學制度而存在的。

　　但正如錢鍾書先生所說，中華文化博大精深，外來優秀的東西一到中國都會變形。到了今天，研究生導師制（一帶多）成了一些教授和副教授謀取私利的理由，或者是因其制度化的規定成為了名副其實的搖錢樹。據筆者觀察，這種現象不只出現在一個學校，而是在中國高校中大面積流行，所以我們提出傳統的「一帶多」的研究生導師制應該緩行，而應大力倡導導師聯席制。

一、導師與學生之關係

　　對研究生來說，每個人對自己的導師有一個評價，但對全國的導師的總體評價都不會太高。因為，師生之關係更多地體現在利用與被利用上，這種多年來積結成的壞風氣已然成了業內公開的秘密。而值得我們反思的是，為什麼就沒有人主張站出來對導師制進行質疑呢？

1.朋友

　　師生之間為朋友，這也要分為兩類：酒肉朋友型和諍友型。前者表現為老師時常請學生吃飯喝酒，但就不談正事，不會涉及學術問題，而且飯錢的支付有兩種，一種是老師掏錢，另一種則是學生湊錢。

　　諍友型顯然是一種理想的導師範本：老師會無私地指出學生的優缺點，並就其優點提出研究方向，並提供有益的資料及研究思路。目前這樣的老師已經越來越少了。

2.雇傭關係

　　現在更多的師生關係處在雇傭層次，主要有兩種類型：長工型（亦即包身式型）和短工型。

　　長工型，即研究生一入學後，大多數時間都為導師佔用，包括寒暑假。佔用的原因是導師的課題多，有書要攢，開公司需要人手，另外雜

七雜八的事務要做。比如我認識的幾個學生同系一師門，為導師要到時限的課題趕了三個月，一本「巨著」出來了，書封面上沒有他們的名字，只在最末頁的感謝裡才「驚現」大名。這個國家級的課題上萬元，導師給這幾個學生一人一千元。今年二月，上海交大九博士炒掉博導，博士研究生就聲稱：「我們是他的私有雇工。」，「教授讓我們長時間為他的公司做項目，而疏於對學生研究學業的指導。」

短工型，即隨時準備著導師叫上「做事」。這個「事」兒有大有小，比如編書，做莫名其妙的課題，又比如幫老師批改學生作業，列印東西，沖印膠捲等等。

3.陌生人

我的一個同學本科和碩士都在一個學校，導師曾任過她的課，後來她選他做自己的導師，一個原因是「他不管，我很自由」。但這樣下來的一個結果是，某一天，他撞見她，居然問：你不是已經畢業了嗎？

這個導師做到了極致，是不管型的代表，他每天只關心自己的家庭，沒有時間和自己的學生說上一會兒話。

另一種則是放羊型。偶爾管一管，而這種時間是極其奢侈的，真應了魯迅先生的一句話：時間是擠出來的。

二、現行導師制之危害

師生之關係呈現出鮮明的利用與被利用的關係，現行導師制難辭其咎，在權利與義務不對等的情況下，種種奇怪的現象出現了。比如一人帶十個博士和十個碩士，很多學生三年不會和導師見上幾次面。這種局面蘊含著巨大的風險，也帶來多重危害。

1.浪費國家錢財（納稅人錢財）

導師申請課題下來後，如果導師自己做，顯然質量上應該還是有保證的，但大量下放給研究生做，導師的義務下放了，質量也會受影響。從這個意義上說，導師坐收漁利，從而是對國家錢財的一種浪費（說貪

污可能太刺耳）。另據瞭解，帶一個碩士，導師每月可得補助三百元，但錢入了袋，更多的導師沒有一種使命感和責任感，倒是導師制成為他（她）得補助的一個制度保障和合法理由。

　　國家錢財當然也是納稅人的錢財，這種以公肥私的現象難道不算一種職務上的腐敗嗎？

2.為人師表的潰敗

　　時下，導師人格缺失成為了一個現實課題。缺失的一個重要的表現是，老師不把學生當人看，從而導致學生不把老師當人看。

　　另外，唯利是圖的導師不是太少，而是太多。有的導師成天飄在外面講課，甚至把最新研究成果在外面去講，而不講給自己的學生，這種情況下如何實現對學生的指導呢？而這樣的行為又給學生提供了什麼的的榜樣呢？

3.治學的局限

　　我們不說那些唯利是圖的勢利導師對學生治學的無益了，就算是諍友關係的，現行導師制下，學生只能跟一個導師，而且在選擇時不一定是自願的（由於學生多，能選的導師有限），這突出的表現出了計劃經濟色彩。再加之中國的國情，人情觀甚為嚴重，所以導師A的學生是不好向導師B討教的，這會影響導師A對自己的評價。

　　另外，導師選擇的困難還表現在，當學生對導師不滿意了，想調換，這會有很大的阻力，而現行制度並不鼓勵和贊同學生換導師。

4.社會風氣

　　我們時常把大學校園稱之為「金字塔」，從純粹性來褒獎它，這在九十年代前應該是適用的。現在的大學校園已然是一個大社會了，各種社會上不合理的現象都會有所反映，貪污腐敗現象不是沒有，而是缺少我們去曝光和懲罰。

　　在師生關係物質利益化的背景下，研究生找導師在很大程度上是看導師的名望和交際網路，並不會在意學術成就。這種勢利觀顯然和現代

社會是合拍的，從而使研究生沒有了 Critical Thinking 的習慣，更多地去迎合社會。這顯然不是社會發展的需要。

從這個意義上說，在被導師異化之前，研究生不應首先將自己異化。

三、解決方案：導師聯席制

我們倡導導師制度應該緩行，並基於改革的現實困難，建議實行導師聯席制。

這種制度的設計原則為：

1. 所有具有導師資格的老師同屬於導師團；
2. 研究生不固定在一個導師，而共用導師團資源；
3. 導師團在固定的時間，固定的地點為學生服務；
4. 導師有義務接受電話或電郵諮詢；
5. 導師補助由導師團掌握，每年由學生評選最佳和最差導師，從而實現導師多勞多得，優勞多得。

……

這樣下來的好處是真正實現「有教無類」，並有利於將導師的權利與義務明確化，對學生的指導更有利，充分體現「相容並包」的好作風。遇到有課題時，則在學生中公開招標，報酬進行公示制度，並根據學生的成果進行評估。

導師聯席制可以解決現行制度的暗箱操作及計劃經濟特點，也能解決部分「多吃多佔」的問題。

據報導，中山大學、華南理工大學淡化研究生「導師制」，考生報考和複試時均不需選定導師。為改變研究生培養中「一個茶壺灌九個茶杯」現象，中大研究生院今年起試行「導師組」的做法，由一個導師團隊帶研究生。研究生報考時不需選定導師，入學頭一年不分導師，做論文時再配備相應課題的導師，並讓學生自由選擇，同時給博導、碩導設定招生人數上限。這種「導師組」制現只是先在外語學院、中文系等院系試行，明年在全校推廣。華南理工大學也改變複試的報考模式。考生在報考時也不需選擇導師，等到複試結束後再作選擇。為了避免導師在

複試中給自己「門下」考生「感情分」的現象，採取考生報考時先不定導師、待複試結束後再由學生和導師雙向選擇的做法。

我們認為這已經走出了重要一步，如果再加上制度上的保證，效果會更好。魯迅先生在一九二五年五月十五日《莽原》週刊上發表〈導師〉一文，言辭激烈：要前進的青年們大抵想尋求一個導師。然而我敢說：他們將永遠尋不到。……青年又何須尋那掛著金字招牌的導師呢？不如尋朋友，聯合起來，同向著似乎可以生存的方向走。你們所多的是生力，遇見深林，可以闢成平地的，遇見曠野，可以栽種樹木的，遇見沙漠，可以開掘井泉的。問什麼荊棘塞途的老路，尋什麼烏煙瘴氣的鳥導師！

這種思考路徑顯然太過極端，但它也為我們提供了一種思考方向，那就是必須先改良，再改革，將研究生導師制進行優化，直至將其幻化於無形，讓學生自主聯盟起來，因著共同的愛好，在學術研究上取得不斷的成就。

2004 年 4 月 11 日

寫作相關背景

教育何為？

博士炒掉博導

二〇〇四年二月十七日，《大學週刊》獨家報導了上海交通大學電腦系六十六歲的博導王永成教授被自己帶的九名博士研究生聯名「罷免」的消息，博士研究生在接受記者採訪時坦言，聯名要求更換導師的原因是王教授長時間讓他們為「法定代表為其夫人陳祖申」的上海納訊高科技應用研究所有限公司（以下簡稱納訊公司）做項目，而疏於對學生研究學業的指導。而二月十八日，報導的當事人王永成教授委託納訊

公司主要負責人張凇芝先生致電記者辯解稱，博士研究生要求換導師，主要是因為有研究生偷了納訊公司的東西，事情敗露。

九名博士生公開的一致態度是：「如果學校不同意更換博士導師，我們就集體退學。」最後，學校從人才培養角度出發，尊重學生的意願，同意將九名博士轉到其他導師名下。」面對記者，校方負責人承認最終做出更換導師的決定，或多或少有點迫於博士研究生上訪壓力。

他山之石

我覺得，中西教育差別，就像社會制度和文化傳統一樣深刻而源遠流長。

在牛津，我的第一個印象是，這裡的專業劃分相當粗疏，講究博與通，是可能工具型，而不像我們那樣是專用工具型。比如，牛津大學只有研究生才可以說是哲學專業，本科生則叫做「PPE」學生，這是指攻讀哲學—政治學—經濟學（philosophy-politics-economics）的學生。在結束本科，念研究生時再專攻以上三種專業中的一種，這種安排使文科學生在本科階段具有較為廣博的知識。

一般而言，西方學生的獨立思考能力強於中國學生。我們看重的是現存的知識，他們看重的是會不會出主意，不論是學生、教師還是研究人員，他們掛在口頭，常常讚揚的就是說某人有「idea」。我曾問過一位著名的牛津哲學家：「你認為最好的學生應該是什麼樣子？」她的回答使我感到意外：「最好的學生就是能教給我一些東西的學生。」

這是典型的牛津導師制教學：我每週給學生指定閱讀書籍與論文題目，然後面談，討論。這個學生在論文和討論中的表現常常是令我驚喜參半，許多我急欲表達的看法，都被她搶先表達出來了。

依我的標準，西方學校對學生抱一種自生自滅的態度，很少強制，你是天才靠自己奮鬥冒尖，你不求上進，甚至自甘墮落，也是咎由自取。我的一位英國朋友的兒子吸毒，來管的是警察，如果在中國，恐怕班主任、校長都有干係。中國的教育強制成份重得多，學生的表現、成績，總要符合家長、學校、社會的要求。

徐友漁，《中華讀書報》

教育與「國際接軌」

美國中學無導師

在美國一到中學就並無「班級」一說，都是學生按照要求各自選課。全美中小學師生的比例在一九九九年的統計資料是 1：16.6。在美國當然不會有人用「研究生教育」和「導師制」來教中小學，因為那顯然違背教育的常理。

程實燕，《世紀中國》

上學就像喝醉酒

喝醉酒是好幾年前的事兒了，那時我正在異地晃蕩，和一群散漫的人一起工作，又仗著二十四五的年輕勁兒，喝酒總是沒有節制。一直讓我記得清楚的是在大三時寫過一首酒的讚美詩，是用的歐式句子開頭，詩稿散失了，末句卻記住了：在一方圓桌上，我們舞起了先鋒的武器。受了這「糧食中的糧食」的勾引，所以常喝醉，最厲害的一次是自覺走路不太行了，兀自走到吉普車後，攤在車後鋼板上回公司，下了車後頭很木，有恍若隔世之感。

不過社會進步得很快，已經沒有必要把苦悶只通過醉酒來解決，比如可以蹦的，唱歌啥的，況且白酒的市場開始萎縮，啤酒、紅酒成了宴客主角。從這個角度說，要醉一次是很難的，當然你還可以說，現在忙得「連醉酒的時間都沒有」。

現在想來，上學與喝酒的聯繫愈發緊密起來，我一廂情願地認為上學等於喝醉酒，當然這裡的「上學」主要是指念大學本科、碩士和博士。之所以有這樣看似牽強的附會，實則是因為二者有著驚人的類似。

二者最大的相同點在於，它們都使我們處於自我麻醉狀態，這種階段性的眩暈感覺讓我們有了進入烏托邦社會之感。當然由於時間的短暫性，我們很快就會恢復常態，回到殘酷的現實中來。

一、幻想世紀

上學的一種解釋是構建了從家庭到社會的橋樑，而另一種解釋是延緩我們進入社會的痛苦感受的來臨。

以後者論，我們一上學，就開始在虛幻的幸福氤氳裡。「兩耳不聞窗外事，一心唯讀聖賢書」倒成了正常的表現。但也正是幸福是虛幻的，所以，我們就有理由去狂放不羈，可以風花雪月，可以不按常理出牌。

　　而更大的問題在於，我們常被自己迷惑：我們以為外面的世界與學校裡的世界一樣的。但事實上，學校相對封閉的自主性小社會有著不一樣的遊戲規則，所以當我們自以為是地衝出入社會意欲縱橫捭闔時，才發現我們幼稚得多麼可怕。

　　一種極端的說法是，學校是教人行善，社會是教人行惡。這實際凸顯了理論與現實的脫節。從這個意義出發，有心人顯然可以指出，大多數老師都是虛偽的：他們在三尺講台上宣講自己都不信的鬼話，而它們又像鴉片一般毒害著一代又一又一代人。理解的人大概會說：老師的人格分裂不是他們自己的錯，可能是社會現實的錯，又或者，這是學生們的錯。——為了讓學生的美夢做得更長一些，再長一些……

二、磨劍還是拼殺

　　對於上學來說，用「面壁磨劍」這個詞來形容其過程是貼切的。在中國的傳統文化裡，修身齊家治國平天下是典型的士大夫理想。學校當然是修身的一個好場所，因此成為青年「磨劍」之地，而這是需要時間成本的。但我們的先人推崇的是「厚積薄發」，這實則是一種謙恭之態。這種狀態被少見的李敖同志給顛覆了，他在《李敖有話說》的宣傳片裡公然宣稱：上知天文，下曉地理；三教九流，無所不知，無所不曉。大概正因如此，李敖就永遠在主流之外，而被稱作如春樹般的「另類」了。

　　說到底，我們的學習總是在「經世濟用」這個核心上打轉轉。最大的問題在於，我們幾時開始不磨劍，而是開始拼殺江湖。

　　一個經典的案例是，學生 A 在本科畢業後選擇了繼續深造，研究生畢業時到人才招聘會找工作，卻意外發現自己投遞簡歷的一家公司人事主管卻是自己的本科同學。

　　或許在國外，A 對於進這樣的公司會有無所謂的態度，因為到哪個公司都會遇上先陌生後熟悉的人，而合作是第一位。但這在中國總是受到「文人相輕」思想的影響，因此排斥心理倒成了常態。

　　引起共識的是，有的職業不需要研究生學歷，主要是基於其較強的實踐性，比如新聞記者。但問題在於，當本科生多如牛毛，研究生大批

擴招時，「人才高消費」顯然成了一種正大光明的理由。這種社會力量實則極大地影響了中國高等教育的發展。正如我們的老師們在教授先進的理念後，就會說：這在實踐中是不中用的。又或者，為了就業考慮，在研究生中加大實用技能的培訓。

有道是，計畫跟不上變化，所以當我們潛心磨劍時，並不知道市場上需要什麼樣的劍。有人自然會說，知識總是永不過時的，這話我是深刻懷疑的，因為知識背後蘊含的觀念和思維方式總是在變的，正如現時代一個口中「之乎者也」的人在社會上是一個落伍的人一樣。

磨劍和拚殺的抉擇考驗著我們。事實證明，有的人是適合在社會上闖蕩的，因為他們 EQ 很高，而有的人適宜在象牙塔裡鑽研和工作，是因為智商的優勢更明顯。這種說法在理論上是對的，問題在於：每個人都是一座廬山，很難把自己看得清楚，因此導致了徬徨與失意。

三、人格缺陷問題

我不得不說的是，書讀得越多的人，人格缺陷越明顯。如果有人批判，我會保守地說，這種說法對工作後讀研的人來說是八成適用的。所以我們在大學校園裡會遇到很多個性化的人，比如不理任何人，比如對公共衛生肆意破壞，比如性變態。

在我採訪一個心理醫師時，他將心理健康定義為：一個心理健康的人首先是要有良好的個性，其次要有良好的處事能力，最後還得有良好的人際關係。而「個體健康」可以這樣理解：個體在自身及環境許可範圍內是否達到最佳功能狀態。從狀態的情況就可以來判斷他（她）是否健康。

從上述觀點看，很多人都是有問題的，而這在青年學生中為甚。說不上是學生的錯，也怪我們的教育總是偏狹與落後的。長期以來，我們的心理教育是缺失的，我們更多地是用「愛國、愛社會主義」之類的人民倫理教化學生，當小學生長成大學生時，他們猛然發現，自己內心的痛楚與惶惑沒有教科學浸潤。

一個現實問題來了，很多人在大學裡感覺良好，一如股市裡的「績優股」，一畢業卻成了「垃圾股」，剛畢業就失業的就不在少

數。在今年六月，媒體報導的一個農民玩轉兩千大學生做傳銷的新聞
是很能說明一些問題的。一夜暴富的心理，盲信、盲從的心理都起
了作用，這種單純的表現在學校是可愛，在社會上就是可氣、可悲和
可恨。

四、原來劉項不讀書

　　在改革開放多年後的今天，「讀書無用論」大概又死灰復燃了吧。
唐人章碣有一首《焚書坑》：竹帛煙消帝業虛，關河空鎖祖龍居。坑灰
未冷山東亂，劉項原來不讀書。這句詩被李敖在電視節目中反諷文革中
的一些愚蠢作為。而現在的問題是，知識分子邊緣化問題依然存在。邊
緣化的探討在去年余英時先生的一篇文章裡被深刻地談到（余英時：中
國知識分子的邊緣化，《二十一世紀》，2003 年 6 月號）。我們不得不
承認，余先生思考的歷史感和現實感都是我們難以企及的。文中說：在
傳統中國，「士」確是處於中心的地位。「士」在傳統社會上是有定
位的；現代知識分子則如社會學家所云，是「自由浮動的」（free-
floating）。胡適在《日記》中曾引沈從文的小說中話：「你要想成功，
便得『痞』一點」，接著他說：「我不能『痞』，所以不能弄政治」
（大意如此）。這個「痞」字正是邊緣人的特色之一。

　　我不知道了「痞」之後還能不能稱之為知識分子。翟學偉在《中國
人的行動邏輯》（社會科學文獻出版社 2001 年 3 月第一版）一書中指
出，中國人的臉面觀中有四類：

　　1. 有臉有面子

　　2. 有臉無面子

　　3. 無臉有面子

　　4. 無臉無面子

　　這其中，無臉有面子的人是社會、政治、經濟、文化及日常生活的
最大受益者和實利者，而有臉無面子的人在社會行動中失落或邊緣化，
部分人痞化。臉是自己的，面子是別人給的。對於中國知識分子來說，
沒有了臉，世界會變成怎樣？所以真正的知識分子斷不能丟臉的，而現

實是，有臉有面子的人是極少數，所以更多的知識分子被迫處於要了臉卻沒面子的地步，這事實上是一種社會促使其邊緣化了。

現實的問題就來了。當我們滿懷憧憬地把書讀厚讀薄再讀厚後，我們面臨著上述悖論的選擇。一些博士考了公務員，做的工作只是小兒科的事務工作，但考的人依然趨之若鶩。這種嚴重錯位讓我感到無話可說。

而在商業時代，更多的傳奇讓我們疑惑，做成功的商人要的是學歷還是經歷？同樣，做政客也是有著同樣考驗。

有意思的是，在西方，赫伯特・斯賓塞在內的許多傑出哲學家，已經毫不費力地證明，教育既不會使人變得更道德，也不會使他更幸福；它既不能改變他的本能，也不能改變他天生的熱情，而且有時——只要進行不良引導即可——害處遠大於好處。（勒龐：《烏合之眾》，中央編譯出版社，p.71）這種論調的一個背景是：受教育對學生來說就是背書和服從。而這種背景在中國顯然也是很深厚的。

勒龐說：「國家用教科書製造出這麼多有文憑的人，然而它只能利用其中的一小部分，於是只好讓另一些人無事可做。因此，它只能把飯碗留給先來的，剩下的沒有得到職位的人便全都成了國家的敵人。」（見上書 p.74）這顯然是危言聳聽了，不過對我們的教育理念和政策應有警示作用吧。

五、結語

還是回到我的開篇。正是由於有著幻想，有著種種缺陷，我們在學校喝著墨水，實則是喝著酒水。並不是不要幻想，都去做不現實的完人，也不是大家都棄文經商，或者從政。我們最該清醒的是，讀書時的那些幻想只是烏托邦，輪到現實的光亮一來，肥皂泡就會灰飛煙滅了。

書還是要讀，路依舊要走。一九九一年，我初中畢業時，女同學寫了這樣的留言：

　　　想想我還年輕
　　　想想這路正長

　　想想前面還有好風景等著我

　　想想這些

　　我就不會痛苦地活著

　　這個我心儀的女生最終嫁給了一個我看不上的男人。世界本如此地荒謬，就像我們讀著書，喝著酒，談談情，跳跳舞。

2004 年 6 月 23 至 30 日於定福莊

偉大的作品

　　每個人都幻想能有一部偉大的作品。這是為什麼呢？因為在短短的一生中，我們的肉體都會煙消雲散，不留痕跡。一旦有了偉大的作品，它就會像我們死後不滅的靈魂，將我們的腳步延伸到永遠之遠。

　　對於碼字的來說，大概沒有一個不想「語不驚人」的，那些「紙上的風景」成了他們最大的舞台。偉大的作品或許是《紅樓夢》這樣的煌煌巨著，又或者是〈報任安書〉這樣的千字文，抑或顧城〈一代人〉那短短的兩句，而最短的莫過詩人北島的詩歌〈生活〉中那一個字「網」。

　　寫作者們一生的夢想實際是在尋找一個字，一個詞，一個句子，它們是用錢買不來的，卻可以換來錢對酌三五杯；它們也是時間換不來的，比如曹禺先生二十幾歲寫完《雷雨》後長達幾十年而難有扛鼎之作再現；它們也不是空間能換回來的，有的行遍星球也不會「下筆如有神」，有人卻能「坐地日行八萬里，巡天遙看一千河」……

　　而有的偉大作品不是寫出來的，而是上蒼賜的。如你所知，我們都是父母的「偉大作品」，即便我們不承認，天下父母心裡是有一桿秤的。我們為什麼是父母的偉大作品呢？這是因為每個人都是凡人，知道自己不會「長生不老」，從而自我是「有限的」，無論是生命的長度或是深度。兒女則是父母的一個鮮活載體，他們成就著老一代的光榮與夢想。仿照麥克盧漢的媒介學說，兒女們正是父母們的「媒介」，是他們眼睛的延伸，手腳的延伸，最重要的是——心的延伸。

　　想想看，要產生父母眼中的「偉大作品」——「我們」的機率是多麼地小啊！當我們的父親遇上我們的母親，這中間要經歷多少周折和不確定性，而到我們這些小鬼橫空出世，再長大成人，又要經歷多少磨難與心碎。而我們這些驕傲的小生一長大後，就以為可以用堅硬的翅膀搏擊藍天，而早已忘記父母的期望與執著。

　　年輕氣盛的我們踐行在路上，尋找自己的「偉大作品」，用我們的眼睛、手腳和心。到某一天的時候，我們的青春換來我們的孩子，那時

我們或許又會認為這才是最稱心的「偉大作品」。這真有些愚公移山的勁兒，子子孫孫無窮盡也。

而對於那些不要或沒法兒要子女的人們來說，他們顯然會找到其他合適的「媒介」作為他們的「偉大作品」。他們或許只要良好的生活方式，或許只是驕人的業績，或許沒有或許……

正是為著偉大作品的誕生，我們還在碼著字，我們還在冰天雪地裡奔跑著，我們還在鄉村和城市尋找著，那些現實的碎片飛舞著，理想在我們懷裡溫暖著……

2004 年 12 月 16 至 22 日

缺乏常識的人

「回到常識」，這是很多研究社會問題的人最喜好的口號。說來容易，做起來卻很難。我一向對國際關係和國際新聞不甚感冒，主要是覺得光國內的事情多關注、多思考都已經夠費力了。但最近基於反日情緒的高漲，我忍不住還是想要簡略地說上幾句話。這一舉動的前提是你願意說話，不願做「沉默的大多數」，以及有人願意給你提供說話的機會或平台，而是否有人聽，能否聽得進去，倒不是說話人能掌控的了。

由於日本政府的一系列舉動，比如對靖國神社（裡邊除了東條英機，也有日本的民族英雄）的週期性參拜，對教科書的篡改（但用量在日本只佔 0.1%），對常任理事國的覬覦，都對包括中國人在內的亞洲人造成了極大的傷害。真是各國有各國的實際情況，與韓國官方強硬的態度相比，國內倒是民間反日情緒高漲，千萬人網上簽名抗議日本入「常」，鬧到前幾天的所謂「線民」萬人大遊行，在中關村海龍誓言拒買日貨，後來又導致對日本料理店的打砸事件。不過，日本料理店其實不一定是日本人開的，倒很可能是中國人開的。正如當年中國民眾反美遊行時去砸某國內品牌的休閒服飾店一樣，只是人們的誤解而已。

從社會心理學角度，我情願將遊行的人們視作勒龐先生筆下的「烏合之眾」，他們需要口號，需要演講家，他們需要重複的刺激。這是人的社會性的一面，不存在對與錯。但問題在於，對於拒日貨及打砸的來說，他們已經犯了一個常識性的錯誤。在一般人眼中：

反對日本政府 ≠ 反對日本人 ≠ 反對日本產品

但事實上，他們的行動證明，他們是把「≠」作為了「＝」。所以這就是我看不懂的地方。

打一個不算特貼切的比方：按照他們的推論，我們對台獨有意見，對阿扁切齒痛恨，那是不是我們就要拒買台灣商人的產品比如「統一」、「宏碁」呢？

　　正是有一些人喪失了起碼的「常識」，所以行為會有過激，從而也容易被人利用，這是我最不願意看到的。

　　順便說一句，中國人總喜歡管太遙遠的事情，比如對國際新聞的關注過於對國內新聞的關注，這在全世界都是罕見的。奇怪的是，卻少有人站出來指出這一點，即便指出來了，卻如「沉默的螺旋」理論所說的那樣，淹沒在一些所謂「主流導向」中去了。

2005 年 4 月 11 日

人人都當公務員？

　　據央視國際二○○三年十一月一日消息，三十六萬人報考中央國家機關公務員，將錄取八千人。人事部今天公布了二○○四年中央、國家機關公務員的報名情況。在十天的時間裡，共有 360,240 人通過互聯網報了名，其中 181,488 人通過了招考部門的審核，報名人數與合格人數都是歷年最多的。這次中央、國家機關公務員招考的職位總數只有八千人，因此競爭將十分激烈。

　　所謂公務員，顧名思義，當然是人民的公僕角色，有志青年懷著「為人民服務」的崇高精神腳跟腳地去報考爭取，當然是我中華之幸了。然而卻有另外一個現象值得我們注意：南方週末最近一系列的報導卻是與人人爭當公務員相逆的。該報二○○三年五月一日的〈市長為何要辭官〉一文報導說，四月二十日，被當地政界人士稱為溫州施政史上高水準的前副市長吳敏一辭職下海。在吳辭官的同時，溫州市另一位副市長林培雲，以及溫州市政府秘書長何包根、副秘書長王運正也提出了辭職。

　　同期報紙還有一篇報導為〈「建湖現象」調查〉。四十六歲的原江蘇省鹽城東台市市長王小平在去年十二月辭職建湖縣任一家民營企業的總經理。而在鹽城市，王小平辭職下海並非個案，二○○二年辭職的還有建湖縣副縣長、四十九歲的胥正洋，建湖縣政協副主席，三十八歲的戴梅，濱海縣委常委、宣傳部長，年僅四十歲的唐逸；這四位都是縣處級幹部，且都是建湖籍人。

　　聯想到近段時間以來江浙一帶接連發生的「辭官下海風潮」，我實在是感慨良多，加之身處大學校園，更有些想法不吐不快。現在大學校園裡的碩士、博士表現出對中央國家機關工作人員職位抱著過度的熱情，這實際是不正常的。

　　出現這種狀況的一個背景是：有人說「碩士、博士滿街走，到哪找工作？」雖有些誇張，但卻反應了一個現實：一九九八年，教育部副部長周濟，就很自豪地說過，我國在校博士生數量已位居世界前列，僅次

於美國和德國（到二○○五年，我國在校研究生將突破一百萬！）。當然現在早就「躍進」到令世人瞠目的地步了。所以人們說研究生大幅貶值，所以就有人們狂熱地去報考公務員。可問題在於，中國並不缺少優秀的公務員，而更缺少的科學家和人文學者。試想想，國家花了大量的錢讓學生「學有專長」，去為著穩定的工作而去換專業，幹風牛馬不相及的事務性工作，這該是多大的浪費！而我們的報考者在趨之若鶩時，又有誰自問一句：「我為了什麼而去報考呢？」

前面提到的吳敏一據說並不是一開始就想從政，他自己說：「研究生畢業後，我更想在大學當一個老師或者做一個自由職業者，而不是去當官。」這樣的話顯然對我們具有重要的參考意義。他還說：「世界上哪個正常國家把當官看作唯一甚至主要的價值取向？希望通過這種方式（辭官），打破那種認為當官是社會唯一價值取向的看法，『上台為官，下台為民』，這應該是包括官場在內的中國社會的一個方向。」所謂英雄所見略同：在十一月二日央視《面對面》節目《龍永圖：博鰲物語》中，龍永圖說了這樣一句話：「我們中國長期以來形成一種觀念叫做學而優則仕，只有當官才能光宗耀祖，但是我覺得隨著我們經濟體制改革和政治體制改革的發展，我覺得從做官的到民間，到企業任職這種情況會變得更加通暢，老百姓也會覺得這個也是司空見慣的事情。」

而讓我們不可忽視的是，這種「做大官」、「出人頭地」的觀念在國人中由來已久。遠在戰國時代，蘇秦在初期說秦王連橫不成後，「歸至家，妻不下紝，嫂不為炊，父母不興言。」待至他說趙合縱後，被趙王封為武安君，受相印，革車百乘……將說楚王，路過洛陽，「父母聞之，清宮除道，張樂設飲，郊迎三十里。妻側目而視，傾耳而聽。嫂蛇行匐伏，四拜自跪而謝。」問及原因，嫂子直說：「以季子之位尊而多金。」（《戰國策·蘇秦始將連橫》）想起孫中山先生的一句警語：「要做大事，不要做大官」，聯想到目下的現實，實在是有著深刻的時代意義。

正是基於此，在我們選擇職業生涯時，要多想想個人價值與社會價值的最大結合，而不是共擠獨木橋。而這種觀念的轉變的前提還在於國家工作人員收入的透明化，以及公務員職業化程度的大幅度提高。而目前看來，任重道遠。

《油漆未乾》：我們都給異化了

　　昨天晚上到人藝看了《油漆未乾》，這是歐陽予倩先生的譯作，因此這部戲也是紀念他一百一十五周年誕辰之作。《油漆未乾》的原著是法國人勒內‧福舒瓦，劇本堪稱典型的「三一律」範本。三幕戲一台布景，時間限定在上午九時到下午四時這幾個小時的時間內。故事講述了一個窮畫家潦倒一生，貧病而死，死後他的作品居然奇跡般地被世人發現，身價倍增。於是造假畫的、藝術商販蜂擁而至畫家生前寄居在哈醫生家中「掘礦探寶」，希望大撈一把，哈醫生平靜的生活被打亂了。他在金錢的夢魘裡經歷了貪欲的誘惑與破滅。

　　哈醫生是一個鄉下醫生，上午還是一個「安安分分、心平氣和」的醫生，但正是由於客居畫家克里斯賓生前所留畫作攪亂了他。為著在「經濟不景氣的時候」能猛賺一筆，所有的尊嚴與道德都拋卻雲外了。

　　說哈醫生是一個小市民是對的，說他是一個農民或許更確切。當然，小市民自己或者自己的祖先都曾紮根於廣袤田野，從這一點來看，骨子裡的自私與貪利是一脈相承的。我關心的是，在我們先天裡有的這些「惡」，為什麼在哈醫生多年的「救死扶傷」的自我感召下還是沒有轉化？

　　這就涉及到一個問題：我們工作著是為什麼？從哈醫生不同意攜妻帶女到情人島去這一點來看，經濟不景氣的結果導致金錢高於一切，省錢成了生活的一種藝術。再深一些想，金錢是什麼？它只不過是我們生活中的一種媒介，是為我們而生的。問題在於，現在，我們已經為它而生！這樣下來，《油漆未乾》的現實意義得以更大彰顯。

　　馬克思多年前就對資本主義社會中工人的生活和工作狀況用了一個詞，那就是「異化」。這中間包含幾個層面：工人與勞動過程的異化，工人與勞動產品的異化，工人與其他勞動者的異化以及工人與自己的異化。革命導師雖然說是針對資本家的罪惡來同情普通工人，但這「異化」卻不是哪個社會的專利，除卻共產主義社會以外，其他各種類型的

社會都是會有的吧。幾月前，當我拿到一月兩千多的薪水時，我就想，這只是北京城半平米而已，而我還要有基本的生活保障，照這樣下去，幾十年下來，一間小屋都買不起。從這點來說，錢豈止異化我，成了我的對立物，倒更像是成了我的神。這個原理對有四千元一個月的人來說也大抵適用。

為什麼會有這個現象？我們一生中只為著衣食住行就累得半死，幾時能過上有品質的生活呢？這顯然是由於勞動力價格偏低的緣故。現在的研究生畢業，在北京能有三千元一月，都會有滿足之感。這呈現出什麼問題？十九年的寒窗苦讀，月工資抵不上一個街頭小販的收入，這會對有理想的青年人有什麼樣的啟示與影響？在這種情況下，誰還會堅壁清野，不讓自己被金錢異化掉？

我的一個朋友說，他剛到北京時，報社的一老總對他說：不要將自己「藍領化」！這當然成為我們的一種信念，但問題是，資本家越來越精明了，所有狠毒的手段都掌握了並隨時使用，在我們不準備將自己「藍領化」時，他們就把我們「藍領化」，還永世不得翻身。在我的瞭解中，全國媒體從業人員中，上了三險的人大約不到 60%，這種估計還是樂觀的，但正是這批人，他們有著些微的話語權，整天在別人的媒體上大呼小叫地宣傳勞動法、合同法等等，監督那些不合理的用工現象。這是怎樣的一個心境呢？！

一直想過這樣一種生活：工作半年，休閒半年。這種生活源於一種理念：人生苦短，活著不只是為了奉獻，還是為了享受。而這種現實實現可能只是這個社會裡一小撮人的專利，他們高呼三十五歲之前退休，而且實現的可能性極大。

這是我「想做地主而不能」的時代，想起來頭很痛，是鑽心的那種痛。

2004 年 8 月 25 日

一個平民的格言

——卅年頓悟錄

1. 以真理部的要求來要求中國學術研究，中國不但不會有大師，就連有骨氣的知識分子都要絕種。
2. 我敢說，全大陸幾千萬黨員，真正知道什麼是黨的人寥寥無幾。
3. 我們尤其要警惕那些天天這樣說話的人：「我以黨組織的名義要求你們……」「我時刻以黨員的標準嚴格要求自己」
4. 被查禁的圖書、音像製品，和那些在新華書店裡出售的同類品比起來，或許更值得你看。
5. 我相信我和大多數中國人一樣，從未嘗試過對外在物（體制、強權、領導之類）的反動。但從三十歲開始，我對自己的內心開始反動。希望這樣的人不缺。
6. 教師、醫生、律師，這些令人敬仰的職業和記者一樣，已經很臭大街了。但問題是，當我們有幸或不幸身為這些職業之一分子時，我們還會拉一通大糞。
7. 當我對這個世界絕望的時候，當我被人傷害時，我最討厭見到人這種動物。
8. 裝不是本事，裝成了偉人、英雄或達人，那才叫真本事。
9. 當這個社會只有行將就木的人，或功成名就的人才敢說真話時，孕育這個社會的國家算是完蛋了，這個國家的子民算是遭殃了。
10. 領導講的話，並非都是重要講話。
11. 沒有言論，不代表不自由；不自由，不代表無言論。
12. 活著的人，喜歡評點故去的人；死去的人，在天看著大笑話。
13. 結婚的人不一定相愛，相愛的人不一定在一起。
14. 龍應台說，有什麼樣的人民，就有什麼樣的政府。我說，反之亦然。
15. 歷史看起來都是人寫的，但水平高低不同。
16. 新聞不一定是真的，流言不一定是假的。

17. 人格不分裂的人我沒見過。

18. 宣傳有理，盲信有病。

19. 生亦有道，死亦有道。

20. 人生之無奈：白天是禽獸；學術之無奈：晚上當教授。

21. 今天是禁書，弄不好二十年後是好書。

22. 真理並非總在正史中。

23. 突然想到：這個社會所謂公共知識分子，或敢於仗義直言之士，其實都對現有秩序或規則有著極強的反叛意識，這是多麼恐怖的事情。問題是，秩序或規則像屎坑裡的石頭一樣，依然故我。難道我們只好長歎一聲：算你強，然後繼續隱忍前行？

24. 我這幾年開始認為，中國現在仍是亂世。英雄沒出幾個，或許逆子叢生。

25. 偶爾翻越 GFW（網路長城），突然感覺我們牆內的人像是在淪陷區，找了大海上漂浮的 twitter 作租界，打掉了「莫談國是」的遮羞布。唉，網路民國時代再現。

一個非「兩會」代表的 N 個提案

很不幸，本人今年三十三歲了，平生只拿到過一次某定人選舉的選民證，結果還棄權了。我一向有危機意識，生怕這後面幾十年也沒有機會被選舉為全國政協或全國人大代表，連提案都沒有機會提，真算是枉了此生。所以，我現在就想以一個非「兩會」代表的名義，寫 N 個提案，不講細則，只講想法。

一、選舉全國政協代表和人大代表時可否把候選人的資料一併在主要媒體和網路上公布出來。讓大家知道他們都是做什麼的，做過什麼事情。

二、在召開全國「兩會」前一週，可否將這幾千人的提案公開出來，通過主要傳統媒體和網路廣為傳播，並請各方人士甄選一下，哪些可以深入討論，哪些一筆帶過就成。另外，對每一提案的後續情況能否有一個公開交代？

三、是否可以建議讓上訪明星們成為全國「兩會」代表呢？實在不行，讓他們旁聽「兩會」也成。黨和政府耗財費心地在全國各地請代表來開會，招待如上賓，為何不可以對那些千里迢迢且自費赴京上訪的代表投以關注的目光。據某人大代表說，前幾天他又看見有警察在進京的路上堵上訪者。想想看，這是不是不太人道？

四、全國「兩會」並不是因為它們在北京開才是「全國的」，而主要是匯集了全國各省市的代表。那麼，我可不可以建議一下，以後全國「兩會」可輪流到全國各省市開。據本人瞭解，有官職的領導「代表」身後跟的人甚至有十來個。這樣下去，代表們可以為當地起到拉動 GDP 的作用。而更重要的原因是，北京的交通已經夠堵了，據報導為本次「兩會」，僅維護交通的大學生志願者就達到四千人之多。這樣不但影響這些祖國未來棟樑的學習時間，也省了不該省的錢。而一開「兩會」，

車輛驟增，也不利於北京的空氣質量，弄不好影響中國的國際形象。

五、《憲法》第七十四條規定，全國人民代表大會代表，非經全國人民代表大會會議主席團許可，在全國人民代表大會閉會期間非經全國人民代表大會常務委員會許可，不受逮捕或者刑事審判。這樣的規定顯然是樹立人大代表地位的努力。但本人卻聽到它的一種負面效果：在不少地方，一些企業領導人或官員千方百計要弄個全國人大代表當當，從而給自己加上一把保護傘，即便是犯了案，也有時間找人托情之類。這一現象也值得關注。

六、說到底，全國「兩會」是全國人民出錢來開的。到底每年花多少錢，倒是可以公示一下的。

……

臨時想到的就這些。按照《憲法》第七十五條規定，「全國人民代表大會代表在全國人民代表大會各種會議上的發言和表決，不受法律追究」。我希望自己以一個非「兩會」代表的身分，也能享受一次大膽而免責發言的權利。

2007 年 5 月

B面　旅途的風景

閒話重慶人的語言

　　去年某日，與一女子首次約會。我剛開口，她就詫異地問：「你不是重慶人？」這教我心底悲涼。事實上，重慶城裡長大的孩子有著天然的優越感──一如北京人之於外地人，連操持的語言也迥乎不同。

　　說到語言，重慶人真是有著創造語言的天賦。（有好事者就將「重慶言子兒」編印成書，將奇詞怪語的來歷介紹一番）。在外地待上一年半載後返回山城，我被一些詞語搞得暈頭轉向。沒人解釋，誰知道「燈兒晃」、「吃皮」和「洗白」是啥意思？眾所周知的「雄起」一詞不是連四川人一度也不明白嗎？

　　我曾設想以《重慶人的語言生活》為題出一個集子，側重對常用口頭語來作一番文化闡釋。本人的分析顯示：作為北方語系之一員，重慶話實際上是文雅的典型。比如鄰里鬧矛盾，鄉人稱之為「割裂」，多文多形象；又如打麻將時兩人等著上場，一等有人「自摸」，贏家的左右邊的牌友就給換下，此謂「雙飛燕」。

　　重慶話是雅裡面又重形象，這與本城人的形象思維發達有關。所以近視的同志一到重慶就會被人大喊「眼鏡、眼鏡」，背駝的人被喚作「駝背兒」。

　　有一種觀點在巴蜀大地甚為流行：重慶崽兒的話好聽，成都妹子的話綿軟香甜。後者說話軟而綿，有如吃湯圓糍粑，前者說話抑揚頓挫、宛轉悠揚，甚至比唱的好聽。──當然誇獎重慶男子是貶低重慶妹子的意思。因為凡到過重慶的人對其「出口成髒」的本領佩服之至，比如昨天我在搭乘電梯時，前面的一個女子對她的女友說：「你簡直是頭豬！」我咳了一聲，她回頭看了一看，不屑地回過了頭。──這還算好。有惡的女子還會給我一句話：你遭毛咯住了哇？！更有公眾場合裡（特別是公交車上）對罵的，雙方的祖宗八代都難逃此劫，導火線可能僅僅是某女踩了另一女的腳而已。怪不得有人將重慶評為中國「最火爆」的城市。

　　不知是可喜還是可悲，我等青年一代的人正在努力規避一些敏感的詞語（城裡人少用）。說白了是說出來別人覺得土，怕被人哂笑。——這可能是在向城市化邁進的標誌。不過我還是有意識地去接近下層人民（如棒棒們），聆聽他們的話語：

> 一個棒棒問另一個棒棒：今天業務咋樣？棒棒說：哪裡有業務喔，遇到梅老坎了（《山城棒棒軍》裡一人物，意為倒楣）。

　　在公交車上，甲對乙說：你娃今天差點兒遭扒哥扒了。不是哥子我給你信號的話……乙卻說：不消你說，我盯得到秤（知道利害之意）。

　　這樣的話我喜歡聽，個人認為這是重慶最正點的表達。

閒話重慶人的語言：
重慶語言中的「吃吃喝喝」

　　重慶無疑是中國吃喝玩樂的一個聖地，無論吃的內容還是花樣，在國內都是首屈一指的。——而我在這裡要說是重慶話裡的「吃喝玩樂」，這從又一個角度看到了重慶人的自在與自足生活。

吃皮

　　吃皮的意思是有獲利的可能。這種語言在牌場上用得最廣。我不知道用「皮」字是否是因了古語「皮之不存，毛之焉附」的流傳。不過在重慶方言中，「皮」如是「匹」的通假字，那麼，一匹錢是一萬元，大約在這裡用最簡潔的「匹」代指錢了吧。

喝粉

　　重慶人很少用「喝」字，「吃」卻是大面積流傳，比如說「吃煙」。倒是在湖北西北地方，有「喝煙」的說法。在這裡，人們用「喝粉」來替補「吃皮」一詞的使用。愚下理解，「粉」不會是麵粉（巴人不喜歡，再說價格不高），更合適的意義來源是白粉。這樣的緣由如下：巴山離雲南不遠，販毒的人們也在重慶不少活動，吸毒的人也不會很少。人們用「喝粉」來寓意有錢人才能吸食白粉，當然是獲了利的。

吃藥

　　在新近的言語流傳中，「吃藥」是使用率較高的一個。它的意思是讓人出乎意料。比如某人平時穿著邋邋遢遢，今天猛然西裝革履，同事就會覺得他一反常態，自然譏諷他吃了藥。

在玩牌時，若有人老抓好牌老贏錢，牌友就說他吃了藥，這時藥更多地代指壯陽藥，以其雄起之勢為證。

吃胡漢三

這種說法在別人請吃飯時常用。因為打「牙祭」的日子總不會天天有，所以要有一個詞語來表現。這正體現了中國人的一種智慧，正如錢鍾書先生說的那樣，我們口口聲聲說請人「吃飯」，實則是請人「吃菜」。

胡漢三是《閃閃的紅星》裡的惡霸，被小英雄潘冬子淋上煤油用火燒，最後補上一柴刀結束了他罪惡的一生。我一直以為重慶人個性剛烈，品性率真，對惡霸之類的人是巴不得打倒在地，以達到「劫富濟貧」的效果。所以吃胡漢三成了一種現代幽默的方式。

【備忘】一個與吃喝無關的詞：打冰

在二打一的鬥地主遊戲中，一人打得對方無力還手，旁觀者會說把人打「冰」了。這樣的名詞轉形容詞實在精妙。一切意思盡在簡潔的一個字裡，沒有拖泥帶水，這實則是典型重慶人個性的一個側面。

2004 年 2 月 19 日

閒話重慶人的語言：腦殼

重慶人喜歡說人的頭為腦殼，不說腦袋瓜子之類。斯地之人不太在意腦「袋」用來裝什麼，無論豆腐渣還是精靈，更愛著意於腦的「殼」，比如硬度幾何，形狀的透視。

鐵腦殼，同岩（音挨）腦殼，說的是某人性格或思維偏執倔得要死（個人認為最適於昆明人）。比如我的朋友吧，今年第二次考研未果，在一老師手下打零工。師母介紹一千萬富翁之獨女給他，此君去看了一眼，「太矮，長相不好」，就沒去第二次。旁邊人說有了車有了房子養個二奶何如？他卻說：「我心裡有根底線。」師母就說他「腦殼打了鐵」，這同「用岩石做的腦殼」同義。

尖腦殼，說的是某人的腦外形在人們眼中藝術化成一刀片，一釘子，一針，反正是可以削尖了佔據有利地形。在你我的周圍，投機鑽營之輩不佔少數，他們的頭型就是這種最酷造型。對特別突出的，落魄的朋友會吃醋地大叫：尖，實在是尖，尖到無形，如入無人之境！

方腦殼，約等於豬腦殼，來源於本土方言同名劇。片尾曲由童聲叫唱：「方腦殼，傻戳戳，吃了虧還很快活。」當然，這句話用筆寫出來味道變了不少，一如在外鄉吃重慶火鍋。不過我要是有了小孩子，斷然不會讓他（她）看這們的片子的，因為本國國民的天性是損人不利己，怎麼能去當冤大頭呢？何況唱的是好聽，一到重慶城，就是在公汽上吃「讓座虧」的人都要絕跡了呢。

說起來，全國各地對腦殼的形容真是繽紛多彩的，比如很多地方會用「苕」來形容一個人傻頭傻腦。重慶人保持了慣有的直接加形容詞的方式，使其形象化、立體化，然後毫不猶豫地給人戴上。只有遇上氣悶的時候才會加上一個動詞（多針對淘氣鬼）：砍腦殼的！

2002 年 6 月 15 日

閒話重慶人的語言：金錢的別名

錢是一個好東西，無論你從東西方或是南北方來論證大抵都是這結果。擅長借代手法的重慶人給了他們栩栩如生的外套。

銀子說。把錢說成銀子而不說成金子，這是挺有意思的事。私下認為有如下原因：A.金子與某些辭彙同音，需避諱；B.硬幣多為銀白色，與銀子色彩類同，以「銀子」之謂代全體。這個說法的意義在於：一、金錢是不太會貶值的東西；二、讓一代又一代的人知道漸漸逝去的金錢符號。

子彈說。這個提法倘去參加廣告饕餮大賽，理應得頭腦風暴特等獎。它體現出二者之共同點：殺傷力！最具說明意義的一個例子是：當一個不那麼有錢的美女被單身富豪卡迪拉克到重慶南岸區某獨立別墅（據稱每平方近兩萬元），立馬會感到腿軟，溫柔的子彈不覺中穿胸而過。所以「子彈」說大抵是「有實力當然有魅力」之流的慣用語，倘若用在賭桌上更顯其貼近：彈藥充足的甲當然氣質比乙高，賭牌時膽子會大些，大些，再大些。

米米說。我一直不知道這裡說的「米」到底是玉米，稻米抑或花生米？倘若是指玉米，則是有些憶苦思甜的味道（老百姓多年前是以玉米羹為主食的）；指稻米則近於現代；而花生米則是指當代了。對應起來，錢之於主人的重要性依次降低：養命的、溫飽的和小康的。在今天，有誰見人一邊嫋嫋地走著，一邊取食袋中的「紅房子裡的白胖子」，只會給一個時尚標籤：小資！米米說因而顯得大眾化，更像一個平民階層的通用說法。對有強烈購買欲的貧賤比翼鳥，你不加思索地會甩出一根悶棒：不看看荷包裡有幾顆米米！

和其他城市的人一比，重慶人更顯得對金錢的熱愛，不是要做這阿堵物的奴隸，而是要當它的主人。──人們說「窮人的孩子早當家」，是這理，重慶窮得太久，所以老人家們看得很清楚：掙錢如針挑土，花錢如水沖沙。

　　書店裡出售的作文範本裡找不到這樣經典的句子。我們在數錢的時候真是應該默誦兩遍，然後想一想它到底是銀子、米米還是子彈。

2002 年 6 月 19 日夜

閒話重慶人的語言：看稀奇

重慶方言曰：看稀奇，看古怪，看八十歲的老太談戀愛。所謂稀，人生七十古來稀，何況八十老太；所謂奇，古稀之人英姿勃發，懷春之情綿延不絕。

有一個笑話，說一圈人的眼睛向內，不知在看什麼西洋景，更多的人自動形成了第二圈、第三圈，待到看清時，只不過是一個空蕩的窨井。

人說物以稀為貴，倘眾多人都在關注一件事物，那保險是稀奇之物。有這種心理作祟，從眾現象隨處可見：並立兩家火鍋店，誰的人氣旺，誰家就車來車往人聲鼎沸，另一家則門前冷落鞍馬稀。

換個角度看，喜好稀奇也是重慶人求新求異的凸顯。所以大家都樂於到高新技術交易會上，去看前正反均可用力且一往直前的自行車；到解放碑步行街尋找新的看點而流連忘返。在注意力經濟時代，只要被關注，即會有商業價值。這種求新、慕異的精神在很大程度上推動了科技的發展。

讓人惱火的是，我們經常在稀奇的表面上遊走，它們往往只成為飯後的談資，並沒有進入我們思索的腦海，成為發明創新的動力，動手實踐的理由。

到某一天，數不清的重慶人在頂級經貿會上亮相自己的發明創造，自豪地誠邀天下客：「來看我的稀奇！」那才是最值得慶賀和讓人欣慰的事情。

2004 年 11 月 20 日於臨江門

閒話重慶人的語言：堂客別說

　　堂客，官話是妻子，在武漢被稱之為隊伍（讓人想起《紅燈記》唱詞「老子的隊伍」），是事業的幫手，生活的伴侶和冬天煨腳的火爐。

　　從字面來說，巴人對自己的另一半是很尊重的。顧名思義，堂客是堂屋上方坐的客人，應是家裡的貴賓。她獨特、尊貴，並不低人一等，與這個家相對獨立，所以應以禮儀待之。從這個意義上來說，重慶女人的潑辣是有理有據的。只不過重慶女人並不以「客」自居，而是謙卑地辛苦勞作，挑起了家務的重擔，大面積的反客為主造就了大量「妻管嚴」患者。

　　前幾日在石油公司食堂就餐，四十歲的大姐向我訴說她燒製佳餚的手藝如何如何。我說她老公好有福氣。她說每晚都是把做好的飯菜遞到丈夫嘴邊，吃完就一撂；洗完澡衣服一扔，自個兒看電視去了。我就問現在重慶年輕一代的女人怎麼樣。「我侄女都二十了，襪子還是我給她洗。」她說時直搖頭。

　　這讓我想到重慶年輕一代女性的叛逆與「進步」，這是對「堂客」的本義回歸嗎？我年方廿五，在徵婚時要不要加上「誠徵古典的堂客」呢？

2000 年 11 月 25 日

閒話重慶人的語言：「落地桃子」隨想

在成（成都）渝（重慶）高速公路上，一乘客到白市驛下車，但售票員說不用出收費站口，在路口就可以下了。乘客怕多走路，說出收費站好一點，興許還可以揀一個「落地桃子」。售票員不信，哪有那麼好揀的。雖然這麼說，車還是出了收費站，再折回高速路。在路口果真撿了一個人，售票員樂了，說硬是揀了一個「落地桃子」呢。

這可以看作重慶人的小幽默，聽起來還挺貼切，讓人聯想起思考的牛頓在果樹下目擊一個成熟果實的落地。重慶人不說「天上掉下餡餅」的話，餡餅是須人工加工製作的，並非天然產品，所以從天而降的可能性幾乎為零，但落地桃子卻是自然的生死，熟了的桃子一種可以是蟲蛀、鳥食、人摘，一種即是回到大地母親的懷抱，說起來健在的「落地桃子」尚有 50%的可能。售票員雖不信能揀到「落地桃子」，但為著50%的可能出了收費站，結果滿足了自己的願望。

「落地桃子」的說法還在一定程度上說明了重慶人離自然和泥土很近，不去拿現代文明的產品做比喻。這種情結與農業大市的深遠背景密切相關。重慶人對土地上的一草一木懷著樸素的情感。他們對走在果林間聽取鳥鳴、風過葉片習以為常，熟透的桃子砸在肩上也不是莫須有的往事，它深深刻進了人們的內心，並影響了言語方式。古諺說「桃李不言，下自成蹊」，桃李不能說話，卻以另一種行動方式（砸地）啟示著人們：他們的子孫都回到了大地母親的懷抱，而人呢？

2000 年 11 月 20 日

閒話重慶人的語言：鏵口與耙子

在重慶鄉下，長輩是可以滿口髒話的，但不容許小孩子去學那些烏七糟八的東西。誰要亂說髒話罵人話，就會挨訓：小娃兒，鏵口耙子的，不習個好，沒家教！

說話得有禮儀，不得像刷「四新」牙膏（重慶極老品牌）的嘴那般，對著莊稼說話有利於其繁榮昌盛。——這當然是人生最基礎的一課。

我一直不知人們講的究竟是「鏵口耙子」，抑或是「滑口靶子」。若是前者，則是與布衣生活為伴的農具。犁鏵和耙犁都是笨重的勞動工具，是農人用時極少但又重要得記憶深刻的玩藝兒；若是後者，則是教人的嘴不得像抹了潤滑油一般，易於脫口而出，毫無遮攔，免得給人當了靶子還不醒豁。這都是在教人不要找些蝨子扔到自己頭上跳，「火石燙腳」是淺顯易懂的道理。

天下父母都是苦口婆心的。倘說「張口就是錯誤」，他們更願意讓這錯少而又少，在瑣碎而漫長的生活中少一些紛擾。

2000 年 11 月

閒話重慶人的語言：洗白

　　在重慶市民生活中，「洗白」是最常用的詞語。倘若李小姐早就約好下午五點半和男友在珊瑚公園見面，按正常時間五點鐘下班是可以準時赴約的，但公司辦公室有了新任務壓過來，得加班。李小姐致電男友就會說約會「洗白」了。

　　洗白，換言之就是泡湯了。重慶人把要做的事或意料中的事看作是鐵定的計畫書，未做的是一張白紙。如果計畫落空，或結果在意料之外，即是將白紙黑字漂洗成了空格紙。

　　洗白這個詞在一定程度上反映了重慶人的形象思維發達，長於將很抽象的事物具象化。譬如招呼戴近視眼鏡的同志從來都是「眼鏡、眼鏡」地喚；腿上有殘疾的就叫「擺擺兒」（走路的狀態一擺一擺）；誰留了八字鬍，就稱「小鬍子」。

　　這種在修辭學裡定義為借代的手法在市民生活中極為普遍，它們形象化得通俗易懂，讓直腸子的重慶人感到很習慣，它們成了言語最巴實的載體。

2000 年 12 月

閒話重慶人的語言：割裂與決架

割裂是發生矛盾之意。人說「團結就是力量，這力量比鐵還硬，比鋼還強」，但生活中的磨擦是不可避免的。割裂形象地描述了將團結如整體的事物（譬如鋼管）割斷，裂成兩部分，成為兩個相對立的甲、乙，Ａ、Ｂ。因此，割裂後復原是很難的，除非兩人的故有關係似磁鐵。在鄉村，村民完全可以「非暴力不合作」，與「仇人」不說一句話，不借任何東西，不求助於他。有限的封閉一點也不影響他們的生產、生活。

決架，不是打架，是對罵，是言語上的對抗；不是肉搏，卻是精神上的折磨。在我的家鄉，就曾有兩戶人家，王大嫂因為自個兒家的雞被李大叔無意揣了一腳，一句髒話就冒出來了。李嬸端了個小竹椅在地壩上坐定，一邊織毛衣，一邊應罵。兩個一老一少的女人罵到日落西山，從今罵到古。最終一個回去吃飯，另一個還要補罵幾句方才似一個金牌得主般回到「哪管春夏與秋冬」的土屋去。──決架真像是一場鬥爭，非要決出一個勝負出來，所以教人費神傷身。

割裂與決架是平淡生活中的孿生姐妹。決架是割裂的一種極端表現方式，僅次於身體對抗，而割裂則有多種表現方式，比如沉默、冷眼、白眼、憤怒、嘲諷，甚至於提刀砍人。

《愛的奉獻》裡唱道：「只要人人都獻出一點愛，世界將變成美好的人間。」這是人們的理想生活。小的割裂在所難免，而決架卻是萬萬不該有的。外地人到重慶來，對川罵記憶深刻，我們能在某些用語上三緘其口嗎？

2000 年 12 月 28 日

重慶，重慶，我又愛又恨的重慶

　　我走南闖北，到過不少地方，少有人從我的普通話裡聽出是四川盆地的人，這不會令我狂喜，也不會令我悲哀。——今年五月到北京，一個女孩子問我：你是西藏人吧？我無言以對，因為我也不知道西藏人說普通話的味道。——我只是渝西一條名叫梅江河邊出生的農民的兒子，所以重慶似乎更像是別人的城市，再加之居留城區的時間短之又短，只有邊緣人之感了，談不上喜歡，卻更傾向於怨恨。

　　我的前同事潘宇星在離開任職的重慶一製藥公司後回成都複習考研，他是絕口不提回重慶的，因為電子科大畢業的他在這家公司幹了不對口的工作，專業荒廢了三年多。同樣，我也辭職考研到了北京。由在一個公司的工作發展際遇欠佳而導致對一座城市的疏遠實在是很樸素的情感，我筆名裡的「家渝」更多的只是代表了一種血脈的因素。

　　先談談工作問題。一九九八年我畢業時，從徐州到南京找工作，南京造幣廠決定用我，而我又有些猶豫，其幹部處劉處長在送別時對我說：農村的孩子不容易！我很有些感動，但為著照顧父母及建設巴蜀，於是到成都找工作，但沒有辦法落戶，只好到重慶去。一家報社的人對我說：現在本地高校的畢業生都要不完！而當年全市的人才交流會沒有開，各高校早早地自個開，所以只好到了快速擴張的某製藥公司。去應聘的時候，我的一大疊個人材料人事處工作人員並沒有看，只問了幾句就算定了。分配崗位時，不容分說給派到銷售一線。

　　後來才知道很多學電腦的，學外語的都給派駐全國各地賣藥，打通醫院關節，給醫生回扣。由於本人一直在校讀書，社會經驗缺乏，所以被辦事處的大姐戲謔說：文憑最高，業務最差。的確，我幹不過專科生、技校生，再加之他們在川渝高校裡的學習（賭博之風盛行，江湖習氣不少），所以工作如魚得水。三年裡錢我沒掙多少，倒是看到了不少稀奇古怪的事，也虛度了不少青春好韶光。只好在去年年末辭職了。

　　有意思的是，今年二月，我開始在重慶城區找工作，自認為自己「大學本科，外語六級，在知名企業幹過三年」會成為找工作的法寶，殊不料，一個合適的職位都沒找到。更意想不到的是，二月份投了一份材料給某知名企業，到四月份才通知面試；三月份報考某區公務員，六月份報到市局審批，七月初才通知錄取。大半年裡，我花了大量時間等待，最終沒有去上一個月的班。我感到這是在和一個城市鬥氣，即非暴力不合作態度，為著一千元一月還看人眼色，乾脆當自由的「無產階級」一分子得了。

　　不信邪的是我在大學時的一女老師。她在學校教書好好的，先生在工商銀行上班，孩子上幼稚園，在徐州有一套舒適的住房。二○○○年重慶招考公務員，她響應西部大開發的號召，見網上說重慶已有多少多少不宜條例被廢除，於是不遠千里來報考，終於如願以償，一年後她才想到，在江、浙等地，不宜條例少，自然裁得困難，而重慶太多，去了很多還有不少。這時的她得把徐州的房子賣掉然後在重慶買一套，再裝修，把先生調到重慶來。我評價說：我實在欽佩她的勇氣與決絕，我的事業心無法望其項背。又有重慶大學某教師的親戚大老遠跑到重慶來，問他幹嘛來了，人說不是西部大開發嗎，看能否謀個職。這個老師回應說：西部大開發關你何事，自己回去好好待著吧。直轄了五年半，近三千億的投資，我們看到了城市硬體設施改善不少，而其知識創新能力在全國排二十一位，創新環境在全國排第十七位（據二○○二年南方週末文章資料）。

　　在重慶工作的一年多時間，由於工作地點離市中心解放碑很近，所以午餐後就去逛逛。說實話，其熱鬧程度好像並不亞於王府井，大約本地商貿區屈指可數的緣故。稍一抬眼，你就會發現很多鄉下人混雜在人流中，扎眼的是有些年紀的「棒棒」苦力們，大熱天的時候他們會袒露胸部，有的人褲襠的扣子都沒扣好，青筋在瘦手臂上突顯。我很為他們難過。《山城棒棒軍》中高歌了這群底層人的美德，也讓人們見識了他們的艱辛。有一個關於方腦殼的棒棒故事，片尾曲唱「方腦殼，傻戳戳，吃了虧還很快活」，對於這樣的弱勢群體，吃虧的不是他們又會是誰？每次我請棒棒幫我挑東西，不太喜歡講價，末了還會遞一支煙給

他，因為我家世代都是佃農，這種結局從我父親才改觀，所謂「心有戚戚焉」。

更多好事的人在解放碑打望（即搜尋），看有幾多美女嫋嫋而過。有文章說斯地兩根杆之間就有三個張曼玉，兩個林青霞，我實在不知這個標準是否由他自定。很多時候傳言很厲害，據說在台灣色情市場，「重慶幫」是塊金字招牌，而在某些省市，重慶妹妹也很受嫖客歡迎。這真有些壞了。對於一些速食主義者，外表決定一切，他不會在乎一個女人的談吐。所以有人已在呼籲地改變重慶 MM 們出口成髒的習慣，「內強素質，外塑形象」，這樣才不至於成為邊緣的性工作者之類。

說到語言，川渝兩地真算是一個造詞工廠，隔三岔五就會有些新詞冒出來，讓本地人也會感到跟不上時代。一個小插曲是：「民間藝術家」李伯清同志憑藉「散打評書」想留蓉發展，但據說成都人不買帳，抗議聲不斷，結果給重慶有關組織接納，四處表演，偶爾出碟，以期把民俗文化推向極致。從這件事上可以看出，重慶人對本土語言的熱愛。也難怪某河北人質問我為何當地人不屑於說普通話，我想對川話執著的偏愛應是一個重要原因，而外來流動人口少也是一大因素。所以你要是對人說央視男主播羅京是重慶人，人家橫豎不相信，完了只好推斷其父母非重慶本土生人。

我至今對巴蔓子將軍和鄒容的言語心存好奇與懷念。巴將軍的故事如下：

> 周之季也，巴國有亂。將軍蔓子請師於楚，許以三城。楚王救巴。巴國既守，楚使請城。蔓子曰：「借楚之靈，克弭禍難，誠許楚王城，將吾頭往謝之，城不可得也」。乃自刎以頭授楚使。王歎曰，「使吾得臣若巴蔓子，用城何為？」乃上以上卿禮葬其頭。巴國葬其身，亦以上卿禮。

有巴將軍的英勇及謀略在先，所以才有被譽為「上帝之鞭」的成吉思汗之孫蒙哥夢斷合川釣魚城。

而我私下更欣賞鄒容之報國情懷，他「年十二誦群經，《史記》、《漢書》皆上口，十七歲即寫成《革命軍》一書」，革命鬥志令我輩汗

顏。在一九○三年的「蘇報案」中，鄒容事前已經走避，但因不忍讓他敬佩的章太炎一人承擔責任，於是自行投案，結果不幸在獄中被折磨病死。

這些脊樑型的鐵血男兒成了我內心的楷模。又想起今年上半年時在江北區人才交流中心排隊報名參加重慶市電信公司的招聘。由於是壟斷性的高工資企業，報名者踴躍。在大廳裡，單會計職位前就排了七、八十米。然而在收取了部分報名者的資料後，工作人員武斷地說：報名已滿，後邊的不用再排隊了。一張張年輕的臉寫滿了失望和不解。一女生走上前理論，工作人員蠻橫地說：就滿了，有本事就到別處去。女生火了，說：你事先不說一下，讓我們白等一陣，理由還不充分！末了，恨恨地說：別以為打工的就是好欺負的！那一刻，我熱血在湧，又滿心羞愧，因為我還厚著臉皮等著別人接我的材料，第一次還不收，說到旁邊等著，半小時後，我找工作人員問可否收了，他猶豫著說：這中國礦業大學畢業的……我立馬指出：貴公司的老總可是成都地質學院畢業的。他卻說：人家是董事長和總經理啊？我不再和他辯論了，這是「秀才遇到兵」。──最終他還是收了，而我後來得以通過筆試進入面試環節但不知何故遭淘汰。多年後，我都會為自己的表現羞恥，頭腦中無法磨滅的印象是有志氣的果敢女子。

而在沙坪壩區的古鎮磁器口，當年華子良打遊擊時的巷子還在，兩邊是一式的青瓦房，石板路鋪到了嘉陵江邊，奔流不止的江水訴說著革命的故事。

在現今的臨江門，古老的掉腳樓已被拆掉了，據說要建「美食坡」。只好等到入夜到南山一棵樹觀景台看夜景，渝中半島像極了一艘豪華游輪，星光燦爛地撕開夜幕。

二○○○年春天到北溫泉游泳，下著小雨，但池子裡的水有三十五度多，山中有富含礦物質的溫泉水不斷奔湧出來。管理人員故作好心地建議：哥幾個給十塊錢，我到城區裡叫幾個小妹陪你們樂樂。而他說這十元還要給摩托車手的，他最多有三、四塊的好處。據他講，小妹們可以和客人同戲水，同入夢，而且物美價廉。我只能感慨一番：這世界變化快。

　　餓了的時候去吃美食，說實在的，重慶火鍋雖然天下無雙加魅力無限，不過對麻辣的東西，我吃得暢快，但事後難受，所以我吃火鍋時會和朋友們一吃鴛鴦火鍋，清水紅湯，各選所愛。而火鍋真是體現了重慶人簡單而豪爽的性格，湯一煮沸，切好的肉啊菜啊一古腦兒地送將下去，真像是回到了吃大鍋飯的年代。

　　重慶的小吃是趕不上成都的，就是在川菜的創新上，成都人也略高一籌。寫詩的李亞偉搞了個「稻香村」，巴國布衣的老闆也是一個文人，所以沒法比。不過重慶的「陶然居」風味莊還不錯，麻辣田螺味道非凡，老臘肉巴掌大而不膩，某年我在武漢第一次問津時就直佩服它的老闆。

　　很懷念解放碑旁臨江路邊的早餐鋪子。來上一碗稀飯，眼前大約有十來種菜供你挑選：胡豆、豌豆、泡蔥、榨菜、泡薑、泡豇豆、花生米、豆豉等等，不一而足。這真像是：站排排，吃果果。

2002 年 7 月 25 日夜於重慶半月樓小屋

北京：自我放大的城市

對於沒有到過北京城的人來說，「北京」兩個字更像是一個圖騰，上面交織著玄幻的夢，它與皇帝有關，與毛澤東有關，也與國家有關。

而對於到過或居住北京城的人來說，「北京」兩個字顯得更有質感，這裡是全國物資的集散地，情感的發酵場。最重要的是，它也有如磁石一般，有著理想實現的向心力，從而讓一批又一批的人前仆後繼地雲集於斯，開始攻城掠地。

在畢業生紛紛找尋東家時，北京高校的大多數學生都是不願離開京城的。對於大多數人來說，對一個不是家鄉的地方產生無比的眷戀，實在是一種很可以研究的現象。

以我個人的觀察與體會，北京實際是這樣一座城市：它呈現一些機會，提供一些舞台，各色人等都能找到位置發光發熱。而正是在這一前提下，北京給普通人呈現的是放大鏡的一面。當我們湊近它時，驀然發現，你我早已不是異時異地的那一個，而是被放大的「假我」。

一些在地方小有名氣的人一到北京開始紅遍華夏，一些在地方不知名的人到北京後混得人模狗樣，更有無數人散布在偌大北京城的各個角落，生活平庸面帶微笑假裝幸福。這些點加上一部分面激發著我們對北京的認識與想像，正如我近來論斷中國高校學生大多處於「喝醉酒」的狀態一樣，很多到北京闖蕩的人也都有了或深或淺的醉意，沒有這種感覺的人已然捏住了北京名酒「小二」（二鍋頭）。

在朦朧中，我們恍然看到了北京之大，大樓、大道、大車、大風、大雪……我們看見人們走入水泥的叢林，走向地下鐵，走過陽光照耀的天橋，我們看見炫目的轎車駛入星級酒店，我們看見男人懷擁美女在時尚商店徜徉……在北京，有車有房似乎早已不是什麼新鮮事，更不像是階層劃分的顯赫標準。而這兩大件若要都具備，在地方省市大約算是人上人的生活了吧。在北京，顯然不只有物質的誘惑，還有精神享受之魅。整個京城就是文藝大舞台，京劇、話劇、地方

戲、舞蹈、體育競技、演唱會，都會到城裡來爭奇鬥豔，爭奪人們的眼球。

物質欲望與精神享受交集的城市足以給居住中人和它地居民形成巨大的向心力，而這似乎是專家和凡人劃分人等的共識範本。人們開始有「見賢思齊」之心，同時也有了當「賢達人士」的衝動。這正應了「人往高處走，水往低處流」。以我小農似的心態，「全國人民的錢都到北京建設來了，不享受是不是一種罪過？」如你所知，有這種想法的人顯然不會太少，所以現在早已不是解決「這是誰的北京」這種初級問題了。對於在北京的，想到北京的，它是「你」的，「我」的，「他」的。為了個夢，有多少人可以不要人為設計的一紙戶口，因為，在他們心中，能活下去就已足夠……

我們又不得不承認，正如物品在醬缸裡會變色一樣，在這個自我放大的城市裡，激發了更多的人上進的熱情。莫言先生雖客居北京，但對京城地理是兩眼一抹黑，在他眼中，北京就像一個大菜市場，由於規模大，所以他白菜般的作品就不愁銷路，而且也不愁價錢。賀衛方在評析其母校西南政法大學人才流失時說道，在北京做學問影響力正如擲炮彈之於在地方打步槍。大市場、大機構顯然也要求上進的人有大氣魄，這樣才會有大機會的蒞臨。

正是在這種心理背景下，一些從政的人開始從文，一些從醫的人開始經商，一些教書的人開始求學……李昌鈺和妻子到紐約時，身上只有五十美元。在談及為什麼放棄了在台灣的富足生活而決然地赴美時，他說了一句經典的話：是做小池塘裡的大魚？還是大池塘裡的小蝦米？我選擇了後者。事實上，以小蝦米的目標前行，李昌鈺卻成就了一個現代福爾摩斯的神話。李昌鈺顯然足以可以成為成千上萬的尋夢者一個可資踐行的榜樣。在北京這個大池塘裡，總需要有越來越多的蝦米來攪局，從而進化出一些大魚來。

不過對於大多數人來說，能在大池塘裡生活已是三生有幸，他們清醒地知道自己喝了多少「墨水」，能夠掀起多大的風浪。想起我母親多年時常念叨的話：有些人讀了一些馬克思主義的書，就自認為了不起……——這是毛澤東的紅寶書裡的話，她老人家常告誡姐姐和我，要

謙虛待人。多年後，時勢大變了，在北京，早已進入「讓不成熟的，都快成長吧；讓成熟了的，都快開放吧」（樸樹歌詞）的時代，所以在這樣一座城市，該放大的，不該放大的，都在以嚇人的速度往前奔跑，希冀奪取理想的勝利。

　　北京，這座北方的城市，是自我之城，也是放大之城。

2005 年 1 月 1 日

北京人的北京？

　　北京又有大動作了。據北京晚報二〇〇二年十二月十四日的「權威發布」：北京市人事局公布二〇〇三年引進研究生首次設限制。報導稱：二〇〇三年，非北京生源的畢業研究生（含雙學士）和獲得省部級榮譽稱號的本科畢業生若要進京，專業也必須對口，而過去這類畢業生進京是不受任何專業限制。

　　這個資訊是從人事局剛剛公布的一個《通知》而得來的。《通知》是基於什麼手段得出的（是否有科學論證），所謂「對口的專業」是由誰來定，我們不得而知。這種人為地限制人才流動與中國現階段的經濟發展是大大不和諧倒是確定無疑的，也是於法於理說不過去的。

　　不過這倒與中國現階段的教育形勢是相符的，因為此前我們一直進行著的是「精英教育」，但自一九九九年高校擴招以來，本科生在人才市場上也不再受青睞；另一方面，二〇〇三年碩、博士研究生招生將達 27 萬人，比二〇〇二年增長 35%（二〇〇二年招碩士為 19.6 萬人），而到二〇〇五年高校在校研究生將達一百萬人（二〇〇二年為四十幾萬）。所以北京的門檻自然要水漲船高，不然中國的高學歷人才到何處去？

　　即便如此，我們又不得不想起茅于軾先生說過的話。他在《誰妨礙了我們致富》一書中闡明這樣的觀點：妨礙致富的不是外國人，是我們中國人自己，每個人都能夠有所行動，減少致富的障礙。在「北漂」一族的眼中，北京戶口成了人生中進取的目標（因為在致富的路上它是一個重要因素，致了富更想擁有它）。為了得到它，他們吃盡百般苦，受盡萬般累，比北京土著們付出數倍的努力。令他們不解的是，不斷有新的指標在增加北京城門的高度，而且沒有任何道理可講，逼得他們一輩子為學歷而學歷，為戶口而戶口，大多數人只能仰天長歎而已。更多的是來北京打工的人們，他們得在交巨額稅收的前提上才有望得到北京戶口的可能。這些人為設置的障礙讓人們怎麼去實現小康，過上舒坦的日子？

但為何人們還是要到北京來作客，甚至想在些安居樂業？因為在他們眼中，北京不只是北京人的北京，更是全國人民的首都，而人有居住、遷徙的自由，自然人們要到「用全國人民血汗錢堆砌起來的」大城市裡享受現代氣息。但高高在上的一些既得利益者可不這麼想，先佔著茅坑的人拿起了指標棒，即令知曉他人的苦與悲，已是「巋然不動」，獨享京城之優越，哪成想到自己的祖先當年離北京城有十萬八千里之遙呢。

個人認為，如此政策下的中國首都——北京像極了當代夜郎國和世外桃園，裡邊的人不願意出來，外邊的人難成居民，因此自個兒欣賞起來，哪管外間風雲變幻，滄海是否已成桑田。是故，偌大京城只是一個流民的城市，大多數人無根（戶口）的城市，這在中國各地改革戶籍管理制度的今天，該是多有特色的風景！

不過，若以優生優育名義從長計議，北京應該把標準提高才是，因為大學校園裡不斷在生產博士、博士後，因此建議明年引進人才時只要博士以上學歷，必要時要對身體及外貌嚴格考核，以全面提升人口素質，再過幾年，務以外國博士為優先考慮。嗚呼！彼時之中國，真可謂走上了偉大復興之路。

2002 年 12 月 18 日夜於定福莊

武漢，武漢，大武漢

在徐州上大學時，喜歡上了方方的小說，對她的《風景》印象深刻，感到漢正街真是個具有重慶朝天門批發市場風味的地方：小人物穿梭不息，奮爭兼掙扎。有同鄉返川，說不見得非要到鄭州轉車，可以到武漢轉的，不過只能先到漢口，再搭車過長江大橋到武昌才能搭上入川的列車。當時我想，若是因為前者，我倒願到武漢看一看；若是後者，則會嚇退我，因為有人早給了我「大武漢」的概念。

池莉著的《老武漢》一書裡，副標題為「永遠的浪漫」，她在〈自序〉中說：「中國的整個一部近代史，哪一個城市還比武漢市更風頭更火熱？又有哪一個城市的故事還比武漢市更驚險更有趣，更浪漫更跌宕？」我是二○○○年六月在武昌閱馬場買的這本書，當時已斷斷續續在武漢待了一年，再加之其後的半年時間，我自認為對這座用自己的腳丈量過多處的城市的瞭解程度超過了故鄉重慶城。

語言

一九九八年秋天，我和幾個同事從宜昌到漢口時是下午，三輪車們在大街小巷裡呼嘯著。在漢居留近十年的老同事後來提醒說走路要提防這種叫「麻木」的東西，安全要緊。我對它的稱謂很好奇，後來問了很多人，不知這名稱的來歷，我只好推斷它是一種「結果」說，即撞一下就會麻木不知了。待久了，我才發現，武漢話很有些韻味，比如荷包「暖和」是指經濟狀況的好壞，以「情況」指代「情人」，「拐子」指代兄弟，「板眼」指代心計、方法。菜市場裡，到處都在問「麼價」（怎麼賣），想買麼子（買什麼）。見面問候「吃了冇」。——真是一方水土養一方人。當地紙媒在頭版就「文明離我們有多遠」系列作了篇〈語言的「親和力」和「殺傷力」〉，批評漢話「苕貨」、「下胯子」等不文明語言的大面積使用。在武漢的公交車上，「婊子養的」成了男司機最慣用的語氣詞。

人

　　從公交車司機可以看出武漢人的些許性格特徵：毛躁。當年我常從漢口的常從漢口的常青路坐車到武昌，車速過快讓我竟為司機的安全捏汗，因為你可以清楚地看到他在不斷加油門超了一輛又一輛富康計程車！買一份報紙，不經意就會有一些人因「鬥地主」發生口角，幾死幾傷的報導。更有意思的是，我在武漢的時候，報導說某乘客讓司機「帶一腳」剎車，但因沒有站點，未允，乘客便上前抓方向盤，並將司機打得頭破血流；我也曾親歷一乘客蠻橫地強行下車的事故。

　　武漢人給外地人最深的印象是精明。剛到武漢時，我興沖沖地去走訪藥店們，並開始鋪貨，由於產品尚未在央視投放廣告，對方不願意接納，說是佔了櫃檯；待到上了廣告後，急急地打電話來要貨。我認識不少當地的女子，不熟識的人第一次不會報你真姓；就連一個我熟識的女子，為著考驗我，謊稱要給我介紹女朋友，說是在武漢廣場等著。待我趕過去時，她說那個人等不及，先走了。很久以後我才知道她對我一往情深，這只是設的一個小計。細心的人會在搶劫犯張君的經歷裡看到，他在重慶真是狡兔三窟，情人無數，且多是三下五除二就搞定了的，而他在武漢踩點，舞廳裡逛了一週仍一無所獲。

　　如果說精明在這個時代還算優點的話，過了頭就不好了。一個外地人到武漢，好心人會讓他（她）提防「籠子」，也就是坑蒙拐騙，這其中外省人佔多少，武漢郊區縣的人佔多少沒有統計數字，但帳都給加在武漢人頭上了。走在大街上，有人「免費」塞給你一條項鏈，不遠處就在人收你的「買路錢」。一個故事說：某退伍軍人返鄉，被一布匹店大姐拉去，勸說買幾米布回去孝敬老爹老媽。他是一個孝子，剛一點頭，她就刷地撕了幾十米給他，他當然不要這麼多，但舉目四望，彪形大漢在周邊瞪著眼呢。另一個版故事版本是大大的標價牌上寫著大大的「八」字，讓人誤以為是八元／米，用2.0的眼睛才看清是八元／尺，但為時已晚。

　　二〇〇〇年五一節我去廬山，從九江返回武漢時，讓我見識了武漢人的較真。末班的豪華車僅剩兩個座位，但卻售出了四張票。其中的一

個女子不幹了，非要有四個正座。司機說加兩張小凳子不就行了嘛。但她固執地說不行。車超點了，要發動，她居然伸開手撲在車頭擋道，站裡的負責人給她們道歉，說專為她們四個人開一輛 IVECO 吧，就算站裡虧本，但還是沒能答應。吵吵鬧鬧二十多分鐘，最終是她同伴的勸說起了作用，加座由同伴坐了了事。而九江到武昌，也不過三小時車程，反正我內心裡實在佩服這個桀驁不馴的女子。

景

在武漢打計程車，的姐怨言不少，說武漢位置這麼好，建設搞得這麼差，說城市多年沒有改觀。她有些豔羨重慶直轄的機遇。但她沒有提到武漢的歷史。黃濟人的《老重慶》我讀了一遍，輕飄飄的，歷史底蘊不足，而《老武漢》裡盡是份量極重的存貨。用池莉的話說：「老武漢太值得寫了！」

比如天下第一樓黃鶴樓。它最初只是軍用崗樓，但經遷客騷人遺篇，華夏留名。崔顥《黃鶴樓》自不必說了。李白的《送孟浩然之廣陵》也不提了，他在斯地觀景後題下「壯觀」二字就足以說明問題。黃鶴樓在歷史上屢毀屢建，現今佇立在蛇山上的是一九八五年才建的，據介紹說是融合了數代風格的產物。知道這些讓我不好過，因為除「惟見長江天際流」外，我站的此樓與古人別離之樓已是牛頭不對馬嘴了，只好兀自看著最早的長江大橋和龜山上的電視塔發呆。

又比如江漢路。這裡是武漢的王府井。二○○○年的某月，步行街全線開通，號稱中國第一步行街。我晚上去的時候已不是逛街，而是人擠人人看人了。當時警力增援，人行天橋都差點給擠垮了，只得分流才能維持人流的正常。其實最讓人賞心悅目的是翻新的歐式建築，比如武漢關，比如民眾樂園（一九一九年到改革開放前，一直是武漢市唯一的大型綜合性娛樂場所，在武漢市民中享有最高的知名度）。這些至今仍活著的歷史（包括眾多租界時期建築），讓人感歎不已。

再比如武漢大學。它豈止是一個學校，而是一座城，校內有公交車開行。每年三月，這座「中國最美的大學」（池莉語）裡遊人如織，

「櫻花節」的門票是八元，即進校費，但市民還是爭相前往校園。據說櫻花是當年日本兵在武大療傷時為解思鄉之愁而種的，而今是如白雪盈天，或紅豔欲滴。懷擁珞珈山，聽東湖之濤聲，武大不斷地向社會輸出天之驕子。

到了武漢，東湖不可不去。當年屈原曾行吟至此（行吟閣），毛澤東晚年大部分時間在梅嶺一號度過（內有防空洞、室內游泳池）。據說東湖是杭州西湖的六倍大，當然這不是優勢所在，而在於它湖光瀲灩，十里荷花盛開，綠色廣場星羅棋布。要說武漢水波相連的自然景色，精華盡在東湖風景區了。

食

在武漢，飲食風味已被川化得厲害，川菜館隨處可見，這當然與全國其他省市類同，所不同的是市民對川味讚譽有加。就連在重慶少有聞的「東東包」（油煎小籠包子）也被當地紙媒大力推薦，某些分店居然得排隊購買，一元三個，香到心底。而武漢本地的最叫得響的是熱乾麵和武昌魚。

熱乾麵的來歷有些傳奇。上世紀三十年代初，賣麵人李包將沒賣完的麵條煮到七成熟時便撈起，晾在案板上，不小心將麻油潑在了麵條上，他只好拌勻後在案板上攤涼，第二天早上，他將麵條放入沸水中燙了幾下，加下黃麻醬、蔥花、醬蘿蔔丁等，麵條立即散發出香味，引來食客無數，自命名曰「熱乾麵」。二○○○年三月，老字號小吃「蔡林記」重開張，開了三、四十家連鎖店，也不知現在生意怎麼樣了。熱乾麵其實是武漢人的傳統早餐，不過像我等南方人吃著，有如鯁在喉之感。

武昌魚因毛主席的《水調歌頭·游泳》讓我等小輩知道了它。其實武昌魚是指鄂州樊口所產「團頭鯿」魚，以鮮著稱，但彷彿在武漢品嘗它更顯得名正言順。在漢口，我吃過一次武昌魚，是在新興的五星級酒店——東方大酒店，清蒸魚，肉嫩而有一股清香沁人心脾，一如南京鹽水鴨，總給人一種回味的美。

　　　　　*　　　　　*　　　　　*

在武漢的一年多裡，我更像是一個來路不明的幽靈，穿行在這座繁忙的城市裡，數著那些標誌性建築：世貿大廈五十八層，佳麗廣場五十七層，建銀大廈五十層，然後摸摸自己的口袋，繼續奔忙在三鎮：我路過吉慶街而沒有坐下來美食一陣，路過辛亥革命首義紀念館而沒有來得及給烈士們敬禮……我知道自己正行走在「最市民化的城市」中，這裡有古琴台沒有知音，這裡有池莉、方方沒有我的作品，好鬥的人們在「鬥地主」而我目光凝重接近迂腐。

在漢口某條街上有一家美髮按摩店叫「易安居」，老闆應該是很有思想的人，只是為了生活，做了另類的選擇。有誰不願安居下來呢，只是有個聲音在驅趕我前進，所以武漢成了我旅途中一個深重的記憶。

2002 年 7 月 19 日下午於重慶半月樓

附文：「紅色戀人」在武漢

武漢之大，大在漢口的奢華，武昌的儒雅和漢陽的待放。武昌人夜晚看長江對岸的夜漢口，直覺得是燈紅酒綠的十里洋場。火爆的演舞吧、迪吧就開放在商業重鎮的心臟。

在漢口，有五家左右的酒吧聲名震天。夜色還未降臨，年輕的和不再年輕的男女魚貫而入，喝幾紮啤酒，品幾杯紅酒，然後在旋轉的燈光掃射中扭動身體，拋卻所有喜怒哀樂，搖擺進短暫的極樂世界。

有一家演舞吧建在北湖邊上，全稱為「紅色戀人」全景酒吧。演舞廳在二樓，寬大的觀景平台上可以邊喝飲料邊看夜光下水聲，雖偶有死魚漂浮，卻只當是映照月光的鏡子。演出在每夜九點開始，但最宜八點半時就去佔據一個有利位置，因為其時已有兩個妙齡女郎端坐在大螢幕前，一個大提琴，一個小提琴，優美的樂曲緩緩流瀉如泣如訴。雖然有喧鬧聲，瓜子聲、手機聲，倆人正是旁若無人把《梁祝》等經典完美展現於煙霧繚繞間。

到九點了，是各位歌手獻歌的時間。沒有司儀，十一點前是較為優秀的人，每人各有四首歌時間，有酒吧固定的吉他手、手鼓、貝斯和鍵

盤助陣。歌手有最拿手的歌曲，間或為免費點歌的人演唱。有懷舊的《上海灘》，最新流行金曲和歐美之歌。每個人的演唱風格多樣，可以惟妙惟肖地模仿至少兩名歌星，而吉他手、貝斯手的嗓子也會偶露鋒芒。

十一點是蹦迪的時間，領舞的是有著魔鬼身材的仨少女，帶動大多紳士淑女一直蹦完一小時。午夜時分，酒吧裡不太知名的歌手陸續登場，唱一些老去的歌曲，送走一個又一個的客人。

「紅色戀人」並不設最低消費，25 元買一瓶時尚的冰酒，檸檬味的，或可樂味的，就可以坐下來打發掉六、七小時的悠閒時光，得到高雅的享受，緩解了工作、生活的壓力，真可謂是高尚享受，工薪消費。

在武漢居留的一年裡，我和紅顏知己到「紅色戀人」一次，和單身漢朋友去過兩次。用朋友的話說，一到那兒就讓人「高雅」起來。這不是明擺著打廣告嗎？

離開武漢半年多了，走在山城的孤單大街上，我突然想到，「紅色戀人」實際上是武漢的縮影景觀，而重慶的臉龐在哪裡呢？我的肢體在冰冷地問。

2001 年 3 月 27 日於重慶渝北松風苑

赴台旅遊的荒謬規定

　　今年對兩岸關係的發展是有著歷史意義的一年。馬英九當選台灣「總統」，讓中國大陸所有人都看到了民主的好處。而台灣方面開放大陸居民赴台旅遊則更是開了兩岸大面積交流的先河。對十三億大陸居民來說，如果前者是觀念層面上的意義，那麼後者則算是感性認識的啟航。

　　正如多年前大批美帝國主義的眾多學者從未留過洋一樣，身處內地的大陸人士十之八九都是通過大眾媒體瞭解台灣的。「政黨紛爭、台獨埋伏」應該是最突出的印象。但真實的情況是怎麼樣的呢？一般人並沒有機會去多角度瞭解，並甭提到實地了。所以台灣開放旅遊市場，可謂意義重大。龍應台曾在〈為台灣民主辯護〉一文中寫道，「政治『台灣化』已經在大中華地區成為庸俗化、民粹化、政治綜藝化的代名。」但她又認為，「民主並非只是選舉投票，它是生活方式，是思維方式，是你每天呼吸的空氣，舉手投足的修養、個人回轉的空間。」作為一個台灣人，龍應台當然認為浸透在台灣人生活方式的民主是大中華的驕傲之一。而經由旅遊，大陸居民應該可以真切地全身心去感受到。

　　所以我前段時間突然想起「和平演變」這個詞。這是在鄧時代非常負面的一個詞。但經由兩岸交流，一些成其為生活方式的好東西是否會演變過來呢？如果能，是不是也是一件好事呢？或許有關部門也關注到這一方面了吧。六月二十二日，海峽兩岸旅遊交流協會公布了《大陸居民赴台灣地區旅遊注意事項》等赴台旅遊操作細則。其中規定，「旅行團赴台不得從事經濟、文化、衛生、科技、教育、宗教、學術等領域的交流活動。領隊人員在旅遊過程中不得誘導和組織旅遊者參與涉及色情、賭博、毒品等內容和有損兩岸關係的活動，也不得為旅遊者參與上述活動提供便利條件」。

　　這就讓我搞不懂了，如果是遊客涉及色情、賭博、毒品等內容，而且觸犯了當地的法律，自然會被法辦，用得著我方來申明一番。而「不

得從事經濟、文化、衛生、科技、教育、宗教、學術等領域的活動」，就更讓人無法理解。從某種意義上說，旅遊本身就是經濟、文化活動。再說，借旅遊之名，從事一下學術交流，開開眼界又有何不對？既然讓人出去了，又要堵住人的口，更要鎖住人的心，難道每個團都配上一個超級警察不成？據本人查證，六月十三日上午，海峽兩岸關係協會會長陳雲林和海峽交流基金會董事長江丙坤在北京簽署的《海峽兩岸關於大陸居民赴台灣旅遊協定》中，附件《海峽兩岸旅遊合作規範》中確有一條：接待社不得引導和組織旅遊者參與涉及賭博、色情、毒品及有損兩岸關係的活動。但並沒有涉及「不得從事經濟、文化、衛生、科技、教育、宗教、學術等領域的活動」。

而最讓我好奇的是，海峽兩岸旅遊交流協會是一個什麼樣的組織呢？據報導，該協會成立於二○○六年七月，是為實現海峽兩岸雙方以民間機構進行磋商，經民政部審核並報國務院批准，成立的。那麼，一個民間組織的一個相當於自律的規定，有什麼法律效力？既然如此，又何必畫蛇添足。

近日翻閱美國外交家陶涵（Jay Taylor）所著《蔣經國傳》（林添貴譯，時報出版授權，新華出版社 2002 年 1 月出版），正好有一段台灣開放人民合法到大陸旅行的敘述。一九八七年，雖然保守派認為准許台灣人民赴大陸旅行，等於背叛了整個的反共鬥爭。但蔣經國還是下令立即取消這道將近四十年的禁令。當時官方限定旅遊理由是「探親」，絕大多數旅客根本不理它。台北的《自立晚報》派兩名記者到北京，由北京撰發新聞報導。成千上萬台商投入這股跨海旅行的大浪潮。不久以後，數百家、數千家生產勞務密集產品的台資小工廠，在廈門及其他沿海都市，如雨後春筍般冒出來。

我想，如果當年那些台灣人如果都遵從那「變態」的規定，那麼，全國台灣同胞投資企業聯誼會二○○七年成立時會員高達兩萬餘家的紀錄看來要大打折扣。鐵的事實很好地證明了，兩岸交流應有民眾福祉為本，每個遊客都是能為自己行為負責的人，所以還是不要設限的好。

2007 年 6 月

昆明印象記

　　我曾將自己的一生設計成負笈天涯、遊歷華夏，但終被現實生活的擠壓擊碎。身不由己的事情真是一言難盡，正如我曾想帶著平靜的心情漫遊彩雲之南，但事實卻是：以求學的名義到昆明待了不到一週時間。

　　我是三月底坐火車去的。我的床鋪對面是個皮膚黝黑的昆明人，說是由於喜好曬太陽卻不用遮陽帽太陽傘造成的。「你看我像不像西藏人？」她揶揄著說。一聽說我是第一次去雲南，她先熱情地導遊一番，衣食住行玩，終歸是一個「好」字。典型的「家鄉寶」（視家鄉如寶，不輕言遠走異鄉）。列車一入雲南境內，頓時陽光普照四野，人的心情也明亮起來。

　　從昆明火車站出來，走幾分鐘就是汽車站。公交車是一式的無人售票，整潔而有序，報站時中英文兼備。從車窗裡觀風景，昆明城整潔得令人咋舌，而天藍藍、白雲朵朵直感到這兒真是絕佳的旅遊人居城市。

　　我獨自穿街走巷，想進入這座城市的細部。看到青年路的大道旁有五個位置的塑膠椅，名曰「交警愛心椅」，給你以人性化的關愛；在街上，時有環衛工人手持火鉗，只拿垃圾辦事；要打電話，IC 卡機整潔而少有被破壞的；在偶然路過的窄巷裡，竟有特製的公益健身設施；在計程車的尾部玻璃上都會有不同的動物圖案，寫著諸如「猴。你認識嗎？」之類的文字。

　　從聞一多先生「最後一次講演」的致公堂（雲南大學內）出來，在翠湖公園邊見到一個三、四平方的小店。女店主三十來歲，獨家出售象徵東巴文化（麗江一帶）的木雕，有彩色的，有黑白的，圖案有異族女子、圖騰，並有看不懂的東巴文字。我挑了一個彩色的納西族少女，上面有「一生幸福」的四個詭異文字。店主說這是杜鵑木的。我不太信，背後的年輪顯示它有二十多歲，而好像吾鄉的映山紅永遠是小灌木。三十元買下它，我感到物超所值：據店主說產量日漸少了。想要給她和一牆壁的木雕拍一張照片，卻被執拗地拒絕了。

　　昆明人的「倔」脾氣在外地人眼中很有口碑。不料讓我體驗了一把：比如我投了五元的紙幣到無人售票車上，然後立在旁邊等著收新上車的人給我零鈔，但被開車的男師傅給勸止了，說是規定不能去拿別人的錢的。我說規定是死的，人是活的啊。他搖搖頭說他也覺得規定不合理，但他也沒辦法不執行。結果是我只好慶幸沒有投一張百元大鈔進去。昆明人的另外一個特點是厚道。在翠湖北路的一家茶莊，我和女老闆聊了聊，她歎氣說雲南人不會做生意的，要說茶葉她的正宗，但賣不過福建人、四川人。我買了二兩綠茶，她稱得量足，再用小塑膠袋封好，然後再裝進一個硬紙筒裡，一再說以後有空過去玩。

　　在四天時間裡，一天去了滇池、大觀樓，一天去了世博園。滇池邊柳樹輕搖。池水深藍深藍。與藍天映成趣。池中遊船呼嘯而過，隨風帶來的是陣陣惡臭。和一個閉目養神的老外一樣，我把自己攤平在枯黃的草根上，看天上紙鳶在高手的操縱下翩翩起舞。去世博園時是一天的上午，一進門就有身著少數民族服飾的導遊（女性居多），等待你出錢請她們。我背著書包逕自向前走，前邊一個女生說先生要導遊嗎出來旅遊一個人連照相都不好辦的。這個白皮膚的女生為著多掙錢攬私活，錢倒比門口的少一半。我最終應允了。後來才知道她是四川彭山人，來昆明已三年多，並說跟九九年世博會時比，世博園的景致打了五折。我還是饒有興趣地遊玩了那些縮微景觀，請她吃了午飯，都走得腿軟了。

　　事先我本以為今生與昆明有緣，有望在此面壁磨劍三年，以游盡彩雲之南，所以大理和麗江都沒去。但人算不如天算，最終我這個「知青」還得另覓學處，只好將未盡的人情景致留待日後再來續寫了。

　　　　　　　　　紀念 2002 年 3 月 31 日至 4 月 4 日昆明之行而作

　　　　　　　　　2002.6.14 寫畢

隆中記

　　一九九八年下旬，我被供職單位「流放」，從武漢流放到了襄樊。這座在我大學求學期間路過無數次的城市給我的印象僅限於此：到重慶的火車斯地得掉車頭。居留了兩月，它以一個典型的工業城市望著我的白天和黑夜。城市是陳舊的。招待所的王姓老闆娘說，老樣子，好多年了。

　　襄樊在古代可是一個人傑地靈之地，如唐詩高手孟浩然、杜審言都是襄陽縣人（現在仿古的襄陽城，還可依稀想見當年的繁榮景象），而琅琊陽都人諸葛亮也在漢末隱居襄陽西的隆中，被稱為「臥龍」，劉備三顧茅廬之地，當然我是得去看的。

　　一九九九年元月七日，我搭了車去古隆中（西距市區十三公里），將近時，是一條狹窄的，僅容一車通過的公路，路況不好，汽車抖動得要散架似的。大門處立了牌坊，左右書「淡泊明志，寧靜致遠」，兩邊的石柱有對聯曰：

　　　三顧頻頻天下計
　　　兩朝開濟老臣心

　　往裡走，有「藏書亭」乃修身廣才之用。再有致遠堂（即古書院），資料說諸葛東漢建安年間居十年，「枉自枉屈，躬耕隴畝分吟嘯待天日」（李先念語）。

　　諸葛的躬耕處是一小方田，其時油菜花長了約七、八寸，旁邊的水車仍能用，只可作古董觀。有意思的是不遠處有竹杆製作出的迷魂陣，不知是他老人家閒時的軍事基地，還是後人的設想之作。

　　此地稱為隆中，是由於「隆然中起，山不高而秀雅，水不深而澄清，地不廣而平坦，林不大而茂盛，猿鶴相親，松篁交翠」。

　　景區中有三個綠水潭，靜靜地，偶有小鳥飛過，在小山上，有人工飼養的獼猴幾十隻在熱鬧地嬉戲。在蕭瑟的冬天，無邊落木蕭蕭下，臘梅花香隨風而來，附近的一對農民夫妻正在把從樹叢中收集來的死樹枝

和黃落葉裝到三輪車上。我走進茅廬時，腳下的落葉沙沙直響，而園裡的工人正在拆掉黃黑色的稻草，準備換上新的屋頂，黃燦燦的，也不知孔明先生當時是否有過心思去解決「床頭屋漏無乾處，雨腳如麻未斷絕」的窘迫的日子？

只可惜隆中的至高點廣德寺當時正在大修，沒能上去一覽隆中之全貌，想來應該是有些特色的，不知是否像潛龍在淵？

隆中書院裡有題詞曰：

> 庭幽瀉月光風搖楊柳
> 院靜飄書聲雨打芭蕉

而董必武也有題詞曰：

> 諸葛大名垂宇宙
> 隆中勝跡永清幽

確乎如此，這裡真是讀書的聖地。孔明的《誡子書》中說：「非學無以廣才，非志無以成學」。這真是至理之言，我輩當謹記在於心。只是這樣的隆中我們在城市中還能找到嗎？

1998 於襄樊

體驗苟各莊

在二〇〇三年的國慶日裡去苟各莊實在是意料之外的。黃金週裡沒有大的安排，本打定主意靜下心來讀讀書的，不想有同學鼓噪著說去河北野三坡，有山有水的，住便宜的農家，還可採摘果子，實在是誘人的。不料最後因沒有那邊農家的聯繫方式卻碰巧有苟各莊的一個電話，因此旅行計畫改到了苟各莊。

在路上

去苟各莊需要到北京南站去坐火車，在十月五日的下午近五點我們踏進站，彷彿進入了一個小縣的火車站。一同學說某一次他下火車時見鐵軌兩邊全是國民黨黨旗，原來是在拍戲。而在站外露天候車時，不斷有人來問：去野三坡嗎？去苟各莊嗎？而後一句多是「到我家去住吧」。這才知道，兩個地方都是河北保定淶水縣的旅遊開發景點，同屬百里峽景區，且僅有一站之差。有意思的是，苟各莊在河北人的快速發音中酷似「狗莊」。那些在火車站周邊攬客的男男女女，都是農民身分，他們把旅遊早已當成了一年的主要工作，為著能過上好生活，不吝口舌地歷數其條件之好，即便你已訂了地兒，向他們要一張名片也是可以的。我拿到的一張壓膜的名片上這樣寫著：

中國名勝風景區野三坡
家庭旅館
董金林　　於佔芝

　　車次：北京南站 7095 次（6：36）7197 次（17：40）
　　　　　　L673 次（7：39）野三坡下車即到
　　電話：（0312）××××××　手機：1370×××××××

在名片背面印著「服務項目」：篝火晚會、煙花爆竹、野味燒烤、吃、住、行一條龍服務！這家子人想來應是兩口子吧，事實上成了一個經濟實體加經紀公司。

在北京南站接我們的正是苟各莊的這樣的一個家庭旅館老闆。這個老闆姓劉，四十來歲，個兒不高，常掛著淺淺的微笑。

夜村莊

在火車上打牌逗樂了三個多小時，就到了目的地，票價才七塊錢。一下火車，「砰砰聲」迭起，抬眼看星月的夜空，大面積綻放的焰火如花般展現出來。循著夜色和半山腰下的居民樓燈光，我們走在泥石土路上，小心翼翼地走了幾分鐘就到了劉家。

將近劉家時，旁邊有燈箱廣告赫然寫著「京城洗浴中心」，由此可見京都來客顯然是主力。劉家是修的現代四合院，外牆用的是白色磁磚，一進入中庭則有四個分書「男」、「女」的廁所，而前後均是兩層小樓。主人是住底樓的，二樓六間屋是備來客住的，一式的磁磚地板，整潔的雙人床與單人床各一。我們入住的價格是十元／人／夜。

站在二樓走廊，不斷有巨大的焰火爆炸聲。我問劉，這是否是村委會為歡迎遊客而燃放的，他說這不是，是遊客在河邊自行買來放的。他們一般是邊烤全羊邊放焰火。說到羊，這也是我們預定的事，所以稍息片刻，我們一行九人就隨劉直奔羊房。

羊是放在一個角落裡，十來隻羊被木椿圈將起來。半數以上是小羊羔，一見人就咩咩地叫著。在我們選定了一隻羊時，圈裡的壯年一手就抓住了它，拎出來開始宰殺，說等一小時弄熟後會給我們會送去。有意思的是，在這裡，羊是按隻論價的，我們的這隻協議價為二百四十元，雖不吉利，也認了。

於是到河邊去，小橋邊有專賣柴火的老鄉，一筐大約八元錢，我們買了兩筐，讓大媽幫忙拎到河邊。這條河應該算中型河吧，大媽說這叫「拒馬河」，顯然是有些聲勢的，不過此時它的幅面縮小了一半多。河

水邊早已點燃了無數堆柴火，加之放焰火的，煞是熱鬧，但煙霧繚繞，時而有質量不好的焰火低空爆射，有些嚇人。

等到我們的羊肉到來之時，我們一直在燒火，時有老農提著柴筐過來兜售，問是否是自己上山砍的，卻告知說是買來的，因為封山造林了。讓劉送來一件燕京啤酒，大夥兒都已餓壞了，三人分持小刀開始割肉來吃。肉是熱的，就不用烤了，氣溫卻是低的，喝著酒很涼，不是冰凍，勝似冰凍。

事實證明我們在冷氣逼人的夜裡不是烤羊肉，而是吃熟羊肉，柴火燒得很旺，起著燈光加熱炕頭的作用。時有近處的煙火碎粒飛散過來，又讓人驚心動魄。當我們明白須將柴火耗到沒有煙霧只有紅炭的熱光是最宜烤羊肉時，我們已經吃得筋疲力盡了。

當我們把羊身上最好、最大的肉消滅掉之後，將四筐柴火的最後一筐燒掉，同行的一女生開始給啤酒刺激得嘔吐。三個女生平日裡都是不喝酒的，在這樣的情境下被迫體驗了一把，卻也付出了些許代價。她們心善地建議說：讓我們來超度今天的這只羊吧。於是我們看到可憐的羊趴在火苗上，希望它會在烈火中永生。

回到劉家時已是晚上十二點半了。劉還沒睡，和我們一起商議著明天的行程。又問明天早飯是吃小米粥還是玉米粥，我們選擇了後者。床上人手一床薄被，但真睡下來並不感到寒冷，可能是因為房屋密封不錯的緣故。

馬上山

一早起來，太陽正好照在走廊上，我這才看清遠處如墨般的群山。而屋後也是綿延的山，大都是小灌木覆蓋著岩石，卻總有不少露出了岩石，泛著白光，倒有書法中「飛白」的意味。我猛然覺得這些山是我似曾相識的，想來它和三峽裡的江邊山脈一個樣子，這真可謂是南北呼應的鬼斧神工。

眼睛不老實地四處看看，這個山坳裡的農家（全村一千兩百多人，三百多戶），大多數都是二層小洋房，且多是四合院形式，蠻多家的院

子裡種著柿子樹，黃黃地密集地掛在大小不一的樹上。不少還裝了衛星接收器，劉說可以收二十多個台，有好幾個台是外國的。

在樓下，我突然發現了小圍牆裡有一隻大肥豬。這只可憐的豬在晨風中冷得發抖，牠睡在的地面全是黑色的污穢，沒有其他任何對象可禦寒的東西。其實這呈現南北方的區別。在吾鄉，豬是有固定屋的，且必有屋頂，在冬天密封得很好，還會加給牠稻草之類，南方的豬們從小時就會被無數次地教育「不可隨地大小便」，直到教會為止。而在北方，豬們的生活是放任自由，在主人眼中關切的元素是極少的。

劉家的小女兒把玉米粥熬好了，出去買了饅頭，我們吃得很香。然後劉就帶著我們到河邊去租馬，準備上山。路過的街道很窄，路上灰塵多，垃圾也是有的。在河邊聚集了一大群馬。人一去，立馬就有人牽著馬迎上來說「騎我的馬吧」。劉幫忙給每人聯繫了一匹馬，每人四十元。為安全起見，三個女生每人由一人領馬前行，價格也是四十元／匹。我們一行往前進發時，不斷有騎馬人跟著往前走，當我們意識到後，一邊對著他們喊：「別跟著我們，我們不會付錢的」，劉一邊也招呼著，他們這才作罷。但最終我們還是容留了一人騎馬押後。

由於大多數人都是第一次騎馬，所以剛開始帶頭的馬夫控制著馬的速度，即便這樣，我還是緊緊抓緊了韁繩和馬背上的鐵圈，這是由於路是在山谷中延伸，路上石頭不少，顛得厲害。趕馬的主人說這兒有四十來匹，而一匹馬大約每天可以跑上七八趟。於是就問馬程幾時，他說大約兩小時。我的馬在後部走著走著，發現與前面的馬隊離了很遠，而後面押後的馬夫顯然不滿意了，就大聲地叫著「駕、駕、駕」，鞭子在空氣中抽出巨響，於是我的馬及前後的馬跑將起來。許是群體動力學的緣故吧，所有的馬都動了起來。因為速度太快，我們都感覺內臟要跳將出來了，最明顯的是腸子在晃動，像暈車的感覺。在上山途中，旁邊有不少的柿子樹掛滿了果實，問是否是野生的，馬夫說即便是野生的反正現已歸產到戶了。所以就沒有奢望去摘幾個來吃。

我們用了半小時就到了山腰，也是一個中點，馬夫說就在此照照相就行了，於是下馬或在馬上拍照，這時候的馬也沒閒著，趕緊就地取材，吃著小灌木上的樹葉，等到我們要起身走的時候還意猶未盡，極不

情願地向前走。不過由此可見主人並未如何好地善待牠們。舉目四望，山是群草與雜樹的花，沒有露出自己的骨骼，所以並不奇美。悻悻地騎馬下山，這成了跑馬比賽了，因為前面帶隊的馬夫精明地加快了馬步。大夥兒也有了些膽量，於是不知不覺地加入了高速度的快感中去，在空氣的快速流動與身體的振盪中，忍看風景倒向身後。

當我們下了山，到達河邊的馬匹集散地時，一共才用時五十多分鐘，由此可見速度之快。大傢伙兒同自己的馬兒一起合影留戀。小王的馬據說是馬與牛的雜交產物，身上有大白點，也不健壯，有女生就說是奶牛，大家哈哈大笑起來。小王氣憤地說，他的馬最沒志氣，老貼著我的馬的屁股走，我的馬跑起來，它才會跑起來，實在沒辦法。大夥兒又是如浪花般地笑開來。

我們的竹筏

回到劉家時，劉很熱心地問需要準備哪些午餐的品種，大家點了幾個家常菜，又有人要吃饅頭，於是小女兒又去街上買來，待到不差一兩個時，她又奔出去買來。劉到昨天賣羊肉的老闆處把羊雜碎拿過來，燒成湯，作我們正餐的補充。

飯飽之後，我們一行又到河邊去劃竹筏。寬約十五米的河面上泊著近十首，十一元一小時，我們租了五條。竹筏是由八九根幹竹子紮在一起做成，約有六米長，一米寬。每一竹筏配備三支竹篙，兩長一短，以備遊人使用。事實證明要負載三個成年人是不現實的，因為當我和一男生分配在一起時，動作稍大，就會水漫鞋身了。其他的男女搭配的正合適，這也是因為女生少有過一百斤的。

我們所能劃的小河長度只有五十來米，即便這樣，河水的深度顯然不夠，僅有一米不到，倒是河水清澈，可以見底，時有小魚兒游進我們的眼裡，而最讓人屢發思情的是河中有水草無數，徐志摩的《再別康橋》中的意境再現眼前：

> 軟泥上的青荇，油油的在水底招搖；
> 在康橋的柔波裡，我甘做一條水草！

在榆蔭下的一潭，不是清泉，是天上虹；

揉碎在浮藻間，沉澱著彩虹似的夢。

尋夢？撐一支長篙，向青草更青處漫溯；

滿載一船星輝，在星輝斑斕裡放歌。

按照我以往划船的經驗，心想這筏也應是用篙划的，不過事實證明這是錯的，因為我划了半天，筏只懶惰地走了一小段距離。於是我就改為撐，這當然更應了康橋上的一幕了。不過我們沒有放歌，卻開始打水仗，不分男女，不分老幼，掄起竹篙就往水裡砸，要不就挑起一片水珠，直往選定的對象倒。當然，偷襲是必要的，而勇氣也是必須的，因為隨時得防備對方的反抗。如前如述，我所在的筏是質量最重的，所以我們要進攻時風險最大，隨時有水漫金山的風險，也有顛覆的危險，真是「水可載舟，亦可覆舟」啊。

一片混戰中，我和我的筏友往往是發起者，主動出擊，四面樹敵，因此付出的代價最大，我們的鞋在開打之前已濕了小半，一打起水仗來，水已席捲褲腿直到膝蓋部位，鞋自然是成水鞋了。害得我們拖著累累的身體返回劉家後立馬晾曬衣服，有一男生未帶褲子，只好窩在被子裡，苦等陽光熱烤。

直到我們下午起程返京，鞋依然未乾，褲子也未乾，索性濕穿著到街上買了膠底鞋換上，五元錢一雙，物不算美，但價格是十二分的廉，於是沒有濕鞋的人也動了心，也買上一雙帶上。

垃圾地

臨行前，我們四處轉了轉，這個莊實在小，就在拒馬河畔一片平整地上大約方圓一平方公里的地兒密集地建起了各家的庭院。而在這裡的農家都沒多少土地可以種，所以都市休閒遊成為一種新的指向。

這讓我想起時下流行的一個名詞：體驗經濟。《體驗經濟》的作者美國經濟學家約瑟夫·派恩二世（B. JosehpPinei II）和詹姆斯·吉爾摩（James H. Gilmore）這樣描述體驗經濟的理想特徵：在這裡，消費是

一個過程，消費者是這一過程的「產品」，因為當過程結束的時候，記憶將長久保存對過程的「體驗」。消費者願意為這類體驗付費，因為它美好、難得、非我莫屬、不可複製、不可轉讓、轉瞬即逝，它的每一瞬間都是一個「唯一」。

從這個意義上說，我們從都市到鄉村，實則是在體驗都市裡沒有的東西，學者說體驗類型有四種：娛樂、教育、逃避、審美（而事實上最好的體驗包含了所有這些部分），事實上我們的鄉村行是這一經濟的最好詮釋。

這種體驗的直接影響是：回到北京睡了一覺後，我們腰酸背痛，這種折磨近三天才告終止。我在疼痛中想起「靠山吃山、靠水吃水」的鄉民，想起小河邊的垃圾成片的風景，那裡沒有垃圾場，也沒有垃圾處理設備，一批又一批的遊客來了又走，帶來了什麼，帶走了什麼？

陶淵明的山水田園詩裡說：結廬在人境，而無車馬喧。問君何能爾？心遠地自偏。採菊東籬下，悠然見南山。山氣日夕佳，飛鳥相與還。此中有真意，欲辨已忘言。這樣的自然山色又會存在多久呢，在沒有規劃和克制的情況下？在我們體驗這樣的樂以後，多年後我再回到這裡時，還是歡喜如初嗎？我不知道，劉說這裡從一九八六年就開始開發了，我現在看到的苟各莊早已不是天生的面目了。

> 紀念 2003 年 1 月 5 至 6 日河北鄉村之行
> 2003 年 10 月 12 日寫畢

雨中登古長城

　　九月二十九日下午，我們一行去了青龍峽。車從梅地亞出發，兩個多小時就到了青龍峽口。這個地方離懷柔縣城有近二十分鐘車程，居然有東直門到這兒的公交車。從縣城到峽口，有如黛的群山，有成片的果園。到處是都是採摘節的定點單位。樹上掛滿了蘋果，綠紅綠紅的，勾引我們用慣了電腦的手去體驗收穫的溫度與濕度。

　　青龍峽景區全價三十元，學生價十五元。對於自然景觀來說，顯然是偏低的。從景區入口到峽谷賓館，有三四百米，旁邊的小山已有崢嶸之相。如同多年前我在盧山見到的那樣，裸露的銀白石頭被綠色小灌木擁戴著，總有一種陽剛之氣。山的高處有著灰色的烽火台，是歷史的見證。賓館的對面正是一座小山的一面，入夜後，石頭們在霧色中像極了雲團。我對同事說，這真是一個拍武俠的好地方。

　　三十日，起了個大早。天依然是霧濛濛的，昨晚也是這樣，以至於為著賞月的燒烤會上沒有嫦娥伴舞。天上開始飛揚零星小雨。所以傘是帶著的。走到青龍峽的大壩上，大約有三十米高。壩裡的水更像是一個湖，這是六十年代人工的結果，湖水倒是乾淨，碧藍碧藍的，也不用來發電，獨自美麗著。好事者顯然看重了旅遊開發資源，而且是對象性：直指青少年。所以玩樂項目有：速滑、滑翔、超級秋千、蹦極和沙灘足球等。在狹窄的壩頂上，我看見一群群學生模樣的人走到速滑的起點，徑直滑向對面，中間正好是湖面較寬處。尖叫聲應和著風吹的水聲。

　　在遊了一圈湖後，我們決定爬山近看長城。據船上的導遊說，這兒的長城是明代時建的，西接慕田峪長城，最高點玉皇頂海拔有五百多米。雖說古時是萬里長城的一部分，不過現在損毀得屬害，成為獨立的風景了。我們一行十幾人決定爬上去看一看，索道是不坐的，是因為爬山還是用腳去體驗才有滋味。所以冒雨登山也是難得的體驗。

　　人算不如天算。去玉皇頂的山路比我們想像的陡峭得多。我猜測大約坡度會有四十五度左右。從山腳向上前行，五分鐘以後就是人工用鋼

與鐵搭建的路。我們上去時須用手扶著，腳是有些發顫的，因為路窄而兩邊是懸崖。一位大姐受不了驚嚇，決定放棄前行的路，旅行社的一個隨同小妹也隨她下山了。

上行三百米左右時，雨越來越大，水霧瀰漫開來，阻止著我們的視線。雨水下著，風卻沒有停歇，所以我們雖然被迫打著傘，但只會防著一小半雨滴，身上的衣服慢慢地濕掉了。而有人在這種情況下，為著用手去扶邊上的鐵扶手，乾脆不用傘，因此頭髮就早早地濕了。一些人開始後悔，說應該和大姐一起走回頭路的。這在我們花了半小時到達一高地卻被告知只到了一半時，這種呼聲更明顯。告訴我們的是母子倆，母親年紀有五十歲了吧，所以他們被前面的人告知後回撤了，這當然是情有可原的。不過大夥一合計，決定鑒於地勢，往回走的風險更大。女同事們說：打死也不往回走。我笑著說，大夥兒都在學習鄧小平，他老人家七十歲時爬黃山時就從來不走回頭路的。雨是老天的淚，止不住地往下流，路是更好一些了，大家的心緒也好些了，主要是因為大家找到一個奮鬥目標：到玉皇頂坐索道去。

因為沒有導遊，所以我們仗著人多，也仗著先人把野生動物砍死，我們就義無反顧地往前走著。從高地開始，我們其實就開始走上長城了，我們腳下的路就是長城的遺跡。對於那些看起來光鮮的石頭，我實在猜不出它們在這兒待了多久。

歲月總是無情的。我們走著走著，「禁止攀登」字樣就會出現在長城的石頭上，這是風沙的結果，年久失修，它們已不再是一個宏偉的形象，把集體放癱在地，部分成員倔強地屹立著，對遊人來說，卻成了一個陷阱，一不留神就會把美好的東西爛給我們看。所以我們還是讓長城獨自美麗著，只好在灌木叢中穿行。褲管濕了，得到的回報是泥土的清香和被雨水滋潤後的綠樹葉和野花的香氣，這喚起我兒時的記憶。那是山城的酷夏，也是多雷陣雨的時節，我背上背簍和媽媽、姐姐以及大叔、大嬸們到大山上去找豬草。背簍還沒找滿或者在回家的路上，往往都會有陣雨來臨，淋得通透，在樹林裡也躲不過，滿鼻子都是泥味和草木味。這種記憶那一刻被意外地喚醒了，真是有意思的事情。

　　不料，在前行的路上，我們看到一個大石頭上寫著「玉皇頂」字樣，旁邊有黑色箭頭指向過道。奇怪的是另一邊卻又寫著「禁止攀登」。從判斷來看，禁止之處應是上行之路，但問題是箭頭明白地寫著方向啊。於是兩條路都各叫兩人去探路。我們同時大聲叫著：有人嗎？盼著能有活人應答，以讓我們知道去之路。後來的結果是，箭頭指的是有頭無尾路，而禁止之處正是上行方向，繼續走了一百米後終於才見到了人，一兩群男男女女地開始下山。一個青年說：快了，還有十分鐘，加油吧。女同事著急地問：有索道嗎？你們為啥不坐過道呢？回答說：坐索道有啥意思？我們都走下去。他們大多沒帶傘，衣服濕得貼緊了衣服。

　　果然也就十來分鐘時間，到了玉皇頂，看到了人工種植的鮮花、南瓜藤。有幾個人在一個塑膠棚裡擰衣服。旁邊就是索道。雖是最高點，但是由於雨霧太厲害，可視距離可能只有六七米。心有不甘，於是和幾個同事再順一條小路前行，終於這麼近地看到了烽火台，孤零零地站在那兒，沒有城牆陪伴它，我們也沒法爬上去，只好繞了它走了圈，算是一種同情與紀念。其他同事則縮在索道邊，據工作人員說，此時溫度只有攝氏八度。真是一種磨煉啊。

　　坐索道是本是一男配一女。當我說我沒有坐過索道並說內心有些怕時，我就和一個從未坐過索道的男同事坐一塊兒了。好霧成全了我們這些生手，因為它，所以看不遠，也不會害怕。索道是很慢的，感覺一秒鐘才一、兩米，所以也還平衡。大約三千米的路程中，只是最後三分之一時霧才散開去，其時也是索道海拔最高的時候，看下去是有些害怕的。所以最好的方式是側看同事的臉，白淨而英俊。由於踏板是前傾的，所以雖然打著傘，腳還是難抵風雨的侵襲。大家總結說，做索道的最大一個結果是大家的鞋都灌滿了水。

　　腳落地之後迅即倒掉裡邊的水，然後搭上電車往賓館趕。一回到賓館，各自在屋裡拿著借來的電吹風吹衣服、褲子、襪子和鞋。借來五個，吹壞了三個，賠了兩百五十塊。這當然也怪賓館沒有烘烤服務。中午一點開始午餐，先上來的是白酒和紅酒，以及在山上就訂上的薑湯，這都是驅逐寒冷的「良藥」。吃飯時，有人說起逃兵大姐的明智時，

有人糾正說，爬山是有成就感的，又有人說沒有男的話，女不一定敢上的。

勞動產生欲望，比如食欲。同行的行政主管是會務大保姆，說以前從未見吃得這般徹底和乾淨的。我想，正是因為寒冷、勞累，人們更需要能量。正像我的鄉親們在冬天要喝六十度的老白乾（高粱酒）一樣。

三十日下午三點，歸程的車出發了。我穿的是賓館的一次性拖鞋，因為照顧他們吹濕衣，而我自己多帶了一條褲子，所以就沒用電吹風。旅行車裡沒有暖氣，所以我像一個和尚一樣打坐在位置上，自己溫暖自己。回頭想想，這樣的經歷會有幾多呢？

正像我以前說的那樣，一次旅行就是心靈之旅。這次青龍峽之行也是。它照見了我內心塵封已久的記憶，也照見了我以為死亡了的艱苦應對和果敢決絕。更重要的是，它給了我對友情的尊重與懷念。

感謝雨，感謝長城……

2004 年 10 月 3 日寫畢於定福莊

還有哪一個行業沒問題？

最近，光明乳業的「回奶」事件（使用過期變質的回奶）、「早產奶」事件鬧得沸沸揚揚，讓我們又一次看到了資本家（即便以國有的名義，但也是上市的企業）的本來面目。馬克思先生說的「資本來到人間，每一個毛孔都滴著血和骯髒的東西」，真是千萬年的經典！

幾年前，我在南方某省從事中成藥銷售工作，其時身兼醫藥代表和銷售代表二職。前一身分是做銷售終端的服務，通俗地說是促進醫生銷售我所在公司的產品，後一身分則是負責與醫藥公司和藥店打交道。做兩年的銷售工作後，我發現自己做了一個不願意幹的職業：一邊給醫生報酬，一邊看著那麼買不起藥的老百姓痛苦的神情。我的同事說，他所「做」的那個三甲醫院某某門診，坐診的是國內知名的專家，其門診房裡常常是醫藥代表多過患者，教授每開一藥方得先看看那些他們的臉色。所以最終我選擇放棄了這一職業，而我的一朋友繼續幹著，提成的第一年大約就進帳 16 萬。

我從這家公司辭職後，高中同學問我為何不在原單位幹了。我說這水太深，道太黑。同學樂了，說哪個行當不這樣？這話讓我記憶深刻。幾年後的今天，我是越想越對，如果要用一句話來說，就是「世界上不是有沒有黑幕，而是你願不願掀開而已」。

光明出問題了，雀巢奶粉也有愧於「免檢產品」之名。事實上，諸位有時間看中央電視台《每週質量報告》的話，就會發現，中國人家家都生活在致命的危險之中。而這是一個怎樣的世界呢？最近陪朋友去調查一次性筷子，驀然發現，我們平時在小攤吃飯時用的那些筷子，多在 1.7 分錢一雙。為什麼這麼便宜呢？這是因為用的材料可能就是廢舊的床板之類的。

有問題的顯然不只是我們的物質領域，同樣，在精神領域問題也多多。人說「百年大計，教育為本」，但現在中國的教育問題那麼多，不斷有人在呼籲改革，也未見好轉。不要說正規高校的招生腐敗了，近幾

年正在風行名校辦「獨立學院」，以品牌輸出的方式，拉攏民營資本，行盈利之實，這樣的教學質量是大可質疑的。而中國教育系統的名聲就這樣被黑心的老師、變質的學校敗壞著。

在早幾年的報導中，假種子、假農藥等「坑農」事件頻發，這讓我們不斷見證弱勢群體生活的艱難；而每一次礦難背後，不知有多少農家痛哭流涕呢？

對那些出事的行業來說，其中的中外企業是近視眼和勢利眼；而對其中的管理層和普通員工來說，則是視民為草芥的思想作怪。

因為法律法規的不完善及執法力度問題，這事實上縱容了外國企業輕視中國人，這導致它們賣一流產品到日本，二流產品到中國。如果說這可以理解的話，那麼，本土的企業和人還在輕視自己的同胞，這倒是千刀萬剮都不為過的。

中國傳統裡，倒是有著人傾軋人的壞傳統，所以會奉《厚黑學》之類的為「紅寶書」，這倒是值得二十一世紀的人警惕的。

在這種情形下，我總有一顆感恩的心，在昨天、今天和明天，我甩手走在中國的大街上，沒被人當街砍死已經很不錯了。已經不錯了，我還可以呼吸自由的空氣。

2005 年 6 月 21 日

國慶閱兵給誰看？

　　中華人民共和國國慶閱兵式正在排練過程中，十‧一時將向公眾展現它的真實面貌。可是，你有沒有想過，如此興師動眾，到底這樣的「秀」是給誰看呢？

　　我等閒觀者，倒真可以分析一下呢。

一、給外國人看？

　　奧運開閉幕式演出其實是中國形象外交的一張重牌，它在給中國人看時，自然更偏重於給外國人。畢竟關注奧運的外國人比中國人多得多。所以當無數戰士、無數群眾為了這一盛大的儀式，耗時半年多進行排練，只為那驚豔的一刻。

　　這樣的付出，國人認為也值，至少呈現給世人一個嶄新的中國和文化的中國。

　　問題是，幾十萬人的國慶閱兵式是給誰看的呢？

　　若是給外國人看，除了突出中國人多，天安門大，還有什麼重要資訊呢？當然，你可能會說，一些兵器會展示，呈現中國的軍事實力啊，省得有人小覷咱們。

　　但中國的軍事策略本是自保的，不帶有擴張性質。這種立場，鄧公就曾清楚地表述過（絕不稱霸）。那麼，展現強大的軍事實力，對外國人來說，會不會是「中國威脅論」的最新素材呢？

二、給中國人看？

　　我最近關注了一下，一些報紙在報導時，一些名流在講話時，總是言必稱中國「建國六十周年」。還有一種廣泛流傳的說法：「祖國六十大慶」、「祖國六十華誕」。

天，這些人還是中國人嗎？在他們心目中，中華人民共和國才是國，才是祖國？這要把中國歷朝歷代的君主們從地下的深墓裡氣活過來。

由此可見，很多人在日常生活中，往往不會動腦子，而是直接將神經記憶切入到官方話語體系中，卻沒有一點思考的能力。

即以「建國六十周年」為例，似有理由說，這是一種簡稱，但長久使用，自然而然也會將人們的頭腦中鐫刻上「國」即新中國的代名詞這一印象。

但話又說回來，對某些人來說，將「國＝新中國＝祖國」彷彿也不是一個壞事，會強化「偉光正」（偉大、光榮、正確）的光輝形象。這有什麼不好呢？

所以，如果國慶閱兵至少能向國民傳達出上述這一極強的印象，有什麼不好呢？

只是，這真是普羅大眾們希望看到的嗎？

三、給少部分人看？

這少部分人，我不用說，你也知道了吧。

為什麼給他們看，動議的及跑腿的奴才們自然都比你我更加明白。

最後有一個全民討論題：如果你是國家領導，你會如何安排國慶慶祝活動呢？

如果我是，表揚與反思應該是並重，道歉也是必須的。

由於我有這樣的想法，至今沒有當上領導，遑論國家領導。

2009 年 9 月 16 日於北京

多難一定會興邦嗎？

溫家寶為四川北川中學所題的黑板字

　　在汶川大地震的第二天，廣州某媒體就在頭版刊出了「大難興邦」的標語。而在五月十七日左右，新華社轉發了一篇署名評論，標題就是「大難興邦」。今天，網上借用古語「殷憂啟明，多難興邦」的文章舉目都是。

　　在我看來，大難或多難興邦的說法，是一種迷信，帶有強烈的機會主義色彩。如果就「殷憂啟明，多難興邦」這句話來說，我認為它對了一半，人們時刻充滿憂患意識顯然是有益處的，但多難與興邦的關係卻

並不正相關。很顯明的例子是，日本、美國等發達國家的歷史上，並不像中國這般多難，但人家也興邦了。而中國封建社會歷史上千年，半封建半殖民地的的歷史也不短，那為什麼到二十一世紀才開始「崛起」呢？而非洲更是多難不興邦的典型。

不少人帶有魯迅筆下的阿Q精神，明顯還有精神勝利法的意味。這與「某某萬歲萬萬歲一樣」一樣自欺欺人，最終只是掩耳盜鈴的結果。奇怪的是，這居然發生在推崇歷史唯物主義的中國！

2008 年 05 月 23 日

附文　關於「多難興邦」的二人筆談

本人不才，五月二十三日在博客上首發「大難一定會興邦？」的文章，對這一成為主流意識形態的提法進行了質疑。我的一位讀者朋友「jianhongwang」第二天就發給我電子郵件，對我的看法發表了自己的觀點。在他（她）看來，「面對災難，我們有什麼樣的心態和行動，這個才是起關鍵作用的。換言之，我們對災難的態度，決定了災難產生的意義，或者是災難的價值。如果只是說，災難就是災難，災難就是災難，這句話是對的，但好像意義不大」。

等我當天回覆他（她）後，又回覆了其意見。在我看來，每個人都可以有自己的看法，「花有幾樣紅，人和人不同」這是常態。而且對某一話題或觀點進行深入探討，這樣真理才會顯現它羞澀的真面目。

以下就是二人筆談的內容。需要說明的是，本人並未知會「jianhongwang」我將公開郵件內容。好像以我做新聞工作幾年的資歷，裡邊應該並不涉及個人隱私或其他什麼。所以就把這些觀點晾曬出來，也讓我的讀者能獲取「兼聽權」。

另外，我還在後面附上其他人的觀點，以及關於「多難興邦」的後續報導，也讓朋友們開開眼。

筆談「多難興邦」

「jianhongwang」：關於「多難興邦」

關於「多難興邦」，所發現的「迷信，帶有強烈的機會主義色彩」，不知道從什麼地方看出來的。

面對災難，我們有什麼樣的心態和行動，這個才是起關鍵作用的。換言之，我們對災難的態度，決定了災難產生的意義，或者是災難的價值。如果只是說，災難就是災難，災難就是災難，這句話是對的，但好像意義不大。這好比你抬頭看了看天空，然後煞有介事地說，是藍的。沒有錯，是藍的，我們不用一次次地抬頭確認，也知道是藍的。這種表述或者判斷，不客氣地講，就是正確的廢話。相反，說「多難興邦」，卻表現了在災難面前，人的超越意識和進取精神，對完美的追求，百折不撓，永不服屈的向上精神，這個將成為我們民族前進的強大動力。

有必要說明的是，「多難興邦」，不是說國家有難就能強盛，其中的原因，就不必在這裡饒舌了。

本人的回應

對於一種被列入官方話語體系的東西，我覺得作為公民應警省，而且我們一定要有批判性思考的能力。

當然，作為一個公民，如果堅持「多難興邦」是對的，我想我也沒有權利去阻止他（她）。在我看來，這個社會上觀點的多元是有益的。但當一個可商榷的觀點成為壓倒性的主流意識形態，我想這樣下去的危害是很嚴重的。

前有「穩定壓倒一切」的口號。它的提出有一九八九學運的這個背景，但事後多年仍成為打壓不同觀點或異己的一個理由。這是很恐怖的事情。

中國一貫的愚民政策思維，是值得我們思考的。

「jianhongwang」的再回應：警省與泛意識形態化

警省是必要的，問題是用在什麼地方，以及怎麼警省。所謂警省的結果，並必然是面對別人──特別是有一定權力的人說的什麼，都一律反對。

如你所言，我們要有批判性思考的能力。作為這種能力的一個突出標誌是，能區分開什麼是意識形態，什麼不是。也就是說，不要泛意識形態化。

你所說的「一個可商榷的觀點」指的是什麼，如果是「多難興邦」的話，不敢苟同。王陽明《傳習錄》中有一封答聶文蔚的函，建議參考：「人固有見其父兄弟之墜溺於深淵者，呼號匍匐，裸跣顛頓，扳懸崖壁而下拯之。士之見者，方相與揖讓談笑於其旁，以為是棄其禮貌衣冠而呼號顛頓若此，是病狂喪心者也。」

其他人的觀點

連嶽：少難興邦?多難興邦?

「多難興邦」現在是個流行語。我個人非常反感這種說法，如果這種說法成立，大地震就應該多來幾次。我想，每一次「難」後，政府應該多花心思在自己的缺失上，而不是習慣性喜喪，將白事變成紅事。在四川大地震後出現的暫時人道大同，那是對人性的致敬，而不是對某個政府的效忠──不要混淆這個區別。

胡舒立（時任《財經》雜誌主編）：多難興邦與制度建設

有道是「多難興邦」。過去的兩週，舉國哀慟，國人對此古訓必是感慨良多。但是，多難並不必然興邦。當我們由激情而思索，由思索而行動，從大規模的救人賑災，轉為更大規模的災區重建，進而轉為未來更大範圍的減災防災，我們仍需不懈地探索和建立嶄新的巨災防範體制。

答案越來越清晰：中國需要一個建立在法治基礎之上的、權力與責任明晰的、落實到專門機構、中央與地方分工明確的巨災風險管理體

系。這樣的體系注重未雨綢繆,注重科學專業,注重多方配合,尤其注重可執行性。數萬驟然逝去的生命再度警示我們,建立這樣的體系是何等重要和迫切!

附記

綿陽文物保護部門已對「多難興邦」四個字已經用有機玻璃和塑膠薄膜等封存下來,作為寶貴資料永久保存。

淚別或吻別

——獻給高校畢業生

　　老鄉畢業了，在十二號離開北京，我為他送行。火車站裡又是一番熱鬧場面，學生流向全國各地，各自懷揣著不一樣的心事：或回鄉看望父母，或將踏上全新的工作崗位，又或開始學習之餘的閒遊。經歷過很多次這樣的旅行，我木然地立在候車室的門口旁，彷彿看到自己多年前的身影。眼圈兀地濕潤了。

　　前兩天，一個畢業的小師妹要寄存行李到我的宿舍，她考上了研究生，需把下學期待用的物品放在學校裡。我到她住的公寓時，一樓大廳裡一來人往，還有不少畢業生擺了小攤，賤賣舊書等。時有人在搬運行李，我坐在塑膠椅上等師妹下來接我時，看到這些，心裡最弱的那一環被猛然擊中了。

　　八月是分離的時節。「多情自古傷別離」，我們雖然知道沒有永遠的「在一起」生活，但我們卻對修來的短時的緣珍惜不已，我們情願這樣的「短暫性」生活更長一些，而在它戛然而止時，我們開始含淚向它道別，把它珍藏在記憶的最深處，多年後把它翻出來晾曬晾曬。

　　最無情的是校園情侶大多面臨著痛苦的決擇：要愛情，還是要事業，甚或要父母？所以我們看到很多勞燕分飛，太多的「揮手從茲去」。在去年冬天，我寫了一篇名為〈關於 KISS 的地點問題〉的網路日記，是說「晚上十點鐘，上完自習走過白楊夾道，又看見操場暗處有情侶暗擁。那個時候我唱著情歌，走路的姿勢像二流子。」那時我斷言說：我想他們或許沒我快樂，除了偷來的瞬間。——歡愉總嫌不夠，本應在安樂的小窩裡（私密性更強），本應在陽光普照的草坪上的，還有，明天的明天你我會在哪兒另有所愛……在今天，這樣的評語該會在多少人身上印證著吧。

　　大約在一九九七年的時候，那時我還很年輕，列車中途停靠鄭州站，不經意就看到在兩條車軌間的站台上（深夜裡，白熾燈很明亮），

一雙情侶在狂吻，遲遲不肯分開，一個可能是要遠行，一個可能是要居留中原。那時候我就在想，世間這樣的悲情時刻曾多少次重複上演著呢？在今天我又會理所當然地把它和我們的年輕學生緊密聯繫在一起，他們成了這個季節最憂傷的人，最多情的人，也最是迷惘的人。

未來學家阿爾文·托夫勒在其名作《未來的衝擊》裡說，在未來社會裡，人和周圍事物的聯繫越來越短暫，更多的人成了「新的遊牧民族」，臨時性將成為人與人之間關係的特點。他說：「我們和大部分人的聯繫，決定於他們對我們有無用處」。這個老頭子大膽地預測著未來的真相，所以我們倍加珍惜純潔如水晶的同學之誼和那沒有物質利益取向的愛情，為曾經的擁有感懷不已，為將來的失去埋下伏筆。

多年後的某天，我很想做一個短片，取材於某某火車站的一景：汽笛一聲腸將斷，二人依依不欲離去，三百六十度拍攝他們的吻，燈光照著他們稚氣的臉，他們的肩膀上的書包是時尚的顏色，上面寫著「青春」的字樣。

2004 年 6 月 12 日

一場公開的北京毆打事件

昨晚加完班開始往學校趕時已是十點，從無數理由看，都應搭地鐵，但卻有一些原因說，還是持著月票卡坐公交車合算。於是坐公交倒車，於是就遭遇了一場毆打表演。

在一號車將至八王墳時，售票員呼著要下車的換出來，於是有四個人一路向前走，因為後門不開（許是壞了吧），於是人們都蜂湧而往前。本來車小人多，四個人中前一位對一個小夥子堵著他了很不滿，抬起手就是兩耳光，小夥子未反抗，嘴裏輕罵了一聲因為體格不如人，再者後邊對方還有同夥三壯漢。一會兒，打過耳光的手又摑了起來，左右各扇了兩下，嘴裡還說：「讓你操。」

耳光很響亮，全車人（含司機、售票員）沒有任何反應，到站了，門也開了，一群人揚長而去，小夥子似乎也下了車，在馬路邊似乎將被群毆，車上的人不少向長安街張望，售票員終於說話了：「看什麼看？有什麼好看的？」

我承認我經歷過很多事，包括在東大橋見兩個人從豪華車上走到馬路中央開始扭打起來，但昨晚這樣的事兒還是第一次見到。所以我就在回學校的路上不斷地想問題……

假如我不坐公交車，就不會有這樣的刺激呈現在我的眼前；假如司機不開門，立馬報警，我們心裡是不是會好受點，即令延緩了我們回家的速度；假如小夥子是售票員的兒子，她還會不理不問，見怪不怪的樣子嗎？

當事人其實都是二十幾歲的人，也不像沒知識文化的人。王小波說知識分子最怕不講理的社會，因為他們的強項是以理服人。那麼當知識分子開始「要武鬥，不要文鬥」時，世界將會怎樣？

最大的問題是，我作為一個知識分子，有一些良知，又在現場，是不是應該「起而行」呢？只是我已經遭受內心的軟傷，有必要再受身體的硬傷嗎？何況是我放單線，一百七十二公分，六十二公斤。

　　這樣的邏輯下來，我下一步最應該做的是強身健體，比如像成龍一樣，再不濟，也要有些肌肉來挨打。另外為了自我保護和見義勇為，最直接的途徑是加強自我裝備，比如佩帶鋼刀或小斧頭在細腰上，伺機行事，而最保險的方法是通過各種途徑搞到手槍，時刻準備著，再不濟，讓我的少時同伴造一把火藥槍……

　　這些想法的前提是「人不犯我，我不犯人，反之亦然」。而還有一種可能在於，假如我是那個小夥子，我當時會怎麼辦？在我記憶裡，我在小學四年級時因和姐姐放學回家後沒做飯而被父親摑了一耳光而悲痛欲絕，在小河邊發呆了很久，將心靈感受寫了一篇作文，結果老師在全班讀出來了。父親也聽說了，從此未在我面前揚起他粗壯的大手。在這樣的歷史背景下，我會不會豁出去，一千度的眼鏡也不要了，以搞死對方為第一要義，以被四個人搞死為第一準備，以「不在沉默中爆發，就在沉默中死亡」為心理籌碼，直取對方要害，大不了第二天的報紙頭條被陰差陽錯為「新聞學碩士昨夜被鞭屍北京長安街」？

　　如果我為著「面朝黃土背朝天」的父母計，我可能也會和小夥子一樣，忍氣吞聲算了，大約是「留得青山在，不怕沒柴燒」，但報復的心是成熟了，自己整天想著的是「這個世界不合我的夢想，沒有人關愛我，我也不準備關愛別人」，一切不可能都會成為可能……

　　那個小夥子不知道怎樣了，他回到家後會到母親的懷裡痛哭一場嗎？或者他默默地走到一隅，開始在磨刀石上打磨生銹的鈍刀嗎？又或者，他開始發奮讀書，準備考 GRE 什麼的呢？又或者，他不是北京人，家也不在北京，已踏上返鄉之旅，回到夥伴多的地方呢？

　　我不知道，我不知道，我心底的傷口在潰爛，在潰爛……

2004 年 4 月 13 日清晨 8：30 至 9：15

在中國，死是容易的

　　在時下的中國，死是容易的，而活著是那麼地不容易。——這是我看一些報章上的社會新聞時會不自主地冒出的想法。比如今天的報紙上，就有報導稱北京一條路上一電線桿倒了，砸死了一個騎自行車的女孩；而在山西惡名早出的洪洞縣，一次煤礦爆炸就讓一百多人死亡。

　　活在當下，像極了一個亂世：我們還清楚地記得，廣州的某軍醫在自己的車內被一槍打死，原因就像飄忽的雲煙，或者一首朦朧詩，讓人不明就裡。最終結果是冤魂難眠。而現在，騎車行在北京的大街上（還是三環路邊上），就有可能被「天怒」一下，從而命斷黃泉。更何況那還是騎得起車的人被擊倒，我們如何能猜出以一個行人行走的速度，能多大程度抵擋住這樣的飛來橫禍呢？

　　而在煤礦下的「地下工作者」們，他們在黑暗的地下工作，他們每天下井之前，該是會在內心裡祈禱平安歸來的，而他們的親人也每時每刻在各地為他們祝福。但卻在一些所謂資本家的利益驅動下，不但違規作業，在事故發生後來遲報，從而讓更多人成為冤魂，實在讓人唏噓不已。

　　中國人或許是真是太多了罷，所以給這個地球帶來了重壓，也給這個民族的生存帶來了困難，而他們的生存和尊嚴都成了一件奢侈的事情。美國開國元勳傑弗遜就在《獨立宣言》中明確寫著保證美國人的「生存權、自由權和追求幸福的權利」。

　　中華人民共和國成立已半個多世紀了，居然還停留在「生存權」的爭取層次上，這讓我們的一些有權有勢者怎麼能安於寢、溺於樂呢？而一些所謂的經濟學家又怎好意思拿人黑錢，替既得利益階層鼓吹，一些所謂的知識分子又怎麼能甘做「沉默的大多數」呢？

　　今天在回家的路上，一想起兩起「天災」、「人禍」的新聞，我就有了一個心願：那就是計算一下中國人的命價。我不知道，中國幾千年來，中國人每一條命的價格有沒有翻天覆地的變化，而與國外比起來，有沒有巨大的鴻溝。

　　當然，好事者也可以和我一起來算一算，看看中國人「死是容易的」是不是一條真理。

2007 年 12 月 8 日夜 00:31

《孔雀》：那些草根階層的愛恨情仇

　　抽了一上午時間看完了《孔雀》，一個低緩訴說的影像故事，生活在一個個細節中呈現。以我極少的觀影積累來說，這部電影大約是繼《我的兄弟姐妹》和《活著》之後最讓我感動的，而原因都是類似，那就是平民百姓的得與失，苦與樂。

　　想來草根階層的愛與恨更值得高歌，但是如你所知，在中國的影像歷史中，更多地偏向於宏大敘事：個人總是被意識形態化，從而喪失個性；而個人真實的生活總是淹沒在政治、經濟和文化生活中去，從而顯出「滄海橫流，人海茫茫」之感。

　　所以難能可貴的是《孔雀》渾身上下透出的對作為個體的人的人文關懷，而正是這一基調，從而讓我們看到現實的一些真相。比如為人父母的艱辛：萬般呵護有腦病的大兒子，對女兒工作的期許，對小兒子學業的關注。事實上，這個家庭是典型的中國家庭：安於吃苦，少有溝通，獨斷專行，愛心不均……正是在這種鐵籠式的家裡，姐姐高兒（張靜初飾）和弟弟就會想盡辦法跳出既定的生活規則：姐姐希冀通過打乒乓球的方式接近傘兵大哥從而圓自己的當兵夢，用色相雇人為哥哥報仇，甚至拿婚姻做賭注，以謀求好工作；弟弟不堪哥哥給他帶來的恥辱，請人來代行其職，以增強榮耀感，甚至和姐姐合謀想毒死親哥哥，最後因青春夢畫女生裸體圖而被趕出家門，扒車遠地成家多年後才回到老家……

　　《孔雀》更像是生活的真實記錄，哥哥笨拙地學騎自行車的場景，一家人做蜂窩煤的畫面，一家人在逼仄的樓道裡共進餐飯的情形，為著一個虛幻的夢想把降落傘置於自行車後在大街瘋踩，兀自站在女廁所邊徜徉卻誤認為是流氓，因嘔氣不吃不喝被強行吃東西……想來人的一生都是這樣的碎片構成，只是不知道有幾片擊中了你的記憶之弦？

　　我有些固執地認為，《孔雀》對於那些本來就是草根階層或是經歷過貧苦生活的人來說，它只是人們久違記憶的翻曬，而對於那些富足的

城市中堅們來說，這是思甜時的再教育素材，讓他們知道有的人曾經這樣生活過，而且還有人至今還這樣活著，甚至還不如他們那樣的苟且地活著。按照這樣的設想，我顯然是屬於前者。

依然還能記想起我小時候一家人吃飯的情形：一家四口在木桌邊坐定，媽媽先從熬的稀粥裡濾出乾些的米粥給姐姐和我一人一大碗，她和爸爸只有喝米湯了，裡邊米粒少得可憐，飯碗可以當鏡子；我還會記想起一年中最高興的事是過年時訂製一套新衣服，最喜歡用小鼻子嗅一種叫的確良或卡其布的布料上的淡淡悠香；我也會記想起在陽光午後看媽媽在打掃乾淨的地壩中切煮熟的紅薯為細條，晾曬時有麻雀們來偷吃，曬乾後成為我們最愛的零食；也記想起在臘月，遠方的神秘人一年一現，背著黑黑的鉛筒在院子裡來爆米花，聲音巨大，結果燦爛，一灣的人都背著玉米或大米來排隊；還記想起我那時喜好留長頭髮，爸媽叫了剃頭匠到家裡來，我不顧一切地奔跑，結果在河中被捉住，回家一邊流淚一邊理髮……

這些記憶碎片早就在我腦海的最底層，只是由於《孔雀》，它是我回到自己過去的引誘因子。想來每個人都像極了公園裡的那一隻孔雀，在少年時總是有開屏的衝動，最終卻發現自己總是心有餘而力不足，到多年後自己真開屏時，才發現還未開屏時最生動，也最值得我們紀念。

應該說，中國人是不太喜歡悲劇的，更傾向於完美的故事和完美的結局，這顯然是「喜鵲文化」的傳統使然。《孔雀》顯然也在一定程度上迎合了中國觀眾的這種審美取向，因而在後半部分淡化了悲劇色彩，哥哥也討到了老婆，開了「高記砂鍋」店盡享天倫之樂，弟弟有一個漂亮的媳婦，還過上了「有閒階級」般的生活。從藝術上說，最悲劇的事物應該是最能震撼人心，但當它作為普羅大眾共用的文化產品（特別是影像產品）時，卻會作一些現實的妥協。在《孔雀》之前，一個典型的例子是電影《活著》，作為小說，它是一悲到底的，而為電影改編後的劇本卻是留了兩手，比如片中福貴的孫子就沒有讓他死，按老謀子的說法是怕觀眾受不了。

即便這樣，《孔雀》的悲劇力量也已足夠。它照見我們的內心：是否還有悲天憫人的情懷，是否還有內心所向的理想，是否還有堅忍生活

的勇氣？一種說法是，「人的一生就是賭注」，關於愛情，關於事業，不是和自己賭，就是和別人賭。孔雀這只桀驁不馴的鳥，又何嘗不是在拿一生去賭呢？為那一瞬間的開屏，為它的開屏能得到別人的豔羨與驚奇，不得不承受那些愛與恨，情與仇。

　　而處於草根階層的那些人們，則多是落寞的孔雀，甚或麻雀……

2005 年 4 月 1 日下午於定福莊

顛沛流離後的親情之美

——評電影《我的兄弟姐妹》

主要人物：齊父（崔健飾）、齊母、齊憶苦（姜武飾）、齊思甜（梁詠琪飾）、齊天和齊妙

在昨日之前，我並不知道心靈電影是什麼樣的東西，懷疑是精神分析類的作品。看過影片《我的兄弟姐妹》之後，我才知道它是這樣一種尖銳武器：不將你心底之弦撞擊得鏗鏘作響不甘休，而這，正是精銳影人的旗幟。

導演俞鍾以前沒聽說過（算我孤陋寡聞），崔健、梁詠琪的片子也沒看過，所以我是以平常心走近寬大的大學生影院的。依舊是熟悉的大雪紛紛的北方，熟悉的多子多女的窮苦家庭。但這個家庭一直都充滿了生氣和陽光，齊父（崔健飾）是小學音樂教師，他對孩子們說：只要有音樂，我們就有靈魂。所以我們可以看到在雪花飄飄的小木屋裡琴聲綿綿，歡笑不斷。即便是在齊母（梁詠琪飾）臥病在床，齊天和齊妙也會爭搶著用最認真的態度講生動的故事給媽媽聽（這是該片最佳的亮點之一）。這是樸素至真的親情彰顯，也是現今社會難得一見的風景。

作為家裡頂樑柱的齊父因出身不好及教學生不健康的歌曲而被學校辭掉，只好用自身最原始的資源——體力去掙錢。所以齊母一生病，就沒辦法住院，只好在陳舊的床上與痛魔鬥爭。所以在母親的咯血之夜，發生了父親背負母親疾走雪路，遇上好心人搭上馬車同歸西天的慘劇。那時候大哥齊憶苦是少年身，弟妹尚小，在表叔家嘗到了寄人籬下之痛後，只好拖著殘家後毅然出走，踏上撕心裂肺的托養之路：齊妙給了老爺爺老奶奶一家，齊天到了一個知識分子家庭，齊思甜隨一對夫婦出國。魯迅先生解釋悲劇時說那是將美好的東西撕碎了給人看。而齊憶苦恰在這時充當了現實悲劇的執行者，他的力量小到只能將一家人的合影分給弟弟妹妹，送給願意收養他們的好心人，然後自我安慰地對親弟妹

說：我們會再見面的，一定會的！為了把齊思甜送出去，齊憶苦手拿零錢跪地不起，而那是他家所有的資產，在完成無奈的使命後，他選擇了狂奔，不願再見到親弟妹們那些淚水婆娑的臉，他最大的聲音是呼喚「媽——媽——」，這是他最可依賴的港灣，最可傾訴的對象，如果在天有靈的話。

在前途未卜的離別過程，撕心裂肺的流涕之別是整部影片的最高潮，它將我們在矯情地高唱「天下沒有不散的筵席」後，感到世上還有一種我們大多數人從未體驗過的離傷之痛徹。在多年後的現在時，齊思甜以海外有成的指揮家回國尋找兄妹，其難易程度不可同日而語。隨著歲月的流逝，每人各有各的悲喜（戲劇性在於，當年因收養家庭的不同而導致兄妹們成長的不同），而齊思甜幸運地上升到一個常人能企及的層次，所以有能力用最快最好的方式去圓上失散多年後的重聚夢，而現實總是無情，四兄妹都長大成人了，也自然有了無法抹去的隔閡（比如齊憶苦和齊天，齊思甜和齊妙），正是對幼小時代難以抹去的苦和相依為命讓他們走到了一起，並用父親一生摯愛的音樂將他們積壓過久的思念引燃，綻放成一株永不凋謝的親情報之花。

在國產片中，描述同輩親情的近乎為空白。我總疑心俞鍾是受了威廉·福克納《我彌留之際》的啟發才要拍這樣的影片。曾幾何時，一部稍顯煽情的台灣影片《媽媽再愛我一次》把母女之別渲染得華夏同泣，在今天看來實在有些眼迷離。人們的審美觀不斷提高的日子，想賺取觀眾的眼淚是不容易的，而《我的兄弟姐妹》做到了，在我們麻木了很久之後，用這樣通俗的故事題材打造成近乎史詩般的抒情，的確要感謝有這樣執著為人們文化生活真心服務的人。

2001 年 6 月 22 日於渝北松風苑

《金剛》：人獸情未了

　　坦白地說，本人長期以來對進口大片存有一定的偏見。如洋速食一樣，在我看來，洋大片們除了帶給一時的快感之外，並不會留給人們多少營養和充實之感。不過，在看過中國幾部賀歲「大片」後，讓今年首部進口大片《金剛》佔據我生命中的三小時又七分鐘，我改變了舊有的想法。

　　與國產大片們宣揚的愛情、親情等賣點相比，《金剛》渲染的人獸之情雖然有些「說不清、道不明」，但更讓人心動。在特技、聲效與恐怖氛圍等的鋪陳下，金髮美女的魔力沒有了，倒是如一座小山的黑猩猩金剛擊碎了我們的心理防線：在它固執而驕傲地成功登頂帝國大頂時，全世界都會為之側目，並在淚腺充盈的情況下引發遐思無限。

　　在這種情境下，一個問題就擺在我們的面前，在「故事都講過了的時代」（鄒靜之語），我們的想像力應該怎樣拓展？而進口大片《金剛》給我們的啟示是：它的魅力並不只是集中於特技氾濫的「大」製作上，而更重要的是在呈現領域的「大」上。

　　在《金剛》中，女主角安・達羅只是一個失業的美女，被瘋狂的導演卡爾帶上一條探險骷髏島的「賊船」，然後卻被島上的土著們押作貢品交給活圖騰金剛。這只大猩猩並沒有把金髮美女當成美食。——事實上，在整部影片中，它就沒有吃過人。——金剛把安作為了一個交流的對象，友好的朋友，儘管不能言語，但可能通過眼神和肢體語言來傳達它的欣喜與哀愁。不過，在最初的很長時間裡，安堅信它只是一個獸性的怪物而已，偶爾用舞蹈、翻跟斗等方式來討好它，以伺機逃走。直到安被一群食人恐龍襲擊，而被大猩猩忘命揀回一條命後，她才醒悟到：原來一隻動物在女人身上的用情可能比號稱世上最癡情的男人更深。試問列位，這是動物的榮光還是人類的悲哀呢？

　　正是在這個意義上，我們走進電影院遭遇《金剛》，看似故事與動物有關，其實也是與每個人的生活有關。套用通俗的話說就是：「關注

動物就是關注我們自己」。就是這樣一隻猩猩,它照見我們的過去與現在,影響我們的未來。

巧的是,《金剛》拍攝的二〇〇五年,國內一批以動物為名的書籍也非常暢銷,比如《狼圖騰》和《藏獒》。一個文學批評家說:「姜戎筆下的草原狼,是生物的狼,也是人文的狼」。《藏獒》作者楊志軍的父親則對他說:「我們需要在藏獒的陪伴下從容不迫地生活,而不需要在一個狼視眈眈的環境裡提心吊膽地度日。」當我們不斷關注生活世界上的動物朋友們時,這才發現,原來如同骷髏島上孤獨的金剛一樣,人類也需要多麼深入與頻繁地與世上萬物溝通與交流啊!

對我個人來說,感謝《金剛》,它讓我想起過去的事情。十幾年前,在西南的老家,每年都會養一、兩頭白豬以作年豬。年少的我每天都會用鐵梳子為它們梳一兩次背毛,它們的幸福的嗷嗷聲至今讓我無法忘懷。而在今天,在你我家的小動物們,過得又怎麼樣呢?沈從文的墓誌銘寫著:「照我思索,可認識人。照我思索,可理解人。」把「我」換作《金剛》,我看也是合適不過的。

2006 年 1 月

母親

　　母親和父親一樣，今年是知天命之年。和所有處於最基層的體力勞動者一樣，她老人家已經和土地打了半個世紀的交道而樂此不疲。

　　母親瘦而矮小，大概與幼年時外公外婆在饑饉之年（1961、1962）撒手西去有關；而舅舅少時即遠赴北方修鐵路，年幼的母親只好自己照顧自己。母親的小學二年級生活也被上述變故無情地打斷。她至今仍能精確地記起當時的名次，還可以用小學生的唱腔背出《小貓釣魚》。事實上，就學習而言，她五十年來唯一可以驕傲的是能寫出自己的名字。

　　母親一生酷愛土灶和大山，病弱的身體在家裡窩著總不舒服。一有空她就要挎上背簍拿上竹爪子上山找尋柴火。在來回的路上，母親唱著《東方紅》，即使背上的柴火象座小山，腳步仍然飛快。母親說她喜歡燒柴火，「劈哩叭啦」地響著人心裡舒暢。實際她是嫌用煤和煤氣太費錢，而人身上的力氣是無窮盡的，所以母親寧願當大山的搬運工，將土瓦房的屋簷下堆滿乾柴，讓老舊的房子幾近淹沒。

　　但母親註定不是一個真正精打細算的人：她不知道更多的時候她是在透支健康和生命；很多次忘命似地上山打撈柴火回來後的結果是病臥在床。身為鄉村醫生的父親忙著給她輸氨基酸，打針、開藥。母親第二天神清氣爽，雖也知道藥品價格幾何，可一閒下來就揭了傷疤忘了疼，又獨自上山去了。

　　我們都為母親的忘命性格付出過代價。十年前的一個夏天，她就因在烈日下勞作而暈倒在午後的河床。當時父親是飛奔到她身邊將她搶救過來的，姐姐和我其時才十幾歲，早被這陣勢嚇懵了。後來，母親因操勞過度而臥床的次數我們數都數不清了。她總以為自己還年輕，明天的活兒也要放到今天來做。沒有人要求她這麼做，現實條件也不需要她這樣做。不知道她這是在和誰拚命，和自己？和鄰居？抑或和父親和我們？

迄今為止，母親還沒出過小縣境，她現在看起來年紀已經遜於城裡的六旬老太，這當然是她不知道也不想瞭解的。

2001 年 5 月 20 日重慶渝北松風苑

姑父

　　姑父重操舊業，又到鄉煤窯去做挖煤的勞力了。

　　姑父是大姑的丈夫，黑而瘦小，他自知不是讀書的料，小學一畢業就幫著父母撐起十弟妹的大家庭。沒有文化知識，又沒有經濟頭腦，姑父和泥巴無悔地鬥爭著。十年前，經人介紹，姑父到鄉煤窯去學習挖煤炭。大姑膽兒小，說就那幾根木頭撐著，要有個三長兩短怎麼辦。姑父只不顧，說他只有力氣，何況一月還可以掙個七、八百呢。

　　姑父固執著去了，每天一大早乾乾淨淨地出去，老晚黑黑地回來（後來也黑黑地出去，大姑說香皂洗黑了也洗不乾淨了）；有時上夜班，大清早才回家休息。大姑每天都提心吊膽的，而那時表弟十歲，繼承了他父親的缺點：學不進去，老翹課，大姑就自覺更難過上安心的生活了。

　　五年前的一天，一夜大雨將同院的安叔和其他村的幾個人埋在了鄉煤窯，安嬸看到的丈夫是一具泥漿的屍體，自己才三十出頭就成了寡婦。而姑父當天未上夜班，躲過一劫。大姑驚魂未定，死活不讓他再去挖煤了。這一年，表弟十五歲，初二一讀完就到市區幫親戚看店子學做汽車美容，衣食不用爹媽愁了。

　　去年，表弟自立門戶，和一個自恃特能的長輩合夥到永川開個了店子。姑父滿面春風地去幫他們。由於長輩選址失誤及經營不善，錢沒賺一分，還倒貼了好幾千。於是表弟又轉戰璧山，獨當一面，由大姑幫忙看店。起先的一段時間，生意還不錯，姑父興致很高，裝了電話（那時生產隊裡裝了不過兩三戶），閒下來時就要打打電話問問縣城的情況。姑父站在造價五萬（1999）的樓房二樓，響亮地談笑、哼著歌挑水、做家務。

　　表弟去年十九歲，他沒有充足的社會的經驗，也沒有好好學習的習慣，所以當個體老闆並不是一件輕鬆的事兒。去年下半年，生意日漸淡了，大姑不再一月難得回家一次，而是一週回一次了。於是姑父在農

閒時換了大姑到縣城幫表弟，時常還要背一些米和雞蛋，臉也顯得更黑了。

不幸的事發生了：前些日子，表弟涉嫌一樁金額較大的盜竊案，得勞教好幾年。姑父揣著錢到處托人幫忙保釋，他不懂法不知道侵犯財產罪也不知道表弟犯案在「嚴打」期（即嚴厲打擊刑事犯罪分子活動時期）；他以為他獨生子把東西還人家了又自首就可以免罪回家。在錢扔進水裡不冒泡後，姑父的雙眼深陷，他這才知道沒有辦法了，歎口氣：快四十五歲的人了啊。

姑父沒有了依靠，他又義無反顧地穿一身乾淨的衣服到效益一般的煤窯挖煤了。他比十年前的第一次多了矽肺病知識，知道了世事無常。這一次，大姑沒有擋他，還會借用他的原話：他「除了下力幹不成啥子」。

2001 年 5 月 14 日淚涕於渝北松風苑

紀念唐安全君

一九九一年五月九日，在重慶璧山縣大興初中附近的水庫邊上。

從左至右分別為汪劍、本人、陳剛和唐安全君。

「你知道嗎？唐安全死了。」

今年六月的一天，現居成都的劉興品律師在電話裡突然向我問道。他和唐安全一樣，都是我初、高中同學。

「不會吧，我前年九月還回到重慶，和他兩口子吃了一頓飯」。我不相信這是真的。劉律師又補充說，「他是去年死的」。

我頓時頭腦亂了，瘋狂撥打電話給在重慶工作的初、高中同學，終於證實唐君確已不在人世。打了一圈兒電話，對他的死因，有多種說法，這讓我更加懷念起他來。

唐君和我一樣，都是重慶郊縣鄉下窮孩子出身，家境貧寒。我們都屬於不同的鄉，在初中時，都考到了區屬（比鄉大一級）中學，還分到了同一個班：2班。那時候，他是我們班的班長，長得高又帥氣，學習成績又好，深得男、女生們喜歡。到初三時，四個班中開始遴選出一個快班（匯聚成績良好的同學），唐君和我又從2班挪到了同一層樓的4班。

不料在中考（即中學畢業會考）時，我們區屬的這所中學卻有了新章法：所有學生不允許報考縣中學，只許報考本校的高中，以確保優秀生源。全年級的人都認為此舉太過荒唐，但唐君和我沒有像有的同學那樣去爭，也未讓自己的父母說情（當然，他們也說不上話），只好將高中歲月獻給這所全縣位次倒數的中學。

但這樣的命運安排也改變了唐君的命運：高中時，理科生的他似乎與文科班（我班）的一女生熟絡起來。但兩人身高差距懸殊，聰慧程度也不一，所以大夥兒並沒有在意。但高中畢業後，唐君考上山西太原的一所大學，那位女生上了專科，其後事情的發展讓人難以預料。

後來聽聞，唐君上大學時，害了一場怪病，女生的父親（雖也是我縣的一農民，但早年就已經征戰建築市場，一九八〇年代已是萬元戶）力主將其空運回重慶最好的醫院治療，才揀回一條命。多年後的一天，唐君在重慶的一間辦公室裡向我證實，「當時我體溫在四十攝氏度以上，一個多星期都如此」。

後來，唐君畢業後沒有找工作，直接在女生的父親及女生的幾個兄弟公司幫忙，兩人也結為連理。有一段時間，在岳父的支持下，唐君開了公司，經營鋼材。記得二〇〇〇年左右，我到重慶袁家崗唐君兩口子租住的寓所，他們非常忙碌，而當時已經育了一小孩。二〇〇二年，再見到唐君時，他已經不再自辦公司，而幫其妻弟做房地產開發了。還記得，他曾向我抱怨拆遷舊住房的難處。

二〇〇八年九月，因出差重慶，我請在渝的初、高中同學聚餐。頭天聯繫唐君時，他稱自己已經返回璧山老家，所以無法和我相聚了，並

向我道了聲珍重。不料，第二天中午我趕到同學代訂的楊家坪那家餐廳樓下時，卻見唐君夫婦正站那兒，他依然是那麼魁梧、光頭，握手仍是那麼有力。他告訴我，本已經回璧山縣，但由於多年未見，很是想念，所以又開車返回重慶，來此一聚。還記得，那天中午吃過飯後，唐君就返回璧山，是因為他其時和另一高中同學開辦了一家飼料廠。不過，唐君的妻子則留下來，和同學們一起玩牌。

不料，這竟然是我和唐君的永別。事實上，在大學畢業後的幾年裡，我們一年裡聯繫並不多，但逢年過節總會發一兩條短訊以示祝福，讓對方知道，這世間還有一個友人在惦念。

對於唐君的死因，同學中傳說也多，一說是自殺，一說不小心墜湖意外過世，還有人說他生前有外遇。但這些都無從考了。另一同學向我透露說，前幾年，唐母因兒子的家事上吊自殺，具體事由也無從考。

但確定的是，唐君和他的母親都已不在人世。在二〇一〇年，唐君要是活著，他不過才三十五歲。

作為有幸和唐君同學並相熟的人，有時我忍不住想，如果唐君當年動點人脈關係到縣中學讀高中，又或者，沒有和他同學的妻子交好，是不是他還活在現實中，而家庭不會有這麼多不幸呢？

2010 年 12 月 11 日

晚安，我的民工兄弟

在二〇〇七年八月三十日深夜十點
我撞見了你，我的民工兄弟
在上海南京路的旁側

一條受傷的馬路上
東方明珠仍然閃亮

夜色很重，霧氣很濕
你以大地為床，枕著心思
準備做一個迷人的夢

我的民工兄弟
至少還有寂寞如你的路燈
昏黃地伴你夜行到天明
在這靜默的夜晚
路過的人沒有言語
任你聽取一夜蚊吟

老婆的叮囑，孩子一聲啼哭
或許只是夢的一頁
欠條數字在不斷刷新
變成追殺你的夢魘主角

馬路就像一個受傷的孩子
從受侮辱到受損害
多麼像你現在的樣子

面如菜色，溝壑叢生，髮如灰
就像我今夜路過上海
在心中尋找明珠

晚安，上海
晚安，我的民工兄弟

2007 年 9 月 16 日上午京城公交車上

C面　媒體的批判

崔永元：要革誰的命？

——兼評崔式市場策略

每個人都是深淵，當我們往下看時，不由得頭暈目眩。

——畢希納

中央電視台著名主持人崔永元是我的校友。在他畢業十年後，當我踏進他母校北京廣播學院時，小樹林仍在，核桃林青春依然。而他當年的老師也還在。一個老太太時常在課堂上向我們提及他和同學們，並說只要她在場，小崔事實上是一個害羞的人，演講時言語並不流利，加之後來某次她參加錄製《實話實說》更加驗證了二人「相剋」的現實，所以老師也就很少請他回母校了。

如果這是真的，那麼崔永元應該在本質上是溫和而內秀的一個人。不過人說時勢造英雄，當一本《不過如此》出版之後，小崔掙了兩百萬元。老崔開始出現了，一個重要的表現是《實話實說》收視率的下滑，隨之而來的是節目美譽度的降低，對崔本人來說，卻是失眠症的日益嚴重。而更讓他失眠的應該是曾經讓自己走上事業巔峰的節目已經在絕望地做如此宣傳：

實——話——實——說，你曾經愛過的，難道你忘了嗎？

堂堂央視，至於這樣哭得死去活來嗎？我等傳媒研究者聽著都鬧心，更甭說得了「光榮與夢想」的崔永元了。長江後浪推前浪，目前央視走紅的主持人與十年前、五年前區別有多大，而中國人才有幾多，大家就可想見。

按照產品週期理論，一個節目不會永遠響噹噹地生存，更別提在有「特色」的中國了。所以《實話實說》辦不下去了，也很正常，大不了再辦一個《真話假說》，一如中國的宮廷劇一樣為老百姓貢獻一些生活實用技巧（如何勾心鬥角，如何成就自己）。同樣，我們每個人都是有

著事業的週期，所以「通吃」的總是少的，「你方唱罷我登場」倒是常態。照此推論，我不憚以最壞的想法來推測，事實上崔永元是一個不甘於寂寞的人，這在他將紅未紅時就已經定型了。比如《寧死不屈》一九九二年就在鼓搗了，雪藏了十多年之後來出售，當年的錄音效果好壞已不是銷售的心理障礙。同樣的一個證明是，當馮小剛的電影《手機》中，有著《有一說一》對《實話實說》的克隆、調侃與揶揄，這顯然是一種藝術的手法，但老崔已老，在「沒去電影院裡看，弄《電影傳奇》的節目沒倒出功夫。但我也看了一截片斷」，當時「正好音像店裡擺著好多電視，裡面就在放《手機》，我買完碟，就站那兒看了一段，有大概十分鐘多。就那麼一截」，由此導引出一萬五千字的訪談，結論是「馮小剛拍這麼一個電影，其創作初衷非常可疑。我甚至不理解電影局為什麼能讓它通過還在全國放映，然後不分男女老幼都可以去看，弄得人人疑神疑鬼互相揣測，我不明白它到底代表了一種什麼標準？」以及「當然如果已經實行了分級制，把《手機》歸入三級片我認為還是很合適的，那也算標誌著電影的開放，什麼都可以拍了。」

其實，這種應對在崔永元來說，自己內心與外界看法各佔一半，因為「影片上映後，不少媒體傳出《手機》中的男主角嚴守一是影射崔永元，嚴守一和武月的關係也被認為是在影射崔永元和央視女主持和晶。因為該片中嚴守一所主持的節目形態，完全借鑒了《實話實說》，連葛優的髮型、談吐都和崔永元一模一樣。而片中武月後來取代嚴守一主持『有一說一』的情節，也和現實中和晶取代崔永元主持《實話實說》一樣。據悉，《手機》拍攝前導演馮小剛、編劇劉震雲等主創人員曾與崔永元進行過多次交流。」於是蟄伏良久的老崔覺得應該借媒體出海的時間已到，因為《電影傳奇》系列產品的市場推廣工作正要起動（電視節目 4 月播出，訪談在 2 月），而電影的「老」與應對「亂搞男女關係」需要的保守形象塑造剛好契合，由此，崔永元開始利用媒體進行宣揚自己及《電影傳奇》。一個結果卻是，在利用媒體時也被媒體利用，最終各得其利，不過崔永元當然是賺得盆滿缽圓。

一、藝術的標準

　　事實上藝術的標準各不相同，正如文化一樣。有大眾文化、精英文化和主流文化，而主流文化即政府推崇的一種文化範式，比如五講四美（即講文明、講禮貌、講衛生、講秩序、講道德；心靈美、語言美、行為美、環境美）、比如愛國、敬業。三種文化無所謂誰比誰高明，只是價值取向不同而已。

　　同樣藝術也是如此。就電影來說，我們不能說講老百姓生活的電影就是庸俗的，甚至在一定意義上說三級片也不是部部庸俗。而按崔永元的標準，電影《生命中不能承受之輕》更是亂搞男女關係，更要被視作「六級」電影了。而事實是，湯瑪斯通過性亂交的形式彰顯對主流意識形態的反撥。

　　從這個意義上說，老崔像極了中國官方電影審查官員，讓人覺得有諷刺意味的是，《實話實說》正是由於中國大陸意識形態控制的因素導致話題的褊狹與無關緊要導致做得一塌糊塗，而這該是讓他耿耿於懷的。昨天厭惡它的人今天倒成了它的衛道士，這該是「做人要厚道」的一種表現吧。

　　在中國人民長期受到單一人民倫理（見劉小楓：《沉重的肉身》）控制幾十年後的今天，難道自由的個體倫理還應受到這種高蹈式的漠視嗎？在人權入憲的時代背景下，個性自由當然是應有之義，而其中人人有得到感覺與精神的愉悅是最要緊的（前提是不害他人），正是在這種意義下，娛樂開始恢復它本真的面目，成為人民（每個人都是人民）生活的一部分。

二、女兒的看與不看

　　天下父母一個心。老崔將《手機》定為三級片是基於一個擔心：「如果我七歲的女兒看了《手機》跑來問我：爸爸，你生活中原來是這個樣子？我怎麼回答？」這其實是犯了本本主義錯誤。這很像二十年前

我還在六、七歲時聽父母告誡說不要聽「黃色歌曲」和聽「敵台」一樣，現在聽來只覺得好笑，並為當年人為地對自己精神的禁錮感到怒不可遏。而當下的時代背景是，誰也不比誰傻多少，一切社會上出現的好事壞事都像龍捲風一般刮到小孩童的耳朵裡，我敢說現在一個小學五年學生瞭解的社會風情不會比我這樣的人少多少。

那麼問題就來了，蓋子是捂不住的，我們是要告訴後代社會現實多種呢，還是零種或一種？一種選擇是不讓小孩去看，就像中國大陸地區中小學生理衛生教育走過場一樣，另一種是如實告訴，而且在告訴時積極引導。

不過老崔更簡單些：他說：「我認為最簡單的實驗，就是馮小剛自己有孩子，懂事之後就讓他看《手機》和《大腕》，看到完全記住了，再問他長大以後究竟是想當嚴守一呢？還是當武月？拍電影先甭在報紙上瞎吹，當爹當媽的關上家門先互相商量一下，能不能讓自己的兒子和女兒去看？」

老崔的女兒九歲了，自然是開始懂事了，幾句話應該就能道明個中故事。崔媽媽就很明智，專門打電話跟崔永元聊，她說葛優都聲明演的不是他，他也不要太上心。另外，和晶也很坦然。關於「《實話實說》、崔永元、和晶之間有潛規則」的猜測，她表示自己「清者自清、濁者自濁」。這事攪和進去未免低級。不過和晶說自己並沒為此肝火大動：「心裡面善良的東西，不應被這樣的東西污染。」至於觀眾可能以「她會不會是武月」等種種聯想來揣測自己，她也淡淡地表示，人心長在人家身上，沒法去阻攔人家。而她自己也不想再出頭為這事進行過多的解釋，「這種事情本身就很低級和庸俗，自己再攪和進去未免自降身價……。」

所謂清者自清、濁者自濁。這當然是成人應有的品格取向。

另外，老崔說：「因此如果把《手機》的亂搞男女關係安在電影圈裡我就認為這個戲拍得非常真實可信。這是沒問題而且是地球人都知道的事實。但如果愣把亂搞焊到電視新聞隊伍裡，我就感覺並不十分恰當了。起碼在我身邊的新聞主持人當中，基本生活態度還不是這樣偷雞摸狗，所以一旦有誰和誰亂搞，那還是驚天動地的新聞。大家還不至於濫

情偷情到那個程度。所以我可以說，如果這個影片是在影射我們新聞節目主持人、談話節目主持人，那就是莫須有地潑了一桶很髒的糞水。」這種單方面的說法我持懷疑態度。趙安（曾多次執導中央電視臺春節聯歡晚會，許多演員是靠趙安而走紅。二○○四年因受賄罪被判有期徒刑十年）在央視這麼年為何沒有被發現？而這應該只是冰山一角而已。

三、新聞炒作的背後

　　事實上，炒作新聞是節省廣告費的一個好辦法。在〈崔永元怒打《手機》：馮小剛創作初衷非常可疑〉一文刊出後，如果馮小剛真如崔永元說的那般「善於炒作」的話，就應該積極回應「號召」，加入製造新聞之中，比如打打嘴仗，要不也聲稱「法庭上見」。一個唱紅臉，另一個唱黑臉，從而讓媒體和自己都受益，讓受眾每天在這些唾液中一頭霧水，只管掏錢看片買片。

　　事實證明，馮小剛看得更遠，只是默然地靜觀其變，直到 3 月底才拋出所謂「四發炮彈」反擊崔永元，這充分證明了馮的老道與精明：「現在我們都可以敞開心扉地說，但他們的炮轟，我認為是一種娛樂行為，不是嚴肅的文藝批評。」（馮小剛語）

　　崔永元在接受何東採訪時評價馮小剛時說，「另外，我還發現他特別熱衷於炒作，從善意的角度去理解，他可能是為了讓電影能更多地賣錢，是錢一直逼著他到處炒作。可我還是很懷疑，有很多時候其實都是他自己發自內心的主動驅使，他喜歡找那種著名的狀態，喜歡身邊老是裹著很熱鬧的裝潢。」這種指摘事實上在自己身上也得到了印證。

　　在傳播界鼓吹「注意力經濟」的時代，被關注至少為利益的變現提供了最大的可能，這對學新聞的來說，只是小菜一碟，再加之崔永元本就是一個公眾人物，其動用媒體資源的能力當然是不可小覷的，而由此帶來的影響力自然是不言而喻的。

　　從二月的「怒打」到三月的媒體炒作再到四月《電影傳奇》的播出，正如阮次山的名言「世上看起來不相關的事情其實都是有關聯的」，當我們以整體觀和聯繫觀來看待這一《手機》事件時，一切皆已明瞭。

四、市場推進策略

對於《電影傳奇》的市場進入，崔永元在接受採訪時曾反駁說：「《手機》那件事以後，他們不是攻擊我嗎，說我是為炒作（《電影傳奇》）。我這人還挺硬，那我就不炒，不用炒。一個節目的好壞，不是靠炒出來的。你炒得越多，觀眾期望值就越高，節目跟不上，觀眾罵得就越狠。我們現在精力都放在節目上，全身心地投入，所以現在基本上不接受媒體採訪。」不過這是刊於四月二日的《新民週刊》，離開播僅有一週，事實上的宣傳已經十分充分。

在設計消費者時，崔永元自稱瞄準的「就是四十歲以上的人」，「你（何東）說的那撥人，他們什麼都不看，不看書報，不看電視，不上網。我說的是四十歲以上還願意看電視的，就做給他們看。」這種說法顯然有失偏頗，其一，在二〇〇二年中國電視覆蓋率就高達 94%（不少家庭擁有兩台以上電視機）、有線電視用戶達一億戶的情況下，誰不看電視似乎都說不過去；其二，要說少看電視的，倒是青年上班族居多，一來沒時間，二來要求太高，節目對位的少；其三，如果說真有「四十歲以上還願意看電視」的人，他們大不了只是希望重溫老電影，而不是去關注「編餘片」這樣的東東，編餘片＋莫名其妙的主持人客串，這倒更像是適應青少年的「無厘頭」欣賞取向。

再往細裡想，在佔中國 80% 的農民兄弟中的那些受過老電影薰陶或毒害的中老年人大概是沒有興趣去瞭解這種幕後故事的，這倒是應了都市有錢有閒的中老年人的品味，在他們的現實生活中，懷舊的情緒在滋長，當年主要通過電影浸染來的意識形態或審美取向在內心裡冬眠著，見到居然有人在中國最強勢的媒體裡得以重提，成就感就會驟然上升吧——這也會成為茶餘飯後、交際場合的談資吧。

從這個角度來說，崔永元實際上瞄準了有著巨大消費能力的一群人，這種適位營銷當然是一種至高境界，由此可以堪比「抵抗力」或「西洋參」啥的產品。這個保健品市場太大了，誰都想再活五百年。

　　更值得我們值得注意的，崔永元正在實現品牌的產品系列化開發。在《電影傳奇》開播後幾週，崔永元在十二年前錄製的專輯「起死回生」，內收「經典的由宋祖英、張也、董文華等翻唱的三十一首歌曲」。不過，封面當仁不讓是拿炮筒的老崔，專輯名為《寧死不屈》，序言與專輯同名，是崔永元為專輯寫的，同時還在專輯中將一千七百字念出來了。內容則是流水帳，總是自己多麼不容易，比如說：「那一年我二十九歲，可能這事應該是四十一歲的任務。」不過我覺得最重要的一句是：「我向我的朋友魏偉提出來一個大膽的設想，錄製一盤老電影歌曲的聯唱磁帶，讓它火遍中國。順便掙些錢。」現在的「順便」當然意義不一樣了，市場價值當然也是不可同日而語。

　　據報導說，為了讓更多喜歡老電影歌曲的人都能收藏到這張珍貴唱片，京文唱片採取低價精裝版的發行策略，不過二十元好像並沒體現什麼正版優勢。值得注意的是，京文唱片也將安排崔永元與全國的老電影迷們親密接觸，在主要城市舉行崔永元《寧死不屈》的全國巡迴簽售活動。另外，《寧死不屈》只是京文唱片今年「崔永元系列」的開始，除了電影《電影傳奇》的 VCD、DVD 及電視原聲帶的大規模上市外，「寧死不屈」極有可能會成為老電影歌曲的一個經典品牌：不僅十二年前的這版《寧死不屈》會以不同的音樂形式出版，京文唱片還計畫請崔永元繼續當製作人，繼續錄製其他經典電影老歌，將一代人的記憶以各種形式留存下來。四月十六日的報導說，崔永元透露，他正在籌備下一本書的寫作，講的就是《電影傳奇》的創作過程。

　　「崔論」裡有這樣的話：「我就是看這部電影時決定的，為了理想，我可以死去，但要寧死不屈。」（《寧死不屈》序言）

　　「我認為好的產品應該有好的市場。現在好像不『戲說』就掙不了錢，沒有大明星就沒有高票房，我從來就不認為這是娛樂業、傳媒業的發展規律。」

　　《電影傳奇》製片人看得最清楚，他信心百倍地向記者表示，「有崔永元的節目根本不用擔心收視率」。

五、個人偏好與公共利益

就公開報導的情況看，玩老電影只是崔永元的個人偏好而已，這當然與他愛好小人書一樣是無可厚非的。但現在的問題是，這種個人偏好通過央視這個平台形成一種集體施壓，佔據頻道資源，影響了受眾的資訊的渠道選擇。

在記者問及「從新中國成立以後的三千多部電影裡選取兩百零八部，誰的眼光？」時，崔永元毫不隱瞞：「我的眼光。選的標準大概有那麼兩種，一種就是好電影，像《小城之春》，無可爭議的好片子；第二種，我覺得你應該知道的，就介紹給你。」並對「有很強烈的個人色彩」表示認同，「非常強烈的個人色彩。這事兒簡直就無法解釋。他們也問我，為什麼要這麼選。我說，這是我做的項目，當然就這樣選。如果你做，你選。」

個人色彩只是說明個性鮮明而已，不過有著不可預知的風險性，好在令他高興的是，「中央台的幾位領導看了我們的樣片，評價都挺高的。我們還組織了各個年齡層的觀眾看，他們都還是挺喜歡的，覺得有很大的信息量。」這事實上成了他信心的源泉，因為中央台能播出，這就是商業的勝利，所以他可以這樣說：「因為商業上我沒有那麼高的追求，我提前都跟朋友說好了，咱們做好賠錢的準備了。」

借助央視這個平台，崔永元可有「創新」地在片中進行表演，比如在四月十六日的節目中在談《冰山上的來客》的專題中拉上了和晶和自己表演了一把，不過只是蹩腳地、莫名其妙地露一下臉而已，與整個節目並無整體性的適位。我不知道這對主題的表達有何益處？能給觀眾帶來什麼樣的新資訊？

有學者在點評一些電視節目時用了一句話，說是「卡拉 OK 式的自娛自樂」，在很大程度上，《電影傳奇》也是，不過為了市場目的，不得不將卡拉 OK 進行到底。

孫玉勝在《十年》一書中，講到中國電視十年來有一個重要轉變，即轉向了「家用媒體」屬性。不過，現今這種功能在很多電視台並未充分實現，更多地凸顯出「我個人的電視台」的傳者本位。

在這種運作理念下，公共利益被極大地損害了。

六、一些思考

崔永元談到老電影時說：「我覺得那四個字挺合適：養育之恩。不是說他們給我們做飯、給我們穿衣服，而是他們塑造了我們的靈魂，讓我們有了一個精神的境界。我們這代人的成長，很大程度歸功於這些老電影演員。」這或許是真話，但問題是，我們是應該往前看還是往後看？這涉及到是為中老年人服務還是青少年服務的問題。當然服務都要有，關鍵在於什麼樣的形式。讓中老年懷舊，讓電影頻道播出老電影成不成？這是基於他們並不很在乎形式的時新，而在乎內容的親近。

而現在最大的問題是中國青少年節目娛樂性有餘，而人文性不足，憑著崔永元的號召力以及愛護自己女兒的那顆紅心，是不是應該多展望未來，為幾億青少年做做系列節目？

而對於《電影傳奇》來說，這種節目建構方式，即便青少年有興趣，也會導致「審美拒絕」，而誰又敢打包票說：中老年人就不會有「審美疲勞」呢？

《電影傳奇》投資了八百萬元，有意思的是，崔永元說了這樣的話：「我從一九九六年開始在中央台做主持人，到今天為止，沒有參加過一次商業活動，我敢對媒體這麼說。有人讓我去做一廣告，給我五百萬，還有一企業讓我做形象代言人，也給五百萬，加起來就一千萬。我們家族祖祖輩輩都沒掙過這麼多錢。如果我們來算賬的話，你說我損失了多少？我覺得做這個行當，我已經向作家、藝術家，向那些美好的東西靠近了，所以這時候我一定要拒絕商業的誘惑。」

我一直最大的疑惑在於，央視的名人們是央視的名人或是個體戶的名人，正像白岩松的「狗論」（一條狗拉到中央電視台連播三十天，自然成為一條名狗）那般，央視巨大的平台給了個體人重要的注意力資源，用來尋租是輕而易舉的，但問題是誰可以尋租，尋租後的利益有無分配的遊戲規則，這是我不知道，也想不明白的。

這事實上成為我分析崔式市場策略最大的一個難點，這也是崔永元革命的一個要害所在，這就是胡正榮博士命名為「一元體制，二元運作」（一元制度指媒介為國家所有制，二元運作指媒介既要國家撥款，更要利用國家利用的權利，去獲取廣告利潤，而後者已經成為所有媒介的主要收入來源）背景下電視人的二元運作的迷亂足跡。

想起崔永元的話來了：「現在年輕人多好，在燦爛的陽光下，想染頭髮就染頭髮，想上網就上網，願意交幾個女朋友就交幾個女朋友，我也限制不了他們，也鼓動不了他們，也鼓舞不了他們，我也率領不了他們；我自己犯我自己的精神病，大家還管我幹嘛？難道我作為一個中年人連得精神病的權利都沒有？那也太不寬容了吧。」

從這種思考路徑出發，我的確不知道崔永元要革誰的命，在革誰的命！

2004 年 4 月 9 日至 18 日於定福莊——王府井

> ### 主要參考資料
>
> 北京青年週刊：崔永元怒打《手機》：馮小剛創作初衷非常可疑
>
> 崔永元：實話實說我的平淡與傳奇
>
> 新加坡聯合早報：電影《手機》引爆「婚外情危機」？
>
> 北京娛樂信報：《寧死不屈》今上市　只是「崔永元系列」的開始
>
> 南方都市報：馮小剛宣傳新片四發炮彈反擊崔永元
>
> 新民週刊：崔永元：從老電影到精神潔癖

芮成鋼：人格分裂的央視主持人

我在上個月擬的「一個平民的格言」中寫了一條：「人格不分裂的人，我至今還沒有見過。」在本人的有限觀察裡，一個個典型的例證開始顯現出來，比如把自己學生攢的書當成自己專著的于丹老師，她離自己在《百家講壇》上宣講的一些基本人生修養偏離得太遠。而我同時發現的另一個典型是央視的英語主播芮成鋼。

在這裡，我還要說明一個觀點。記得有朋友向我推薦過一本大約叫《二十四重人格》的書，但我至今沒看過。另外，我自己也承認自己有多重人格。而我在這裡探討的是損害了公眾利益或讓常人也無法理解的人格分裂問題。

回來說芮成鋼。幾年前就知道他，因為那時關注一檔央視二套新開的《全球資訊榜》的欄目，而他正好主持過一段時間，後來不知何故又折回央視九套做《Biz China》的節目至今。但我的英語很一般，所以不再關注他的節目。實話說，今年三十的芮成鋼本人在主持界裡實在稱不上數。出乎意料的是，全國的網友大約都知道他了。

之所以芮成鋼成了公眾人物，是因為他在博客上對星巴克開到了故宮裡很憤然，結果由於他本人靠著工作單位央視的金字招牌，贏得了廣泛的關注，從而引發了有些民粹主義或者民族主義情緒的放大，這種通過網路傳達出的失真的「民意」最終真的促成了故宮方面的行動：把美國人開的星巴克趕出紫禁城。而現在依然在故宮裡有得咖啡賣，不過據說是中國人經營的咖啡了。

對於這件事，芮成鋼顯得像一個民族英雄。對此我是有不同看法的。首先聲明，我從未進過星巴克店，對它無所謂好感與惡感。但我推斷，芮成鋼本人應該是星巴克的常客，因為對於精於英語的人，骨子總有向洋的衝動。那麼對於這樣的一個咖啡店，直接上升到對中華文化的衝突，是不是有些誇大其辭？此種路數像極了中國文革時期的勾當。新

近台灣的《聯合報》在提及此事時，批評這體現了一些中國人在文化上的阿Q精神，我看是一定道理的。

現在我預設芮成鋼主播對中華文化無比的愛護，而且對紫禁城裡的這種商業化懷有極大惡意。按這個邏輯，聰明的你也會知道，他就是一個正直的人，是一個有正義感的人，是一個有民族氣節的人。沒錯，光以上的資訊，我腦子裡的髓和你們一樣多。但新近我翻閱一本雜誌時才發現，我頭腦太簡單了：又一個人格分裂的典型誕生了。

在二○○七年的《中國新聞週刊》上，有一頁名為「商業策劃」的東西，左側是芮成鋼主播翹著二郎腿，他的左後方是 Sony 的筆記本。而文章《縱橫博客主義》內容先從芮成鋼的博客出名事說起，然後就提到 Sony Vaio 筆記型電腦對他寫博客的幫助，當然裡邊有芮成鋼本人的直接引語，是對該筆記本的讚賞。這種東西，傻子也看得出是廣告，卻欲蓋彌彰地整成「商業策劃」。

按央視的內部規定，其屬下的主持人是不能做廣告的。而國家廣電總局下發的主持人自律條約同樣也對此進行了約束。為什麼會有這樣的規定呢？因為在資訊時代，媒體作為一個機構，它必須有公信力支撐才能長久發展。另外，由於媒體先天具有的話語權，會使得它具有吸引眼球的先佔性，以電視主持人來說，他們本來就是大眾心目中的明星，而他們的信譽度是由其身後的媒體來背書的。綜上所述，如果一個媒體允許自己的工作人員為其他公司作代言，顯然是拿自己的聲譽以及觀眾的信任去作賭注。而芮成鋼主播正是這樣，他被 Sony 選中，並不是因為寫過幾篇有影響的博客，而是因為他工作單位是中央電視台。從這個角度來說，這是芮成鋼主播拿央視的大名片換私房錢。

有讀者會反問我，「這對公眾利益有什麼損害？要管也應該由央視來管嘛。」這種說法看似在理，但我反問一句：「如果 Sony 筆電有問題，芮成鋼主播的節目還會不會播出負面報導呢？如果不播（甚至央視都不播），這是不是侵害了你我的利益？」

沒有辦法：中國的新聞門檻太低了，很多人自己是誰都沒搞清楚就開始行騙江湖，所以導致中國新聞媒體地位越來越低，總被人當「雞」使。之所以我要做這些典型的發掘和分析，綿薄之心想必讀者諸君可以明瞭。

　　問題是，我們能否像趕走星巴克一樣，把芮成鋼主播趕出央視的大門呢？現在不趕，可能到名氣更大時又一個黃健翔（二〇〇六年德國世界盃八分之一決賽義大利對陣澳大利亞時，他在直播比賽中解說時發飆，高喊：「偉大的義大利！」「義大利萬歲！」同行張斌批評他的這段解說「失聲、失態、失禮」。後來，黃健翔主動辭職。）將誕生了吧？但願不是杞人憂天。

2007 年 10 月 30 日夜於京城

附記

故宮院長回應星巴克事件：咖啡打不倒中華文化

「不能說羅浮宮有中國的茶，我們就覺得自豪，故宮有星巴克，我們就要剔除掉。」故宮博物院院長鄭欣淼二〇一〇年十月十三日做客人民網《文化講壇》，首次回應曾引起廣泛爭議的「故宮星巴克事件」。他說，「當時故宮沒有正式回應這件事。現在回過頭來看，這就是大國心態、民族自信心的問題。我想提中華文明的包容性，有這麼悠久傳統的中華民族，難道一小杯咖啡就可以把我們打倒，我想打不倒。」

附記補文

芮成鋼的「代表門」

作為中央電視臺的記者，芮成鋼曾有兩次向美國總統奧巴馬發問，不過因「代表中國」和「代表亞洲」提問，在中國大陸網民中引起很大的爭議。

二〇〇九年倫敦 G20 峰會的千人記者會上，芮成鋼向奧巴馬提問：「既然全球的領導人一直在講要給發展中國家更多的話語權和投票權，那麼我就想問兩個問題而不是一個問題。第一個問題是代表中國問的……」

二〇一〇年十一月十二日，G20 峰會在韓國首爾落幕。奧巴馬在他離開韓國前召開的記者會上，希望給東道主韓國的記者留一次提問機會。當他看到亞洲面孔的芮成鋼舉手時，很快選中了他。芮成鋼說：「很不幸我可能會讓你失望，奧巴馬總統，其實我是中國人，我想我可以代表亞洲……」

媒體紅人于丹的「小事」

說句老實話，一準備寫這篇文章，我就直後悔寫得太晚了。如果我這篇文章早日寫成，上于丹當的人或許就不會有那麼多了。甚至，她可能就永生沒有孔子、莊子之類的心得廣布天下了。

對于丹，我和她並沒有什麼私仇。二〇〇二年九月，我考入北京廣播學院攻讀研究生，十月二十三日蹭的第一場公開講座就是她講的。由於是播音主持藝術學院主辦的，所以內容是關於主持人語言方面的東西：《新聞類節目的採訪與主持》。我清楚地記得，全場二百來位學生被她講課的氣場給鎮住了。甚至一個學生問，「于老師，你講課兩個小時從沒有語氣停頓，是怎麼做到的？」于丹的回答倒實在：「我是做老師的，就是靠這吃飯的」。我還記得，當時自己也奮勇提了一個問題，她的回答也激發了我的一些思考。後來，我還就提問的內容寫了讀研期間的第一篇學術論文《試論地域化節目主持人》，在網路上傳播甚廣。

但自從于丹成為電視明星，從幕後走上前臺，通過所謂《百家講壇》發表一些心得時，我發現她的學者底限沒了。她更多地成為「愚民政策」的傳聲筒。那些讓人們內心平淨的言論，脫離了具體的語境，從而過份強調個體內心的修煉。這真是：「忍」乃心上頭字一把刀！這種被中國封建統治階級使用了幾千年的東西，居然在二十一世紀貧富分化的中國通過一個學者的口中說出來，無疑是中國知識分子的恥辱，也是廣大黎民百姓的不幸。——為什麼我要說《百家講壇》是「一家」講壇，就是因為「壇」裡沒有交鋒，沒有實現實質意義上的「百家爭鳴、百花齊放」。

近年來于丹的名氣越來越大了，我今年才開始重新關注這個曾經認識的人。本來沒有考據癖好的我最近在逛書店時，驚訝地發現了一本書，讓我無比意外。中國廣播電視出版社二〇〇六年二月出版的《形象·品牌·競爭力：電視包裝實戰攻略》，封面及扉頁和版權頁赫然寫

著「于丹著」。對一個新聞傳播學者來說，我覺得寫這樣的一本書是很正常的事兒，再說這樣的題目本來就是實踐性很強的東西，理論色彩很淡。但當我翻到後記頁時，一個驚人的發現震撼了我。全書共十章，但于丹老師居然說明：「第六、七章由倪英驊執筆，第一、二章由王韻執筆，第三、四、五章由李冬曉執筆，第八、九、十章由林珊執筆。」她還大膽說明，這都是這些人都是研究生！稍具數學常識的人會發現，于老師一章沒寫，但二十六萬多字的書上赫然是「著」字。

讀過研究生的讀者會反問我，「在學校幫老闆『導師』打工的多了，寫書很正常。」這我承認。但問題是我也幫導師寫過幾章，但他在書的封面上為何用「主編」二字呢？「編」和「著」的區別誰不清楚呢？那位看官可能會說，「這是編輯搞錯了吧，應該不是于丹的本意？」這樣的好心我領會。不過我能拿出一個鐵的證據是，于丹就是把它當專著了。列位可以在《于丹〈論語〉心得》和《于丹〈莊子〉心得》的封皮內頁上看到這段簡歷：

> 于丹，北京師範大學教授，中國古代文學碩士，影視學博士……出版《形象·品牌·競爭力》等專著多部，在重要學術刊物發表專業論文十餘萬字。

這個官方個人簡介，我有十足的把握是于丹本人提供的。而《形象·品牌·競爭力》被她列入「專著」之中，而所謂「多部」，在下認為是虛詞，就本人目力所及，她應該只有這樣一部專著。

據本人打聽，這本書其實是于丹在中央電視臺研究處做的一個外包課題，時間約為二〇〇四年到二〇〇五年間。而相關人士也證實，這就是她的學生們做的項目。頗有意味的是，當時于丹只是副教授，但似乎二〇〇六年就成了教授。如果我的推斷正確，那麼，于丹老師就憑一本四個學生寫的所謂「專著」，居然就評上了教授！這樣看來，在中國當教授也太容易了點吧。

我不知道學術腐敗是怎麼定義的，也不知道，有了于丹老師這樣的先例，中國會有多少不做學問的人會前仆後繼地巧取豪奪，而坐冷板凳的學者們可能研究一輩子還不能達到這「教授」的級別。

這真是中國學界之不幸！身爲一個有點兒良知的人，我實在不知道怎麼評價此事。

2007 年 10 月 25 日夜於京城

補記

于丹兩三事

一、學生自殺

據廣州日報訊（駐京記者謝綺珊）二〇〇七年五月十五日九時三十分，北京師範大學藝術與傳媒學院影視系研究生三年級女生小潔（化名）從科技樓十一樓跳下來，當場香消玉殞。記者證實，于丹是小潔的碩士生導師，本週一晚兩人還通過電話，討論關於論文的問題。

關於小潔的死因，目前尚不明朗。她的好友透露，小潔此前已被醫院認定為抑鬱症，至今已經數月，並且正在治療當中。有消息稱，小潔跳樓自殺的直接誘因是畢業論文不順。該好友也表示，小潔的確在畢業論文上出了問題，小潔的父親已經抵達學校，並表示要向導師于丹「討一個說法」。

記者致電于丹，她表示正在參加北京市黨代會，要封閉六天，晚上還要討論，不方便接電話。

二、「不要報導了！」

新近才聽聞如下故事：

一媒體記者在網路上看到了我的這篇網文，通過手機短訊聯繫于丹老師問其詳。于丹回短信稱自己在東北某地出差，大談自己正致力於推動當地的文化產業發展。「罔顧左右而言他」，所以該記者又追問核心事實，仍未獲回應。

有意思的是，該媒體的社長與于丹相熟。在記者與于丹的溝通告一段落之後，社長致電該記者，扔來一句重話：「××，于老師的那件事不要報導了。」該記者立馬發了一條短信給于丹：「于老師，還是您本事大。」

附

于丹老師的著作

1. 《經典，可以這樣讀》（海外中文圖書），于丹、易中天演講
   對談錄，臺北縣：INK 印刻出版有限公司，2008 年。

2. 《論語力》（專著），《論語》扶桑行，于丹，孔健主講，北
   京：新世界出版社，2008 年。

3. 《于丹：論語感悟》（專著），北京：中華書局，2008 年。

4. 《于丹：遊園驚夢》（專著），崑曲藝術審美之旅，北京：中
   華書局，2007 年。

5. 《于丹：〈莊子〉心得》（專著），北京：中國民主法制出版
   社，2007 年。

6. 《于丹：〈論語〉心得》（專著），北京：中華書局，2006 年
   11 月。

7. 《形象・品牌・競爭力》（專著），電視包裝實戰攻略，北
   京，中國廣播電視出版社，2006 年 2 月。

《新聞聯播》是為人民服務的嗎？

央視《新聞聯播》，一個收視率逐年下降的新聞欄目今年很火。首先是由於播音員隊伍的年輕化更堅定地執行了下來，引來媒體的熱炒，而最近的動向是，由民營公司投資、馮小剛執導的《集結號》佔用了一分零九秒，於是有網友就發表新的看法，稱這有點浪費國家資源。

《新聞聯播》的一個小動靜，顯然都會引起一場風波。這在我國當然是正常的，主要原因是它一家獨大。雖然本人也研究新聞，但實話說，一年下來，看它的時間不會有二十次，當然這還是浮誇的計算。今年十二月五日，央視的記者們到清華與學生交流環保報導，一個學生說：「我已經有十年沒有看《新聞聯播》了。」人說少年強，則國強，那麼大學生智，則國智應該也是順理成章的吧。但是對於央視的一個最牛欄目，一個學生十年不看，但人也過得很好，或者說居然從高中考上了清華，該是值得我們反思的。

反求諸己，如果我不是學新聞的，也不研究新聞，大約二十年不看《新聞聯播》也是正常的。這是為什麼？是該怪我們太冷漠無情，還是怪央視呢？按傳播學大師施拉姆的公式，資訊獲選的或然率與它能夠提供給人們的報償（價值）程度成正比，與人們獲得它的代價（所謂「費力」）成反比。在時下，中國人看個電視是不費吹灰之力的，由此看來，人們不選擇《新聞聯播》，主要是收穫太少的緣故，可能還不如買一份五毛錢的都市報來得痛快和實在。

那麼，歸結到一點，《新聞聯播》是辦給誰看？是如你我一樣的平頭百姓，還是辦給縣處級以上幹部看？在我看來，它和《人民日報》一樣，出發點就是高舉高打，製造一種官話體系，乃是教育幹部們所用。所以細心的人會發現，央視播音員在《新聞聯播》中播新聞時，通常是不講人話，多是高壓似的浮誇、強迫式的命令式。鄧拓先生曾寫過一篇〈「偉大的空話」〉，開篇是這樣寫的：

有的人擅長於說話，可以在任何場合，哪裡說個不停，真好比懸河之口，滔滔不絕。但是，聽完他的說話以後，稍一回想，都不記得他說的什麼了。

鄧拓還在文中說，「偉大的空話」的特點是「說了半天不知所云，越解釋越糊塗」。

在《新聞聯播》中，播音員嘴裡天天「扛旗幟」、「學思想」，但實際上我敢說，他們說這些話時腦子從來就沒有想過其內容。同樣，新聞裡永遠「好大喜功」，全是好消息，難怪被人稱為《宣傳聯播》。從這個意義上說，換不換播音員意義不大，更重要的是讓播音員和新聞中主人公說人話，而在新聞的取向上，不能全是正面消息。正是由於片面追求喜事，所以百姓就覺得假，所以也會自動遠離它，拋棄它。

正是在目前《新聞聯播》這樣的角色定位和內容選擇上，才會出現《集結號》的新聞會引起這麼大的爭議。從新聞的角度上說，馮小剛的一部賀歲片上映，該不該報，本來就不是問題。但問題是，馮小剛這麼一個草根藝術家加上民營資本投資的商業大片，放到一個官方執政話語平台上，自然就會有角色之衝突。這也讓老百姓嘀咕，「是不是華誼兄弟給了很多錢買的時段？」而在本人看來，這種懷疑天經地義。但當年中影投資的《雲水謠》在《新聞聯播》中播出時，我們不會說什麼話，因為中影是國企，而且題材是兩岸統一的題材。

以一個新聞工作者的角度，本人還是覺得《新聞聯播》在《集結號》上映這一件事上處理失當。就算是要為它宣傳，也應該做得巧一點，比如話題放在賀歲檔國產片為主力這樣大點，而不應只給一個片子做宣傳，傻子都會懷疑中間有勾當。

2007 年 12 月 27 日下午

附文

《新聞聯播》順口溜節選（網友創作）

　　會議沒有不隆重的，閉幕沒有不勝利的；講話沒有不重要的，鼓掌沒有不熱烈的；

　　領導沒有不重視的，看望沒有不親切的；決議沒有不通過的，人心沒有不振奮的；

　　旗幟沒有不高舉的，思想沒有不堅持的；道路沒有不曲折的，前途沒有不光明的。

誰有資格把《同一首歌》搞爛？

　　今年是中央電視台《同一首歌》欄目成立第四年。我沒有想到，這個我曾經喜歡的節目成了我下定決心批判的一個節目。因為它離我們的心理承受界限已經越來越遠了。

一、企業包場的危害

　　七月十九日，《同一首歌》推出《中國結·四海心》大型演唱會。這次演唱會是七月十二日在北京奧林匹克體育館錄製的。央視國際稱此台演唱會係專為《同一首歌》回報二〇〇四年上半年廣大歌迷的厚愛而特別舉辦。但事實是，這是中國聯通的專場。所以在節目中，舞台中有聯通的標識，形象代言人姚明會出現，也會有聯通員工的公司主題歌由孫國慶演唱。我看這期節目時，是 CCTV-1 的重播。我震撼了，兩三年前我曾經推崇的一種節目樣式已經走到了這樣的地步，而且堂而皇之地在央視綜合頻道播出！

　　照這種思路出發，只要出錢，《同一首歌》就可以策劃、打造一期×××大型演唱會。如果是北京新興醫院贊助的，顯然可以命名為「送子觀音」演唱會，或者「有育有孕」大型互動式演唱會。

　　時下在平面媒體中，媒介顧問似乎成了最新銳的一個職業（位），他們的另一稱謂是客戶代表，是為著開發廣告市場而設的。媒介顧問最大的工作是如何設計一個好的方案，讓廣告主願意掏錢來投廣告，記者採訪、寫作和版面的配合都由這個指揮棒施令。在報紙來說，這種為「下半身」服務的精神真是讓人佩服之至，所以有償新聞（確切說是軟廣告）滿天飛就一點不奇怪。

　　時下，這種平面媒體的操作方式移植到了電視媒體。當然，聰明的電視人早就為著廣告主設置了《置業家園》類的欄目介紹房產項目，又比如遍地開花的《電視門診》，參與節目的所謂專家或醫

生大多來自小醫院和商業醫療機構，權威性和專業性顯然是為人詬病的。

正是這種「廣告至上」的原則讓我不寒而慄，我不是對電視節目拉廣告有意見，而是像《同一首歌》這樣的操作事實上太過重視廣告主的利益，從而損害了節目的品質，也愧對觀眾。本人對聯通沒有任何意見，但央視的這期節目顯然更適合聯通公司內部職工觀看。

有人會說，電影《手機》不是摩托羅拉公司獨家贊助的嗎？我要說的是，這是一部商業片，而其中出現手機的次數佔總片長並不太多，而且能明顯感知到是摩托羅拉品牌的時候也並不多。而《同一首歌》不是一部商業片，而且不僅在 CCTV-3，也在 CCTV-1 播出，而後者接近公共頻道的定位。而開了企業包場的先例之後，我們無法估計到底什麼的企業會出資也來娛樂一把，因為「一直以來，《同一首歌》都特別重視品牌打造和品牌效應，二〇〇四年，《同一首歌》將和更多地方、企業及國內外強勢品牌強強聯手、跨行業合作，啟動更多與市場、觀眾互動的新形式，誓將發揮品牌效應進行到底。」（引自央視國際《同一首歌》專欄）

二、政府包場百姓買單？

如果說企業包場只是《同一首歌》存在問題的冰山一角，那麼政府包場更是早已有之的一個現象。由於央視國際上我們找不到《同一首歌》前幾年的節目，所以我無法推測政府包場在所有播出節目中的比例。最近的一次是《同一首歌》走進富陽大型演唱會。央視國際的新聞稱，五月十八日，「富陽的萬餘名觀眾來到現場，和眾多明星歡聚一堂，在歌聲和笑聲中度過了一個難忘的夜晚。」（該節目五月二十八日七點半在 CCTV-3 的首播）。

為什麼會出現這個現象？我想是基於以下原因：

1. 以央視的名義到地方錄製一期節目，地方政府認為有「接聖旨」的緊張與必要，這在央視新聞採訪時借力地方電視台似乎同理。

2. 地方政府確實有借力央視這一平台來實現自己利益的訴求，這甚至可以視作一種政績，因為全國人民含其中央及上級領導都能看到「歌舞昇平」的景象。

從這兩方面來說，《同一首歌》「下鄉」似乎是「周瑜打黃蓋——願打願挨」的事兒。但是，不知諸君有沒有注意到，「下鄉」的層級似乎越來越低了，從省級到市級並到了縣級，這是怎樣的一種「公益活動」？

據瞭解，《同一首歌》錄一期節目要價五百萬元，我不清楚是否所去之地級別不同是否價位不一。《同一首歌》實行無門票制度，所以歌會舉辦地必須出這個五百萬元給欄目組。地方政府顯然就會積極籌措資金，一方面從財政提錢，一方面組織企業來贊助。這都是「聚精會神」搞形象工程的努力。他們認為，包一場《同一首歌》，自己所在地的知名度就會大幅度提升，形象就會好起來，可以讓總書記看看「繁榮」景象。這種強力的形象塑造工程顯然屬於政績工程的一部分，所以成為當地領導人的「最大政治」，他們深知「光幹不說」時代一去不復返了，而且「說得好」的意義遠大於「幹得好」。

那麼當地政府脅迫與利誘的企業們則是有苦不敢說，一擲萬金只會上台說兩句話甚至只給一個廣告橫幅搖一個幾秒的鏡頭。那麼，這是怎樣的商業競爭邏輯？

其實不管是用地方財政還是用地方企業的錢，歸根到底是在用「老百姓」的錢。因為地方財政來自納稅人，而地方企業關乎當地人的就業和發展，經營狀況又影響納稅的多少。從這個意義上來說，地方政府與《同一首歌》合作是不是應該有一個聽證的程式？投票權如果給人大代表，那麼至少要給普通百姓的知情權。

近兩月來，炒得沸沸揚揚的「牛群事件」（二〇〇〇年十二月二十九日，著名相聲演員牛群在一片爭議聲中「下嫁」安徽省蒙城縣任「掛職副縣長」。二〇〇四年的七月，牛群又在債主們的一片追討聲中一度從蒙城消失。二〇〇五年十一月十一日，牛群同志卸任蒙城縣副縣長一職。）是很可以為我們的地方當政者提上一醒的。那種揠苗助長的品牌提升法總是孕育著極大的風險的，想憑藉一兩個事件，一兩個人物就把

一座城市的知名度和美譽度提高很多的想法顯然過於幼稚，不過這種想法給媒體以驚喜，因為這為他們到地方圈錢帶來極大的便利。

三、受眾利益的侵蝕

之所以我們要對《同一首歌》進行分析與批判，這主要是基於受眾利益的受損。尤其是我們的播出平台並未完全商業化，而更多地充當了社會公器的職責。而央視《同一首歌》承載起中國廣大百姓娛樂欲求的滿足功能或使命，在這種情況下，有良心的研究者就不能不出來說話。

《同一首歌》無論企業包場還是政府包場都危害公眾利益的立論點在於，正是由於相關因素的介入，使文化產品的品質下降。一個是顯明的例子是，在節目內容中，企業領導會上台講話，地市領導也會上台講話。這是欄目組理所應當的回報，但問題在於，他們的說話是對市民，還是上級領導，亦還是中國老百姓？這是大可懷疑的。如果一個做減肥藥的藥品商人在台上對人們：我希望每個人都有曼妙的身材，可以服用我們的××膠囊。結果自己卻是將軍肚在身，這是對自己企業的嘲弄，還是對央視的嘲弄？或者一個不知名的縣級市領導一上台就說感謝黨中央政策好，歡迎全國人民到本地在觀光、投資，對《同一首歌》這樣一個歌會場合，是不是政治娛樂化的醜劇？

除卻包場的危害，事實上日常節目中《同一首歌》的問題也不少。早在去年十一月在北青報就有一篇名為〈冷眼看《同一首歌》〉的文章，稱其不過就是廣場文化的電視化，但令人擔憂的是：首先，《同一首歌》已經成為假唱的溫床，尤其是那些我們曾經非常敬重的老藝術家，他們中的很多人說話都很成問題，但是在《同一首歌》的舞台上從他們的嘴裡就能飛出非常細嫩的歌聲，老人們重溫了往日的輝煌，歌迷們無聲而寬容地「感動」。其次，《同一首歌》的主打老歌和假唱的氾濫給了很多歌手混日子的機會。老藝術家一輩子只唱一首歌還有情可原，那有時代的問題，而現在一些年輕歌手似乎也看到了自己憑一首歌混跡歌壇的機會，而且沾沾自喜。第三，《同一首歌》長期受歡迎實際上是中國流行歌壇的悲哀，它營造了流行音樂虛假繁榮的假象。音樂人

郭峰則直言：「《同一首歌》已經走到了盡頭，因為這種變化（指企業化運作）對音樂的藝術價值沒有一點好處。」

《同一首歌》欄目主題歌宣稱：「同樣的感受，同樣的渴望，同樣的歡樂，同樣的夢想，」但事實證明，弄虛作假的手法表現著電視人極大的投機意識。這種蔑視觀眾的行為顯然是要付出極大的代價的。這應該也是崔健發起「真唱」運動的一個要點所在。

四、品牌的垮掉

做企業的總有做「百年老店」的雄心，因此其經營策略都非常謹慎。對於那麼家庭企業，「富不過三代」更像達摩克利斯之劍一般成為危機意識的咒語。

創業難，守業更難。在《同一首歌》第四歲的日子，為著曾經輝煌的過去（二〇〇二年六月，《同一首歌》進行了一次公開的廣告招標，最終落槌定音的意向數額為六千五百六十萬元，是底價的二點三倍），我們是否應該戰戰兢兢、如履薄冰呢？

我們知道，一個品牌的核心價值不只有知名度，更有美譽度。三株當年號稱銷售近百億，但因一篇《八瓶三株口服液喝死一條老漢》的新聞就讓它轟然倒地。這對電視人是有深刻啟示的。《同一首歌》如果任由企業和政府包場，而沒有特別的理由，我們認為這會極大地損害其美譽度。一個直接的結果是造成觀眾的反感，從而影響節目的收視率，廣告主自然會門可羅雀。

去年十一月，中央電視台決定將《同一首歌》這個名牌欄目劃歸中視總公司進行公司化管理運作，孟欣到中國國際電視總公司工作，繼續負責《同一首歌》欄目；同時，將《同一首歌》欄目劃歸中國國際電視總公司管理。報導稱「這是中央電視台為適應社會主義市場經濟發展的要求，在節目製作和播出改革方面作出的又一探索。」對於這種內部的「製播分離」我們不評論，但在創收的道路上，是不是應該掌握好一個度呢？

現在的問題是，《同一首歌》並不缺少贊助商，那麼，在這種情況下，是不是為著品牌著想，加大節目內涵，提高節目品質。在作法上，我們可以特約贊助商，甚至欄目冠名，以及欄目結束部分產品 LOGO 展示。這樣的操作方法顯然更像是媒體單位節目生產與經營相對分離的實踐。

另外一個問題是，《同一首歌》雖是公司化運作，但在進行歌會時，更多地以「公益演出」的形象出現，這樣下來的結果是，參與演出的演員權益事實上受到損害了。以公益為名行商業性的演出，這種品牌分離現象也是我們擔憂的。

五、打破媒體神話

央視國際說，《同一首歌》成立以來，已經走遍全國近百個省、市、自治區，從北國長春，到寶島台灣；從古城西安，到南海澳門；從玉門油田，到陝北農村；從同仁醫院，到東北財大……《同一首歌》的足跡遍及了祖國的山山水水，唱遍了祖國的大江南北。有歡樂的地方，就有《同一首歌》，有歌聲的地方，就有《同一首歌》！

這顯然彷彿在塑造一個媒介神話：那就是，在集體狂歡的時代裡，我們不跟著《同一首歌》走，就有落伍的嫌疑。這種誤導的危害是很大的：它讓我們相信，媒介建構的一個「歌舞昇平」社會成為當前流行的意識形態，沒有理由讓我們對此深刻懷疑。

但事實的真相是，媒體無形的手充當著「議程設置」的功能。它把願意讓你看的一面給你看，這正如我曾就職的一家報紙的操作手法一樣：廣告部人員經常會找到我這個小主編，要求我及我的同事撥打我們報紙廣告上廠家的諮詢電話。這樣的用意是：讓人家知道有人在看他們的廣告，不然沒有反饋的話，下次說服讓人來投廣告就難了。

這一插曲並不說明，媒體都是騙子，但我們應該警惕它們給我們的承諾，警惕表象背後有著什麼樣的動機。回到《同一首歌》，如果欄目告你，在貴市舉辦一場歌會就會帶來多大知名度，引資多少，這時就得打上一個問號的。

　　高端一時的《東方之子》節目中的主人公們在當年似乎是常人遙不可及的，這種假象給了我們很深的刻板印象，關於胡長清的那期還獲得了中國新聞獎，但事實證明，胡只是一個大貪官而已。之後有一段時間風傳說出多少錢就可以上《東方之子》，這顯然對欄目的美譽度造成了極大的損害。現在，《東方之子》更像是一個新聞人物的訪談，其影響力自然銳減，一個表現是，其採訪的對象已然不走高端了，只要有點新聞點就做，甚或沒有新聞點也做。比如前段時間做的「大學校長系列訪談」，入選的校長可能並無新聞，成就也了了，但有了「第二屆中外大學校長論壇」八月四日至十日在北京召開的這個噱頭，就做了。

　　李敖說過這樣的話，我怎麼能被你這樣的人騙呢？所以他對歷史事實總是要考證的，將這種治學態度運用到我們的組織行為或個人行為中，想來也是恰當的。

2004 年 8 月 9 日

原載《粵海風》（廣州）2004 年第五期

附記

　　二○○九年十月，有媒體記者從《同一首歌》製片人孟欣處證實，該欄目國慶後在央視停播。至於今後《同一首歌》何去何從，孟欣坦言「不清楚」。這也是繼《實話實說》之後，中央電視臺又一檔金牌欄目遭遇停播。

《南方週末》有多少「逼」可以用？

今天，一不留神看到了《南方週末》本週的文化版頭條新聞，題目是《王朔說說說》，而之所以用了三個說字，是因為王大師說得太多了，文章全文我用 WORD 裡的工具數了一下，有一萬七千多字。而文章的大部分近於原聲呈現。在這種情形下，記者充當了一把答錄機的扒詞工人，也省得動腦子了。

遺憾的是，一個現象讓我很震驚，這篇報導太傳真了，所以我們可以數出來，一共用了七個「逼」，片語分別為牛逼和傻逼，四次Y，分別用在了「你」之後和「們」之前。當然還有南方人不說的土話「操性」（據說是指德性）兩次。

這是繼《南方週末》在去年十一月二十三日給演藝圈的跳樑小丑張鈺用了近三個版篇幅封面故事重磅報導後的又一大動作。不過，與上次報導《張鈺：我用明擺著的無恥對付潛在的無恥》中，張鈺為自己辯護不同，這次是王朔繼上次與孫甘露談《夢想照進現實》（見《收穫》雜誌）後再度出擊，論及面上至張藝謀這樣的老人，下至郭敬明、超女等「八十後」，而批判意圖明顯。

還有一個最大的不同，對《南方週末》來說，張鈺的重要性顯然高過王朔，雖然少了一萬字的篇幅，但搶佔了頭版的交椅。

由於查到了這麼多「逼」字，所以我又聯想到，他們兩人也有一個最大的共同點，一個是想靠賣它而謀求上位，一個是言必稱它，以為借此可以突顯自己曾有的、幻想現實中的江湖老大地位。不過，快到半百的王朔可能還不知道，他註定活在舊時代，現在北京的孩子們都不說「逼」了，而是曾說「╳」，已說「掰」了。

以我淺薄的見識，一些所謂的名人總是人格分裂的，正如魯迅曾比喻的「滿嘴的仁義道德，一肚子男盜女娼」。所以當「我是女性崇拜者」從王大師口中冒出來時，全國人民都笑了，可能他真是想像母系氏族社會來了，所以作為生殖圖騰的東西可以整天掛在嘴上以此為標

榜。同樣，想當名人的人想當然地以為，連生殖器都敢賣，難道還成不了名麼？

其實我有以上的感慨，最大的原因是號稱「深入成就深度」的《南方週末》進入了「逼」裡，所以我有強烈的願望讓它出來回到既定的軌道去，因為王朔怎麼說，張鈺想說什麼都是他們的自由。但問題是，一九九九年新春《南方週末》那篇《陽光打在你的臉上》的賀詞，裡面有一段話是這樣說：陽光打在你的臉上，溫暖留在我們心頭。那時候，這張報紙自詡為陽光，但不幸運的七年之後，它就兀自癢了起來，而部位在生殖器。

作為一個媒體工作者，我無法明白，號稱中國南方第一娛記的記者身為女性，居然忝不知恥地把一個男人口中吐出來的女性生殖器生生拿了過來，掛在了自己的家的大門上；我也無法明白，一個過氣的「碼字者」何以能享受到國家政要般的榮耀，甚至有聞必錄；我更加難以明白，南方第一娛記和她背後的編輯和總編們，秉持的是什麼樣的新聞理念。

很想高喊「救救孩子」，遠離那些垃圾文字。但這樣遠遠不夠，我覺得通過近來《南方週末》的舉動，還需要告訴那些單純的讀者和網友，很多你們曾奉之為圭臬的媒體早就壞了心，不再是那麼有社會責任感，不再是那麼可信任。不客氣地說，他們已經淪落成商業的奴隸。

以張鈺的報導為例，全國大多媒體都在質疑張鈺舉動的時候，《南方週末》卻不吝版面，做大幅對話體報導，還在「編者按」中說：

> 之所以將這條尋常看來有些八卦的「娛樂圈」新聞置於本報的重要版面，是因為在我們看來，這絕不僅僅是一個聲色事件，它在本質上是嚴肅的。這是一個事關演藝人員職業倫理、人格尊嚴的問題，是一個事關人權保障的問題，更是一個檢視全社會道德評判基準，從而極需全社會正視的一個大問題。

但可笑的是，整個報導只有張鈺的專訪和配發的評論員評論，並沒有做其他人或整個現狀的調查，所以成了張鈺的「一家之言」。這就讓我們不得不懷疑《南方週末》收了張鈺多少黑錢。有意思的是，同為南

方報業的子女，《南方人物週刊》居然也做了封面報導。最終還是有頓悟的人，南方報業的評論員鄢烈山在去年十一月二十七日還在〈張鈺、饒穎「性聞」的同和異〉中為張鈺等撐腰，表示「張鈺事件，其社會價值在於，它關涉的是如何對待在我們這個普遍存在權力尋租的社會裡，大量存在的性交易、性賄賂、性壓迫、性剝削問題……無疑，她在性交易中處於弱勢之方，比她更無恥的那些人更應當受到道德譴責乃至法律追究。」而十二月十一日發表的〈放屁：名利場的登龍術〉中則表示：「近日讀新出爐的《南方人物週刊》關於張鈺事件的報導，有一種『頓悟』的感覺：原來整個事件及類似事件極可能都是在『放屁』！」

但問題是曾是我們益友的《南方週末》根本就沒有明白。倒是我這個旁觀者看出來了，王朔同志是個好同志，也是曾說過「沒有錢是萬萬不能的」「北京流氓」王朔。讀者諸君可以清楚地在文章後面看到，他不但在為緋聞女友徐靜蕾大唱讚歌，還不忘記為自己的新書做免費（可能是的，娛記那麼崇拜他）宣傳。娛記說，「王朔宣布從此不出紙媒書了，他的設想是：實名點擊、付費觀看、廣告支持，個性化印刷，能省掉多少中間環節，就省掉多少。」順便王大師也為老徐的某村網站也做了宣傳，心裡直呼，「大家都來點吧，錢別給書店和出版商了，直接給我吧。」

在我上研究生時，很書生意氣，把社會看得很黑暗，比如就把媒體當作「性工作者」：「給錢就給稿（搞）」。今天我才發現，我太幼稚了，現在已經是不給錢也給稿了，還附送那麼多生殖器官。

唉。寫到快淩晨一點半了，你們也沒給我錢，可我也給你稿兒了。

2005 年 1 月 20 日

歐巴馬接受南方週末專訪
註定載入中國新聞史

歐巴馬中國行，他接受了哪家媒體專訪？

你當然以為會是中國中央電視台。因為它是國家宣傳機器，又擁有世界上最大的收視群體。

但是，你錯了！

正確答案是：《南方週末》！南方報業旗下的一家地方級別的媒體！

剛看到聯合報網站上中央社下午的報導〈南方週末專訪歐巴馬至今未能出刊〉，下樓取回訂閱的南方週末，赫然在第二版上就有專訪歐巴馬的報導。而在本期《南方週末》頭版，猶有〈歐巴馬接受南方週末獨家專訪〉的黑體標題！

由南方週末總編及一記者出馬，專訪歐巴馬，但內容呈獻上，僅佔半版篇幅，大約不到三千字。顯然這是一個妥協的結果。中央社的報導稱中宣部不讓出版，最終或許選擇只是登一些不痛不癢的報導以示抗議。這應是我們可以想見的結果。而只要專訪字樣出在報紙上，無論兩百字還是一千字，已然是大大的勝利。

在本人看來，這是註定要寫入中國新聞史上的大事：那就是全球矚目的美國總統，初次到世界最古老的國度——中國訪問，沒有選擇中央級官方媒體，而是選擇了一家地方媒體接受專訪，其象徵意義確是需要大書特書的！

本人認為，其象徵意義主要體現在如下方面：

一、首先體現了歐巴馬對中國官方媒體的話語體系極度不認同。其主要擔心在於：提問及編輯、播出的自我審查影響到真實本意的傳達。

　　這直接說明了，中國官方的新聞傳播以宣傳為導向促生了不少惡果。雖然會有間斷性的改良，但這樣的印象不僅影響到

西方普通人，也影響到歐巴馬的智囊團。同時也說明，上述印象也是歐巴馬本人潛意識裡有的。

二、正如歐巴馬在上海回答關於 twitter 使用這一問題時，提到了互聯網資訊自由的問題。這也證明他本人對中國線上與線下的資訊流通自由持謹慎甚至懷疑態度。其可貴的地方在於，作為一個美國總統，他選擇不由官方媒體來發聲。這應該也是史上美國總統中唯一一位在新聞採訪中的率性之舉。

　　做出這樣的舉動，應該不是歐巴馬給美國民眾作秀看。若真要視作「作秀」，可以說是用行動向中國普通民眾上了一堂無形的課程。課程意義在下一條。

三、在中國，南方週末奔突二十多年，曾以「讓無力者有力，讓悲觀者前行」而「一紙風行」。近年來，它開始致力傳播一些普世價值。雖然有保守派甚至極左派有爭議外，但它對公眾的啟蒙功效，已逐步發酵，促使更多的草民向公民身分轉變。

四、正是基於此，其媒體形象顯然與官方媒體姿態全然不同。即令在言論尺度鬆緊更替的國度，它往往能通過變通的方法努力突破，並有不少喜人的戰果。這應該是歐巴馬選擇《南方週末》進行獨家專訪的最大理由。

　　正是從這個角度，本人想特別提出，在中國，地方媒體仍是充滿希望的。如果我們不是特殊利益集團的幫兇，也不是平民百姓花邊新聞的提供者，而是絜向中國最深、最廣的現實中去，為民「鼓與呼」，那麼這樣的工作是可以彪炳千秋的。

　　這樣的媒體，甚至不需要歐巴馬點名專訪，最大的意義在於它們是民眾心中的燈塔，早晚也是中國新聞史上的豐碑。

歐巴馬僅接受《南方週末》專訪，這是庶民的勝利，也是部分人的恥辱！他們的恥辱在於：雖有強勢的支持，獲得強勢的地位，卻沒有對等的公信力！「很黃很暴力」、「心神不寧」，「三鹿奶粉 1001 次檢測關」，還有那燒掉眾多民脂的大火（央視新樓北配樓火災），讓公眾對所謂的國家級媒體已然產生了最大程度的反感。

　　而對另一些人來說，這也是國家形象傳播戰略的一大挫敗。對一些人來說，敗得不明就裡，或許罵一聲「歐巴馬這渾小子不按常理出牌」。可他們壓根不知道，何為「常理」，卻以為自己辭典裡的定義是全世界最正確的定義。

　　只不過，歐巴馬手裡也有自己的辭典，也有關於「常理」的定義。

2009 年 11 月 19 日

我們為什麼愛鳳凰？
——為鳳凰衛視九週年而作

鳳凰衛視自一九九六年三月三十一日開播，八年多從一個單一頻道的衛星電視，發展成為一個擁有五個頻道，覆蓋亞太、歐美七十多個國家的華語電視平台，擁有近五千萬收視戶。一九九九年，鳳凰衛視在美國《財富》雜誌刊登的蓋洛普調查中，被選為中國人最知名的國際品牌之一，是入選的唯一傳媒機構。二○○○年和二○○一年，鳳凰躋身「國際華商五百強」排行榜。在二○○四年六月由世界品牌試驗室和世界經濟論壇聯合發布了《二○○四年中國五百最具價值品牌》，鳳凰衛視雖年收入不過十億元左右卻以兩百二十八點三十二億元的品牌價值名列第二十三位，在傳媒品牌分布中僅次央視。

由於收視限制，鳳凰衛視能取得這樣的成績顯然更像是一個奇蹟。一切皆有緣由，一個問題擺在我們面前：

我們為什麼愛鳳凰？

一、資訊管家？導盲犬？

在資訊來源多元化的今天，人們事實上處於一個資訊相對過剩的境地。相對過剩的一個含義是資訊的自主權被放大，從而處於焦慮狀態。由於資訊接收的不一，從而在社會上形成了資訊富有者和資訊貧窮者兩大對立群體，其掌握資訊的差別在傳播學裡被命名為「知溝」或「信息溝」。相對過剩不等於絕對過剩，說明人們有些必然知道或應該知道的資訊沒有接收、理解和記憶。在這種情況下，就需要有一個如家政人員一樣的「資訊管家」來幫你選擇、梳理和加工資訊。而鳳凰衛視之所以能在業內和觀眾中有這麼高的知名度和美譽度，顯然就是因為它部分地實現了這樣的功能。

　　一個廣泛流傳的的說法是「有大事兒看鳳凰」，所以會有大學生開賓館看鳳凰衛視的傳說。之所以要看鳳凰，想來它有必看性，也就是看見某某台後還得調台到鳳凰，看看人家新聞怎麼做的，話是怎麼說的。鳳凰衛視在誕生之後的八、九年中，頻頻遇到數載難逢的重大事件，比如一九九七年香港回歸、台灣大選、911事件、俄羅斯人質事件以及美伊戰爭，從而鑄就它的一個又一個輝煌。

　　「給觀眾應該關注的」，這正是傳播重大新聞的要旨所在。1997年，鳳凰衛視從鄧小平去世當天開始，連續七天用直播方式報導了內地及中國香港人士悼念鄧小平的情形，這樣的大手筆在內地電視台中是不可想像的。

　　在挑選觀眾應該關注的新聞和資訊的同時，鳳凰還有評論員團隊解釋、加工資訊。比如《新聞今日談》、一九九九年開播的《時事開講》，最近兩年開播的《時事辯論會》和《有報天天讀》等欄目，這些細分的服務讓人們看事物更全面，更深刻，從而提高自己的認識水平。

　　據央視市場研究有限公司二〇〇五年一月出具的《二〇〇四年下半年鳳凰衛視滿意度調查報告》顯示：鳳凰衛視的新聞播報、評論類節目表現出明顯的信息量大、時效性強的特點。《時事直通車》、《有報天天讀》、《鳳凰早班車》、《時事開講》、《鳳凰正點播報》等節目在信息量大、時效性強兩個特徵上都得到60%以上觀眾的肯定，其中整點新聞節目《時事直通車》、《鳳凰早班車》、《鳳凰正點播報》兩項特徵均得到70%以上觀眾的肯定。

　　在二〇〇五年，又有一些新的節目開播了。一檔《風範大國民》則積極介入國民素養的培養和提高。一九九〇年代在美國興起的公民新聞事業就積極倡導媒體人成為公共事件的參與者、組織者，而不是旁觀者和監督者，從而幫助解決社會問題，幫助公共生活走向更加和諧美好。而公共新聞區別於傳統新聞活動的一大特點就是媒體角色的轉換：從看門狗變為導盲犬。

　　顯然，鳳凰衛視借鑑了公民新聞事業的新理念，從而順應了時代的需要。

二、誰是輿論領袖？

　　傳播學四大先驅之一的拉扎斯菲爾德在一九四四年出版的大作《人民的選擇》中宣布了他對世界大戰宣傳技巧研究後的結果：資訊先由大眾傳播傳播到輿論（意見）領袖那裡，再擴散給社會大眾。傳播學認為，輿論（意見）領袖是指在資訊傳遞和人際互動過程中少數具有影響力、活動力，既非選舉產生又無名號的人。

　　但在我們眼中，輿論（意見）領袖可以作兩個維度的理解，一個是媒體中的主導者，另一個是有社會行動能力的人。前者往往被人忽略。正是由於媒體中也存在輿論（意見）領袖，所以才導引出了「必視性」。去年鮑威爾接受鳳凰衛視阮次山先生的獨家專訪，發表了對台灣的看法，從而使鳳凰成為獨有的新聞源，那次訪談的內容就成為各大媒體轉載的熱點。鳳凰衛視自然就是名副其實的輿論（意見）領袖。

　　當然這只是諸多例子中的一個，事實上鳳凰做過的很多節目都具有原創性和富有衝擊力，從而也主導了輿論話題走向。

　　人說「物以類聚，人以群分」，我們可以推知，接近媒體中的輿論（意見）領袖自然而然就很容易把自己變為輿論（意見）領袖。因為他們有著第一接觸，從而讓自己成為資訊的最先受益者，然後成為資訊傳播的中介，借助人際傳播，將從大眾傳媒中獲取的資訊和觀點再提供給想要接收的人。

　　作為個人的輿論（意見）領袖們實質是有社會行動能力的人。早在一九九九年，AC 尼爾森調查公司就在五至七月在中國三十個城市做過專項調查，鳳凰衛視的觀眾無論家庭收入、教育水平及工作崗位均比一般觀眾高。家庭總收入在四千元人民幣以上的有 15%，比全部電視觀眾的同樣家庭高出 87%。43%的鳳凰觀眾教育水平在大專以上，比全部觀眾的同程度教育高出 34%。42%的鳳凰觀眾是經理、專業人士、政府官員，比全部觀眾的同程度比例高出 13%，這些人從某種意義上說是具有決策力和影響力的人。五、六年之後，情況有什麼變化呢？據央視市場研究有限公司二〇〇五年一月出具的《二〇〇四年下半年鳳凰衛視滿意

度調查報告》顯示：鳳凰衛視對處在社會中堅的精英階層有較大吸引力，觀眾中知識精英、商業精英和高級行政人員的比例相當高。在所有鳳凰衛視的觀眾中，管理人員、專業技術人員等社會精英的比例達到30%；觀眾中家人在黨政機關中任職的，處級以上人員比例達到43%。

　　這正是有影響力的媒體影響有影響力的人的最好範例。通過對最具社會行動能力人群的吸附，從而佔據了最重要的市場制高點，有利於傳媒影響力的提升。

三、你在哪個階層？

　　有人說，這是財富時代。這沒有錯，不過這也是一個生活時代。體現你身分與價值的不僅僅是金錢，還有你的生活取向。我們把生活取向命名為「生活力」。「生活力」強的人，才是最幸福的人，也是不枉此生的人。一如台灣一網站提出要做「生活家」一樣，他們的口號是：「任何形式的成功，只為了活出豐富的生活品質！一起來享受生活吧！這個階層不是金錢、利益的集合，而是價值觀的劃分，生活方式的區隔。」在他們眼中，生活品質至高無價。無論我們創造多少財富，歸根到底都是為了生活的幸福，只不是它的主語是「我」、「你」、「他」、「她」。

　　同樣，接觸什麼樣的媒體，接受什麼的資訊，同樣也是階層區分的重要根據。這是文化力的一種體現，當然也是生活力的必要內涵。

　　劉長樂先生二〇〇四年九月二十五日在南開大學演講的題目是《品牌文化力鍛造強勢傳媒》。他說：

> 鳳凰的思考，鳳凰的幽默，鳳凰的另類，是文化積澱出來的，這是它獨特的文化血型，文化星座，所以，它發出了不一樣的光芒。我們還體會到，一個成功的品牌不單是成功的商品，而且還意味著一種積極向上的文化理念。一個人對文化的精髓領悟是難以模仿的，一個執著的追求者表現出來的敬業也是獨特的。……我們還依託自己的優勢——兩岸三地文化精英的強大文化背景，

創造了一批別人無法模仿的節目，如陳魯豫的《魯豫有約》、楊錦麟的《有報天天讀》、李敖的《李敖有話說》、曹景行的《時事開講》、馬鼎盛的《軍情觀察室》等等。一提起這些節目，人們就會如見其人如聞其聲，這就是文化的力量，文化的力量才是一個人、一個企業、一個品牌真正的實力，這種實力是永遠也輸不掉的。

這種認識是很到位的。同樣，正是由於文化型傳媒的存在，使得觀眾的文化力也得以提升，通過接近那些電視知識分子和文化類欄目，從而把自己打造為「知道分子」，實現在社會中的階層區隔。

在《鳳凰考——建構一個新傳媒》一書的序中，我們能看到這樣這樣的句子：民間歌謠稱鳳凰「非梧桐之木不棲，非竹不食」。其義在於：「梧桐之木，高貴而繁茂，不易栽種，鳳凰非梧桐不落，在於它有品位，有追求，有獨步人間的自信；竹實，味美而營養豐富，不易得到，鳳凰非竹實不吃，說明它慧眼識貨，有吸收精華健康發展的理智與決心。」

鳳凰衛視如同傳說中的「百鳥之王」一樣，品位出眾，所以我們可以在《魯豫有約》和《口述歷史》中能看到塵封的往事，在《鳳凰大視野》裡能看到優秀的紀錄片，能看到李敖這個怪才在電視上縱論天下，能看到陳文茜、趙少康以自己的方式縱橫捭闔，這些都會成為一個個很好的觸頭，吸引著各不相同的擁躉。

在傳播渠道過剩，而資訊並不真正過剩的新世紀裡，我們在選擇親近的媒體時都應是「抬頭望路」、審慎選擇。這是因為，看似簡單的一次選擇，你就已經不一樣了，成為擁有或多或少話語權的人，從而成為一個有著固定特徵的群體中一員。

這就是一個階層的誕生。

2005 年 3 月

娛樂新聞滿天飛　怎樣讓我們相信？

　　我的同學甲去年畢業到某都市報做娛樂記者，昔日同窗都大跌眼鏡，「噢，娛記啊？！」。他們睜大的眼睛說明，和娛樂圈一樣，娛樂記者圈也是渾水一遍，趟那兒去是得不到像律師、醫生那樣的尊嚴的，雖然那些職業圈問題也不少。這到底是怎麼回事呢？經過近幾個月的潛心觀察和深入體會，我終於找到了癥結，那就所謂「娛記」們生產的產品——娛樂新聞摧毀了人們心中僅有的那點尊崇之心。

　　以這段時間的娛樂新聞為例吧。昨天有三條娛樂新聞引起我的注意，一條是「張偉平稱張藝謀和斯皮爾伯格合拍《西遊記》是誤傳」，另外一條，「鞏俐新片《邁阿密風雲》未獲引進，九月放映是謠傳」，最後一條是，「張靚穎狀告上海《東方早報》刊登的報導侵犯她的名譽權，索賠一百萬元」。這三條新聞看似沒有關聯，其實有一個共同的特點，都是針對不實新聞報導的。

　　張藝謀的發言人、「大嘴」製片人張偉平嘴裡的「可能」、「計畫」很容易就變成了鉛字，登上娛樂版的頭條。一些不明不暗的言語，成為「言之鑿鑿」的新聞；有記者問了幾句他對周杰倫的評價，「周杰倫鐵定出演孫悟空」的新聞就開始滿天飛。同樣，《邁阿密風雲》由於有鞏俐出演，更因為它是正在北美上映的大片，所以不論審查通過沒通過，電影局提出的修改意見製片方同沒同意，「國內鐵定上映」的報導就已經出爐。這和《碟中諜3》尚未送審時的情形很類似，不過，那會兒，一個還沒看過該影片的惡劣記者就杜撰出「因有損上海形象，《碟中諜3》無緣內地上映」的報導，而該影片順利上映則是對此報導最辛辣的諷刺。張靚穎一怒為聲名，也是因為東方早報記者根據「相關工作人員透露」的情況寫就新聞，暫不論是否真實，但真打起官司來，如果拿不出確切的證據，記者是很難打贏的。

　　按傳播學的觀點，新聞是消除人們腦中認知地圖的「不確定性」，簡單說，也就是要提供「是」或「否」的新聞。就像發生了一場兇殺

案，人們最想知道的是被害人活著還是死了。不幸的是，在娛樂新聞中，「據傳」、「可能」、「有望」之類的詞語滿天飛。用不客氣的話說，有些娛記就是謠言、流言的製造者。用老百姓的話說，「一粒耗子屎，壞了一鍋湯」，所以「娛記」這個行當應有的尊嚴自然會被消解。

按我個人理解，現有娛樂新聞的功能大致可以分為三類，一是提供有用、有益的資訊，為上品；二是提供無用的資訊，此乃廢品；三是虛假資訊，因為可能誤導甚至傷害受眾及其他相關人士，所以是危險品。事實上，目前在一些都市類媒體中，廢品和危險品的比例相當地高。比如前一段時間，李安到內地為《色·戒》選角，不少演員都跳出來說自己有望主演，最終卻只是笑談，不過倒炒作了她們自己；唐季禮執導的《花木蘭》劇本、演員都沒定，連李宇春都稱自己想演，為即將發布的新專輯提升人氣。當孫楠在接受訪問時不知道李亞鵬寫的博客《感謝》，就被報導成「孫楠不相信博客文章是李亞鵬本人寫的」。

那麼，為什麼娛樂新聞越來越成為最不可信的新聞了呢？這主要有幾個原因，一是新聞從業人員的職業道德操守失陷，他們不是為了新聞而新聞，而是為了掙「工分」而新聞。在利益的趨動下，在核實新聞來源時把關不緊；二是一些製片方、公關公司的策劃手段越來越精了，先謠傳再闢謠的「反向炒作」大行其道；另外，媒體競爭有惡性化的趨勢，這也導致新聞「只顧拚搶，不顧品質」。

其實，從人的需求層次來說，文化娛樂是人們生理和安全需要之上的高層次需要。古人說「飽暖知書禮」，所以，解決了基本的溫暖，才能有心思關注電影、電視、明星等娛樂圈故事。當人們不再只把娛樂新聞當做茶餘飯後的可憐的談資，而是生活中的必需時，娛樂記者們的地位才會得以提高。這也要求上萬的娛樂記者當心那些衣食父母的眼睛，目前最基本的是要恪守「我們不得已時不說真話，但千萬不能說假話」，而遠期目標則是「多生產上品，儘量不做廢品，打死也不做危險品」。不然的話，在媒體像《明星 Big Star》般「因辦刊方式手法受到中宣部閱評部門批評」而停刊之前，早就被受眾當成垃圾給拋棄掉了。

娛樂新聞：炒作式生存

　　二〇〇七年一月二十五日，針對某媒體發表題為「馬景濤被指『敲詐』《封神榜》劇組三十萬元」的消息，馬景濤與他的簽約公司北京中北電視藝術中心董事長尤小剛，在北京公開表示這條被全國媒體廣泛轉載的消息有許多不實之處。馬景濤怒斥《封神榜》劇組誹謗了他。尤小剛表示，希望《封神榜》劇組「健康炒作」，不要肆意誣衊他人。

　　事實上，在娛樂新聞的生態中，炒作現象屢見不鮮，而炒作的主體和形式也千變萬化，讓人防不勝防。筆者就此深入調查採訪，從而掀開娛樂新聞炒作式生存的冰山一角。

個案：爆炸性娛樂新聞的誕生

　　二〇〇六年十月十一日，湖南小青年張一一在個人博客上以「范冰冰不要我，我去當和尚」為名，寫下了這樣的話：「我今天要在這裡向全世界宣布：『如果咱的冰冰嫁人了，俺就把滿頭俊俏的長髮剃光光！』啊，冰冰，此刻，你知道，我有多記掛著你？」

　　不過，沒有人搭理這個曾寫過幾本書的八十後「寫字人」，也沒有傳統媒體跟進報導。他在個人介紹中直白說自己「江湖人稱人渣、流氓、攪屎棍，或稱作家、娛評人、炒作大王、明星製造工廠。」自然沒有停下炒作的步伐。二〇〇六年十一月八日，他發表博文〈光棍節來了，我要面向全世界徵婚！〉，指明「必須不是從事演員、歌手、模特、主持人等職業，最好不要是中戲、北電、上戲等院校出身」。但就在當月二十六日，聽聞李湘的鑽石婚姻碎了，他立馬發表了〈李湘，我要向你求婚！〉的宏文，發了兩封短信後，自稱被李湘回短信拒絕，十二月六日又發表了號稱「二十一世紀最偉大的情書」給李湘，另一方面聲稱如果李湘還不答應嫁給自己的話，將在她足跡所至的三十一個大中城市裸奔，以紀念李湘已然不再的三十一載美麗芳華。今年一月十六

日，他又炮製了〈給李湘的最後通牒，再不嫁我就真裸奔了！〉，又改口稱「如果你再不表態，我就會在二月十日你的生日或者二月十四日的情人節跑到你《每日文娛播報》的棚裡或者你家附近大路上去裸奔！到時候，看是你急，還是我急！」

李湘＋求婚＋裸奔，顯然這是一條有衝擊力的娛樂新聞，所以當張一一向李湘求婚的文章一出來，全國就有不少媒體報導，並將其博客原文刊登出來。其實正如張一一的博客廣告語「一天一主張」一樣，他的主意每一刻都在變，在二〇〇七年一月二十一日，他開始亮出底牌，又祭起新的大旗：〈放棄裸奔。日薪一萬元求租「臨時女友」回家過年〉。而除不少網站轉載外，也有不少媒體又報導此事，並登出全文。

一月二十二日下午，筆者撥打張一一的手機，他的聲音有些渾濁並有嚴重的湖南口音，在自己的稱號上，他卻一本正經地表示，「我更願意做作家，寫出一百年、一千年後有人記得的作品。」他又坦言，「這個社會人才太多，有作品重要，但怎麼讓自己跳出來再宣傳也很重要」。自稱「個性張揚」的張一一自述大學未畢業，以前在電視媒體做過記者，兩年前曾借一萬元炒作自己，然後出版書，認為「北京有湖南沒有的發展空間」，於是一年前到北京，為一些新人做宣傳。他認為「娛樂好玩」，在李湘離婚時「靈機一動」，以求婚甚至揚言「裸奔」進行「借位炒作」。而此前他還曾策劃了某文學青年在北京西單圖書大廈裸奔，從而形成一個事件。

群體：娛樂策劃人「暗渡陳倉」

根據百度二〇〇六年中國博客發展報告顯示，截止到二〇〇六年十一月三日，全球中文博客數量達到五千兩百三十萬，博客用戶數達到一千九百八十七萬，平均每個博客用戶擁有大約二點六個博客。不過只有大約 4.6% 的用戶每天更新博客。由此可以看出，寫博客要「出人頭地」並不是一件容易的事。除非寫一些聳人聽聞的文章，爭取網上網下的注意。

難怪，張一一自信地告訴筆者，「很多博客文章都是垃圾，而我頭天寫的博客第二天就上一些報紙娛樂頭條，我太瞭解媒體了。」而曾為

鄧建國「小諸葛」的娛樂策劃人譚飛一月二十三日下午在接受筆者採訪時明確表示，「我非常不贊成張一一的行為。這說明他的判斷力低下，這與他的知識結構有關係。八十後不少人坐井觀天，綜合素質較低，寫博客不考慮是否會傷害別人。比如他在博客中說王朔吸毒，這就涉嫌誹謗罪，要我是王朔，告他的話，他很可能要坐牢」。

反對「為出位而出位」的譚飛曾主持或參與策劃「劉德華學變臉」、「張玉寧客串《烏龍闖情關》」等轟動一時文化娛樂營銷事件，今年則擔綱《紅樓夢中人》大型選秀活動媒體推廣策劃人。他坦言前幾年有目的的策劃和推廣意識較淡薄，屬於「亂出拳」，然後「可能突然一炮就紅遍全國了」。在他看來，現在「更考驗人的智慧，需要有一系列的事件性策劃。」但他坦承，「現在策劃或炒作更容易，因為媒體更多，比如網路媒體就更自由，發布資訊不受限制」。

雖然在譚飛看來，娛樂策劃人應受人尊重，但徐靜蕾在一月六日的博客〈此王八拳是否彼王八拳之「娛樂策劃人」〉中則諷刺時下新興的「娛樂策劃人」。徐靜蕾在文中表示，「最近，街面上新不知道哪兒躥出來一些跳樑老鼠，例如時下新興的所謂『娛樂策劃人』，這種人中的有一部分真是有意思，一個蒼蠅就想要壞一鍋湯。感覺蹦著跳著往不要臉那兒去……這種人腆著臉當另外一些看著有名的人的寄生蟲，誰最近消息多就往誰身上寄。」徐靜蕾更在博客中表示自己不會去招惹他們，以免變成他們炒作話題。最後，她還勸對方：「混口飯吃有好多方法，早點改邪歸正。」

而筆者在某專事影視作品推廣公司的公共郵箱中看到，地址簿中有上百個全國各地都市報娛樂記者的電子信箱，而名為「某某回應緋聞」、「某某無緣某片」的新聞前幾日發往全國各地，而筆者通過搜索發現，這些文章第二天就刊登在報紙的娛樂版上，更誇張的是，不少報紙甚至一字不動地把「新聞通稿」登在報紙上。而那些炮製的文章中，前後矛盾的也不太少數，而且炒作意圖明顯，比如之前說「某某要出席一個首映式」，但結果當天這人壓根兒就沒來。

事實上，專事娛樂新聞生產的機構越來越多，甚至成為娛樂產業鏈條上的重要一環。一月二十六日，中國人民大學新聞學院責任教授、博

士生導師陳力丹告訴筆者，「有些炒作是當事人或企業炒作，有意通過透露某種似是而非的緋聞或異常情況來吸引傳媒報導。這是企業或當事人的商業公關行為，公關與新聞報導本身是一對矛盾。傳媒在這種矛盾中，至少現在經常處於被擺佈者的地位。結果是：得到大利益的是發起方，得到小利益的是傳媒，被耍弄的是公眾」。

譚飛自己也有一個小團隊，在他看來，以個人名義做策劃或炒作一般會有一定的取向，而這會受到個性、成長背景和環境的影響，而機構則更講究商業目的，「比如個人把明星的非常照片發到博客上可以很大膽，但要一個機構就會考慮能不能發，發出去有何影響等問題。」

現象：娛樂圈報導之亂現狀

正是有 BBS、博客和一些門戶網站的介入，一些個人和機構都成為中國娛樂新聞的新聞源。而炒作之風防不勝防，比如去年三月二十八日，就有線民「我在娛樂圈」在天涯社區，發佈了〈我所知道的范冰冰涉黃成名的事實〉一文，經網站和大量轉載和媒體報導後引起喧然大波，最終在范冰冰一方強力回擊和媒體「搜索總動員」的背景下，「我在娛樂圈」終於不堪壓力向范冰冰做出書面道歉，這名初二學生承認自己和朋友是受一位「演員姐姐」指使，並且那些誹謗范冰冰的文字大都是「演員姐姐」寫好給她的。而內容顯然都是編的。

而最近炒「糊」了的新聞則是一月二十四日早晨某門戶網站娛樂頭條轉載某八卦週刊文章，指「陸川新片《南京！南京！》籌備多年後因無法立項而遲遲不能開機」，全文中，「電影局的張洪森副局長表示不方便就此接受採訪，沒法回答記者的問題」。需要指出的是，「張洪森」應為「張宏森」，而他不回答並不意味著無法立項，所以當天上午就有另一門戶網站採訪到張本人，而他斥責這一消息「是不實報導」。後經筆者採訪瞭解到，是因為該影片屬重大革命及歷史題材，所以需要多方審查，從而週期較長。另外，此前有報導指張國立曾在南京做宣傳時暈倒了，而銀幕「鐵三角」之一的張鐵林是則在一月二十三日接受媒體採訪時則點明說，「這個問題是炒作！」「我和張國立合作多年，

這是長期以來多次存在的問題，我都看到好多次了，不是新的毛病。」

正是由於娛樂圈報導無比混亂，從而導致圈外人評介以負面評介為主。在網上，關於娛樂圈「貴圈真亂」的評價流傳相當廣泛。甚至有人評價說，「娛樂圈生態環境惡化的結果導致了惡性循環，炒作佔據了注意力的中心。在這一因果鏈條運轉之下，大家都是贏家，大家又都是輸家。媒體嚐到甜頭，手段越來越下三濫，道德底線一再被突破；讀者滿足了窺私欲望，口味漸趨低俗拿無聊當有趣；明星藝人知名度保持滾燙卻不得不忍受沒有隱私的生活，受到傷害也就在所難免。」

早在二○○一年，南京學者李幸曾編著了號稱國內第一本關於文化娛樂新聞采寫的《文化娛樂新聞的採訪與寫作》，裡邊列舉了「娛樂新聞四大病」，「將八卦進行到底、緋聞隱私唱主角、謠言插上了翅膀和爆炒惡炒來回炒」。而在筆者近日針對娛樂新聞的隨機調查中，在受訪的二十人中，只有兩人認為娛樂新聞完全可信，而十五人認為不太可信，三人認為不可信。在被問及對娛樂新聞不滿意的地方時，假新聞多被提及四次，炒作多為十三次，沒有深度為六次。這說明五年後的今天，娛樂新聞炒作成風的現象並未有所收斂。

現已是華南理工大學新聞傳播學院院長的李幸一月二十二日下午在接受筆者採訪時則表示，「我不認為那些是炒作，只把它們看作是正常的傳播行為，因為要達到傳播效果，所以必須達到一定的量。而『無中生有』類的新聞只是支流而已。」而對於不少傳統媒體跟著網路媒體惡炒的現象，他認為這是「用力過度」的結果，由於信息量的增加增長太快了，「不少傳統媒體記者成為編輯了，而網路成為重要的資訊源」。

對策：公眾批判和表達能力待提高

與李幸的觀點類似，在筆者做的隨機調查中，二十位受訪者在被問及如何看待娛樂新聞中的假新聞和惡意炒作現象時，有十五人認為正常，佔到被調查者的八成。而他們給出的原因有利益驅使、無聊、娛樂時代進展的一部分，提高關注度、生活需要刺激、社會本就是複雜的

等,只有五人表示這些現象不正常,原因則有只為牟利、侵犯明星名譽權和無聊等。而「無聊」同時出現在正常和不正常的原因中。

而官方顯然也意識到有這些現象的存在。比如本月在京召開的中國文化產業新年論壇上,新聞出版總署副署長柳斌傑就直言,「最近以來,文藝界自曝色情內幕、文化產品虛假推介、嚴肅學術作品戲說、文化領域大量炒作等現象不斷出現,水分太大,感覺文化輕飄飄的。對這種以文化產業名義製造文化垃圾的傾向要堅決抵制。」他還表示,低俗的文化已經成為了社會「公害」,目前有關部門已經在逐步採取措施,下大力氣對此現象進行整頓。

而復旦大學新聞傳播學院青年教師張志安博士一月二十二日下午在接受筆者採訪時指出,去年網路媒體發生了很大變化,最突出的是「明星博客的新聞化操作,甚至通過後台操作,把新聞的位置讓度給明星博客,從而加重了新聞娛樂化和娛樂新聞化。」而這樣下來的結局是,「娛樂更加直接」。他還注意到,名義上博客給了眾生平等的話語權,但偶然閃現的所謂草根明星「其實都是商業機制的產物」。而通過一些「網路推手」及個人化的包裝,一些人成名了,正組成了商業炒作的一部分。中國人民大學新聞學院責任教授、博士生導演陳力丹則點評道,「炒作作為一種手段,完全不能運用於職業的新聞傳播。所謂成功的新聞炒作,其本質是將新聞的傳播服務於具體的商業目的,這是愚弄受眾。它是一種應該受到批評的『客觀存在』」。

筆者調查發現,正如 BBS 有管理員一樣,各大博客運營商都有「博導」人員,也就是安排博客的排序和組合的人員。所以我們常會發現一個誘人的標題下有一篇並非「名副其實」的文章。正在向博客五百萬點擊率衝擊的譚飛也向筆者承認,年終運營商會給有一定點擊率的博客主人寄禮品,而知名博客文章的鏈結上娛樂頻道或博客頻道首頁當然更容易。不過,他反對唯點擊率論,「很多娛樂博客根本不懂娛樂,只是摘摘抄抄,爭取注意力資源,真正有思想性和趣味性的文章少」。而令筆者吃驚的是,雖然張一一曾發過很多涉嫌損害他人名譽的博客文章,但他向筆者證實,「我的文章從未被刪除過」。而譚飛也表示自己的文章也沒有被刪過。

　　對此，陳力丹認為，「炒作，多數情況下屬於道德問題。新聞傳媒的炒作，只能通過新聞職業自律和各傳媒的內部工作規範來約束。觸犯法律的，當然通過法律途徑解決」。李幸則表示，傳統媒體在引用包括博客在內的網路文章時的把關作用很重要，「它對新聞從業者的功力要求更高」。不過，他也表示，應該相信公眾的辨識能力。作為復旦大學媒介素質研究中心的成員之一，張志安則認為，規避娛樂新聞惡炒現象應該強化媒介素養教育，而它包括「人們對各種媒介資訊的解讀和批判能力以及使用媒介資訊為個人生活、社會發展所用的能力。」他告訴筆者，在加拿大、美國和中國台灣和香港等國家和地區，教育研究機構、公益性基金或組織、學校和家庭教育都是媒介素養教育的主體，而在國內，「中小學沒有媒介素養課，家庭忽視，公益性組織缺失，目前只有少數高校有這個專業的碩士點。」

　　張志安認為，在網路時代，媒介素養教育顯得更為重要和迫切，「除了讓人們批判地接收更海量的資訊，提高辨別分析能力外，還應讓人們積極參與表達，而這比批判性地吸收更重要」。

鏈接：關於娛樂新聞的調查結果

　　筆者自二〇〇七年一月十七日到二十二日在京城隨機進行問卷調查，共回收有效問卷二十份，其中男性七人、女性十三人，三十歲以下人員為十七人，佔到 85%，三十歲以上年齡為三人。而職業則分布廣泛，有媒體從業人員、公司職員、教師、大學生、藝人和經紀人等。以下為問卷匯總情況：

1. 看娛樂新聞的渠道：報紙出現 11 次，雜誌 4 次，廣播電視 12 次，網路 10 次，聽人說為 5 次。
2. 看娛樂新聞的理由：瞭解新知識 7 次，消遣 16 次，審美需要 8 次，其他 5 次
3. 娛樂新聞的可信度中，認為完全可信的為兩人，不太可信的為十五人，不可信的為三人。

4. 對娛樂新聞不滿意的地方：假新聞多 4 次，炒作多為 13 次，沒有深度為 6 次，其他為 2 次。

5. 在如何看待娛樂新聞中的假新聞和惡意炒作現象的回答中，有十五人認為正常，佔到被調查者的八成。而認為正常的原因則主要有：閱讀率（收視率）的影響、利益驅使、無聊、娛樂時代進展的一部分，提高關注度、生活需要刺激、社會本就是複雜的等，也有人雖然認為正常，但說不出為什麼。

　　只有五人表示這些現象不正常，原因則有只為牟利、侵犯明星名譽權和無聊等。而「無聊」同時出現在正常和不正常的原因中。

6. 對為何存在娛樂新聞中的假新聞和惡意炒作現象的回答中，共有三個備選項，其中「一些公司的利益驅使」被選十五次，「報紙或網站為吸引讀者或線民」被選十一次，「一些個人想出名」則被選十六次。在「其他」一項中，僅被選一次，但未填原因。

專家們說

　　娛樂有時是一種包裹美妙外衣下的謊言，有時又是深藏毒害的謊言。但對這種謊言的癡迷可能與我們這個國家（美國）熱衷虛構的故事，對欺騙和謊言越來越習慣和容忍有關。（〔美〕瑞夫（Rihcard Reeves）著：《新聞到底該怎樣》，商務印書館（香港）有限公司 2006 年 9 月第一版，p.128）

　　新聞炒作不以真實、準確、公正為準則，不遵守新聞職業道德，為媒介之私利不惜損害公眾利益。（蔡雯著：《新聞報導策劃與新聞資源開發》，中國人民大學出版社 2004 年 7 月第一版）

　　新聞炒作違背新聞客觀性原則，進而新聞真實受到挑戰，它是一種明顯的違反新聞職業規範的做法。它的受害者不僅在於當事人，公眾也是被愚弄者。最大的危害，是遮蔽了人們對於重大公共事物的關注。（中國人民大學新聞學院責任教授、博士生導師陳力丹）

娛樂新聞不完全炒作術

1.借力打力型

一個新人為了增加知名度，千方百計與知名人士搭上關係。二〇〇一年二月二十七日，一些港台媒體報導稱，張藝謀早在一九九九年底就找到了自己「最為滿意」的情人——模特兒王海珍。雖然張藝謀的回應是：「挺無聊的。」但王海珍借此「出位」。同樣，當去年李安為《色·戒》選女一號王佳芝時，有不少公司炮製出某某新人被李安約見，但入選者湯唯之前並未自爆有戲。

2.無中生有型

為了文化產品的推廣，一些本不存在，或者無法證證的消息就大膽地放出來。比如《滿城盡帶黃金甲》的宣傳中，張藝謀與鞏俐是否復合成為不少網路媒體和報紙惡炒的話題，同樣，張偉平罵鞏俐罵發哥，與賈樟柯的論戰都成為娛樂炒作的重頭戲。

還有一些典型的例子，比如吳宇森的《赤壁》被傳林志玲被某某新人換下。本類新聞多以「據傳」、「擬」等字眼在報刊大行其道，但多半不實。

3.用身體出位型

為了吸引觀眾眼球，不計結果，全身豁出去。去年以張鈺最為典型。雖然號稱手裡握有證據，但不到法庭上見，卻直接開博客說事，而模糊不已的涉嫌有礙觀瞻的錄影在網上奪人眼球。而塵埃落地後，我們就會發現這些行為都有商業利益導向。同樣，饒穎、邵小珊也是如此，比如《夜宴》中章子怡替身邵小珊自己就曾是媒體從業人員，深諳新聞之道，炒紅自己後迅速推出新書《我把青春獻給誰》。

當然，對這些人來說，木子美是前輩。

4.用語言出位型

由於博客的勃興，「語不驚人死不休」成為一些人的時尚。遍覽在一些網路論壇或博客，「某某與某某之緋聞」、「我所知道的真相」等等文章每天都被製造出來。經常是未經證實就被網路廣泛轉載，而一些傳統媒體也喜歡跟風報導，而且喪失應有的常識判斷。

張一一聲稱如果求婚李湘被拒就會裸奔即是一例。

5.斷章取義型

這是拿作品中的一部分或發言的幾句進行放大處理，從而達到炒作的目的。比如去年十二月，網上瘋狂轉載著一組所謂的「曹穎印小天熱戀酒店親密照」，圖像模糊，色調昏暗，動作火辣，招來一片譁然聲。其實這只是某電視劇中的劇照而已。

當事人印小天在接受記者採訪時否認了網上關於他和曹穎關係曖昧的傳聞，至於遲遲不澄清的原因，他坦承是為配合劇組而達到炒作的目的。

6.打官司引注意型

一般打官司都是雙方矛盾激化到不可調和，顯然引發的關注度更大。所以就有炒作家們借此達到一定的商業目的。

比如被列為「二〇〇六年十大假新聞」之首的「法國導演起訴《吉祥三寶》抄襲」。報導說，法國電影《蝴蝶》的導演菲利浦‧慕勒已經瞭解到《吉祥三寶》抄襲一事，並正式向當地法院提起了訴訟，而《吉祥三寶》的演唱者布仁巴雅爾也將於近日接到來自法國的正式書面文件通知。其實慕勒本人並不瞭解「抄襲」一事，更談不上告《吉祥三寶》的創作者了。

去年有公司聯合十餘家影視公司「共同聲討李保田」，最後證明是一場鬧劇。

本文內容曾刊於《北京青年報》，刊時內容有刪節

誰關心王菲生不生？

本文原題為〈誰他媽關心王菲生不生〉，這是我一生中第二次用這麼低俗的標題碼字，而上一次是〈誰有資格把《同一首歌》搞爛〉，是對一個欄目盲目商業化運作的批判。前年的這篇文章等來的一個結果是，《同一首歌》在今年開始改革，不再做有償演出。

今天我用這個標題來說事兒，是由於「天后級」人物王菲要生孩子，而涉及的不只是一個藝人，也涉及到媒體，還會牽涉到各位看官。本文標題顯然是一個設問句，每個人都會有不同的答案。

一、娛樂圈之怪現狀

王菲似乎永遠是娛樂圈的尖峰人物，她的一歌一曲，一舉一動，似乎都是鐵定的報導頭條。五月以降，傳聞說她和李亞鵬的結晶要生下來了，於是，很多媒體都極盡偷拍的能事，以狗仔的熱情追逐王菲。有視頻作證，閃光燈對著車內的孕婦王菲瘋狂拍攝，還有車輛跟蹤王菲的車，大有當年黛安娜當年被狂追的勁頭。要王菲真被追出事了，報紙可真成「洛陽紙貴」了。

很長時間以來，不少娛記就想拍到王菲所生孩子第一張的照片，而不計代價想知道是男是女，多重，長得像誰之類。難怪前段時間李亞鵬與兩名娛記坐客《實話實說》時，由於娛記不讓步，憤而聲明「王菲生產的地方改為家裡」。一時成為爆炸性的新聞。不過後來的新聞又爆出可能王菲還是醫院生產。

我沒有做過詳細的統計，不知道王菲生孩子的報導有多少條，恐怕不會少於上千條吧。這事實上呈現了娛樂圈的一種怪現狀，那就是把佐料當主菜，並試圖滿足廣大受眾的飢餓之腹。結果可能並非如一些媒體所願，受眾耗費了大量的時間和精力，卻並沒有得到多少對人對己有益的資訊。

二、他媽的誰關心這些

用「貴圈真亂」來形容娛樂圈是恰當的。我近日寫的一篇文章裡就提到，它的一個顯著特徵就是「有聞必錄，聞後必報」。

那麼，這種指導思想下，到底是誰在決定娛樂新聞的採編內容？在我看來，就是娛樂記者和編輯們。對這一群人，坊間和老百姓的評價顯然都不太高。

但不幸的是，正是這批人，前仆後繼地衝鋒陷陣，採寫一些邊緣新聞，試圖誘使路過報攤的讀者能歇下腳來，買一份看一看。但據我的觀察，購買的讀者也是少之又少吧。我目前沒有確切的資料來證明那八卦為主打的報刊雜誌的銷量比正兒八經做新聞的報刊雜誌更好。

在這種情境下，這些娛記們的努力就是很可疑。他們一邊宣稱是為呈現明星真實的一面而工作，而另一面卻不能入大多數人的法眼。那麼，他們在為誰工作？除了自己的老闆，大約只能用金錢來解釋了。

從王菲生孩子這一事情上來說，到底誰關心？當然李亞鵬最關心，還有雙方的至親和友人。那麼，娛記煽乎著他們的關心，老百姓就關心了嗎？我看未必。

在我看來，一般老百姓只看重王菲的藝人身分，只是喜歡她唱的歌，她演的戲，而並不會在乎她生不生孩子，生一個什麼樣的孩子。因為這些東西偏離了人們應有的關注的視線，進入普通百姓非興奮點區域，從而導致傳播的失效。

用傳播學大師施拉姆的資訊選擇或然率公式，選擇的或然率＝報償的程度／費力的程度。也就是說，受眾選擇閱讀一項資訊，會考慮資訊的有用性，越有用，他們才越有可能看。但很多娛樂新聞，包括王菲生產的新聞，與大眾的關聯性太弱了，也不會給他們什麼大收穫，所以選擇的可能性極小。

三、應該怎樣來娛樂

　　近日採訪一專家時，聊到《藝伎回憶錄》由於媒體報導說「民意」反對章子怡等賣國，從而讓電影局噤若寒蟬，最後導致未能審查通過，從而在內地人們只能看盜版碟了。專家並非研究社會學的，但正告我，「民意」有兩種，一是少數人的偏見，二是多數人的願望。我們現在要警惕一些人假「民意」之名來害人。

　　我感到，這位專家的看法是很精準的。放眼看去，這樣的事情難道還少了嗎？雖然說所謂輿論就是人們的出氣閥，而媒體則是一個很重要的出口。問題在於，媒體往往有放大、歪曲民意的可能，還有一種可能是錯誤地代表民意。而這才是最可怕的。

　　回到王菲生產的報導上來，我們很可能下意識間就會臆斷說，「人們都關心一個明星要生孩子了」。而由於一些媒體的惡炒，彷彿人們不知道王菲要生孩子就是一種罪。其實這是天大的謊言。

　　很多娛記可能並不知道，隨著多樣媒體競爭環境的形成，人們的注意力已經被分割得很細碎。從這個意義上說，為廣大受眾提高有益的新聞產品應該是起碼的準則，這事實上體現了一個人對另一個的尊重。倘若一個人老是用垃圾資訊來佔用其他人的寶貴時間，那麼他（她）無異於一個黑心殺手。更何況被殺的還有無數未成年人。

　　以一個傳媒人的角度，對王菲生產，娛樂新聞的選題應該是這樣的（如果她願意）：

　　1. 李亞鵬如何關照王菲的？

　　2. 王菲做母親的感受？

　　3. 王菲育兒的經驗之談

　　4. 李亞鵬將如何做父親

　　5. 對兒女的期望

　　……

　　這些選題顯然更人性化，也會給媒體人一些參照。

2006 年 5 月 15 日夜於北京

廣播：心靈的毒藥

　　這幾天不斷地聽樸樹給 MOTO 作的廣告歌《Radio in My Head》，也聯繫上了一個廣播節目的 DJ。那個節目是當年我困頓地蝸居西南時夜夜必聽的，DJ 現在到了我就讀的學校深造，已離開話筒一年多了。這促使我要寫下這篇廣播的懷念文章。說是懷念或者紀念，主要是我離廣播太久了，感到自己的發言權逐年衰減。

一、深夜細訴柔腸

　　手指在鋼琴琴鍵上的激越點擊聲，一個女聲低聲醇厚地說：「燈火闌珊時，夜色暗生香」，加上一些散亂的個人情感故事，這構成了我二〇〇二年大半年的夜間精神生活氣象。高低床四張，天花板上一管日光燈，一桌的書，一個人住，這就是我的典型學生般的生活。其時我是一個暫時失業又厭倦工作的一個都市閒人，吃過飯後就像甩手老闆一般走到大街邊看路人在大馬路邊的象棋盤上大戰三百回合，然後回到居所聽聽 CD，看看幾本閒書，入夜後就聽聽廣播。沒有電視看成為聽廣播的一個堅強理由。

　　琴聲充盈我的耳朵，有故事如流水般漫過我的大腦。DJ 像是清醒的一個朋友，對一個沉醉的人說著過往，說著風花雪月、竹蘭馨香。「月朦朧，鳥朦朧，螢火照夜空；山朦朧，樹朦朧，秋蟲在呢噥。花朦朧，夜朦朧，晚風叩簾籠；燈朦朧，人朦朧，但願同入夢」。這個以聲音為主力武器的朋友，攤開手掌，把精神毒藥傾注進夜光杯裡，帶領我走進另一個時空隧道，抑或讓我打開塵封的記憶之門。

　　節目中專門有聽眾情感傾訴熱線的錄音播放，這種私語內容經由大眾傳播的途徑散發出個性化的光芒，沒有煽情只有真情，一種偷聽的快感讓自己在身上找尋真實的印記，在夜的黑夜分享這個城市鮮活生命的脈動與傳奇。

　　境由心生，而心又何嘗不受境的影響呢？把燈全熄滅掉，街燈的餘光打在窗上，聽到遠處田野傳來的蛙鳴聲，閉上眼睛，只開啟兩隻耳朵聽憑資訊魚貫而入。廣播，這一個聲音的潘朵拉魔盒，構建了一個異域空間，直抵我們的內心，DJ 就像是你的心靈保姆或者心理醫生，為你祈禱，為你釋懷，為你療傷……

　　正是基於我的個人體驗，廣播似乎更像是為黑夜而生。二十年前，顧城在〈一代人〉中寫道：

　　　黑夜給了我黑色的眼睛，
　　　而我卻用它尋找光明。

　　二十後，廣播正應該充當人們入睡前通往光明大道的使者，在物質利益至上的時代，人心隔肚皮的時代，讓那些 DJ 和那些充當內容生產者的聽眾得到最大的慰藉。這才是廣播的勝利，也是心靈洗禮的勝利。

　　這也正是我們懷念或紀念廣播的最大理由。

二、人人平等的誘惑

　　在《Radio in My Head》中，樸樹唱道：我很窮，而你富有；他很寂寞，一事無成。In Peking Street, In USA，感到快樂還是難受？Anytime I feel the radio。Oh, it's my radio in my head，也不妨讓我自由。If I listen to the radio. Oh, just my radio of my life. I'll play my sounds to you。

　　這事實上講述了一個現代童話，那就是經由廣播這一大眾媒介，我們體會到了人與人的平等：無論你的狀態如何，歡喜抑或憂愁，貧賤還是富有，我們享受到的服務是一樣的。

　　這基於幾個原因：一是與電視及雜誌等比起來，收音機長期以來是物美價廉的娛樂產品，加之十元就能買上一個音質不錯的便攜（紐扣式）收音機，從而使其受眾面擴展到社會各個階層。二是廣播解放了我們的眼睛和雙手，其移動性和便攜性更增強了人們對它的好感。三是在內容方面沒有等級之分，更多地呈現公共廣播的特點。然而在視

覺消費時代，人與人作為媒介產品消費者，事實上處於不平等的地位。比如對電視而言，在三星級賓館和涉外小區就可以看到境外頻道，這似乎已成為居民一種身分的象徵；雜誌更是迎合特定階層而進行細分化生產的產品，所以雜誌越來越精緻，印刷也越來越精美，價格也越來越高；而對報紙來說，專業性報紙的出現，訂閱渠道與費用阻止了報紙向農村蔓延，而中國農民則有七億多。網路則是我所謂的「狗一代」的專利，因為據 CNNIC 報告顯示，截至二○○四年六月三十日，我國上網用戶總數為八千七百萬。這對於全國十三億人來說，真是九牛一毛。

　　所以廣播成為我們對「人人平等」認識的安慰。雖然「我很窮，而你富有，他一事無成」，但我們享受著一樣的服務，傾聽著一樣聲音，這該是多大的榮耀。隨著科技的進步，收音機已經被植入 MP3 播放器和手機裡，這更增加了廣播節目的接收渠道。

　　在新時代裡，廣播已經部分恢復到資訊接收工具短缺時代時的位置，其功能定位更接近於生活保姆的角色，它分擔了你的心理醫生、讀報女郎和如火情人等角色的工作，無限尊榮由此產生。

　　這種時候，生活的陽光開始絢爛起來。

三、明天與誰約會？

　　據資料顯示，二○○三年，約有一千七百套節目的中國廣播廣告收入為 25.57 億元，比上年增幅 16.76%，市場份額佔全國廣告總收入的 2.37%。廣播收入的增幅超過電視，主要是交通廣播的增長，比如北京交通台就達到 1.5 億元。我認為，實用主義鑄就了中國交通廣播的輝煌。因為在車內，接收資訊的最大工具——眼睛被佔用，從而最大的資訊通道被遮罩了，在這種情況下，廣播成為被迫收聽的媒體，而交通廣播由於其內容與司機的貼近性，導致每車必聽路況資訊。這真是對中國廣播的一種諷刺：道路壅堵是司機們的最恨，卻成了中國交通廣播的最愛，因為它成就了交通廣播的輝煌，不然的話，火爆的應該是音樂廣播才是。

但一個現實問題是，除了路況之類的實用資訊節目，激盪人心的節目在廣播中有多少呢？

廣播研究界泰斗曹璐教授主張中國廣播要強化節目的「約會」意識，也就是廣播人要有品牌意識，讓聽眾產生「約會」衝動。在我看來，這樣的節目一定是個性化的節目，它有著抵達內心的力量。然而在你一生中，是否有這樣的經歷和幸運呢？

廣播正在離主流人群遠去，一個重要問題是品牌意識的式微。當各類媒體自身在苦練內功並注重形象宣傳時，廣播的宣傳是最少的。就連在新聞發布會上，廣播電台的話筒也是沒有台標的，不花錢的廣告機會都白白放過。而就內功來說，這是資訊的時代，也更是觀點的時代，但是重大事件發生時，廣播人的聲音在哪裡？連央視名牌節目的文本都在全國各大報紙刊出，但廣播節目有幾家在與平面媒體及網路媒體進行互動傳播？這種內傷與外傷怎能成就廣播節目的超級品牌呢？

正是由於廣播的大面積移植（手機、MP3 機和汽車等），為廣播的表現打造了很好的舞台。不過，當年廣播人扔掉了移動巴士廣播這塊蛋糕，結果被移動電視強行登陸，發展勢頭良好，這該是多大的教訓？

從這個事件，我們可以看出，早起的鳥兒有食吃是有一定道理的。今天，當電視成為浮華與庸俗的大展台時，中國廣播的發展空間何在呢？當電視談話節目話題受限，廣播是否可以先行突出重圍，重塑個性，多些新聞評論，多些情感話題，把公信力和親和力兩面大旗樹立起來，廣播電台是不是更會有壯大的前程呢？

回到本文開頭，只有當廣播節目成為我們心靈的毒藥之時，我們才會發現，Radio is「My」Radio，廣播的角色就會是這樣：它一如我們端看或懷擁質樸的妻子時暗想如花的情人。

2004 年 10 月 14 日夜於定福莊

中國電視：做假者生存

前奏

　　如果我能夠，我要寫下這篇文字，通過它傳達我的悲哀與鬱悶，為電視，為電視人，為你，也為我自己。

　　事實上，說話，不僅是作為人的一種權利，更是一種義務。二戰後，納粹集中營的一個倖存者馬丁‧內莫勒有一段回憶：「在德國，當他們（納粹）把魔掌伸向共產黨人時，我沒有說話，因為我不是共產黨人；當他們把魔掌伸向猶太人時，我沒有說話，因為我不是猶太人；當他們把魔掌伸向天主教徒的時候，我沒有說話，因為我不是天主教徒；最後，他們把魔掌伸向了我，這時，已經沒有任何人站出來為我說話了。」

　　這成為我篤定「他們不說，我來說」的信念支撐。有人說，當所有人都能大聲為自己的權利辯護，所有人都能大聲為同胞的福祉辯護，鼓起勇氣說「我有話要說！」時，這個世界，才會值得我們去愛。

　　為了恨，也為了愛，我要收集起所有的勇氣，寫下這些文字。

煙花

　　我老媽久居南方鄉野之間，三年前我帶她老人家到大都市看病。年近半百的她對城市的感覺就如同劉姥姥進入大觀園一樣。她指著大馬路邊的花對我說，這個花真好看。她想要過去嗅一下，我趕緊拉住她，說這是塑膠做的。她卻不信，說怎麼可能。待她用手實證後，不得不抱憾而歸。

　　古詩說：亂花漸欲迷人眼。電視這個東西更是一個西洋鏡，甚或哈哈鏡，它以神秘而虛幻著稱，引領我們走進一個現實的烏托邦。而這樣

的結果是，我們天真地以為，「眼見為實」是顛撲不破的真理。殊不知，正如我們看科波菲爾的表演時，當沒人說這是魔術時，我們就以為自由女神真給搬走了，一個美女給分屍了。

事實的真相是，在電視裡，煙花特別多，它遮罩我們思考的神經通路，麻醉我們的心靈。正如《每週質量報告》的廣告語一樣：「你看到的是你想不到的」，不過，後半句「你質疑的正是我們要求證的」卻不是那麼容易，因為質疑還在路上，由我來帶你前行。

假話真說

有道是，說話難，說真話難，說一輩子真話難上加難。有西方偉人說，我可以不贊同你的觀點，但我誓死捍衛你說話的權利。彌爾頓在申張出版自由說了一句經典的話：殺人只是殺死一個理性的動物，破壞了一個上帝的像，而禁止好書則是扼殺了理性本身，破壞了瞳仁中的上帝聖像。這些對言論自由的宣揚如果要有一個理想的結果，那就是哈貝馬斯所謂的「公共領域」構想。大眾傳媒顯然應該是「公共領域」的一大平台，在這一平台上，有真實思想的流露。

但不幸的是，在電視上，假話氾濫卻是常態。當我們標榜實話實說或者說出你的故事時，聚光燈打得太亮，攝像機的鏡頭像一大賊眼讓人發毛，BATA 帶（或 Dvcpro）的轉速讓人心驚，台下還有那麼多幽靈一般的心等著看稀奇呢，真實的話要怎麼說出口呢？

退一萬步講，就算我斗膽說出了內心想說的話，又有幾個人想聽呢，又有多少機會在螢幕上呈現出來呢？

難道你忘記了？在嚴打××功活動時，那些無知的孩童說出了多少光鮮、工整的話？！在重要宣傳政策下來後，他們又多麼真誠面對鏡頭說學習了×××的偉大講話？！

孩童都懂見人說人話，見「機」說「機話」，難道大人就不知道？

而另一個現實存在是，電視裡「高大全」的人物定期會出現。他們像借屍還魂一樣，定期出現在我們的視野中，教我們警醒：我自己為什

麼不能做這麼好呢？不過見得多了，「審美疲勞」卻產生了：在這些人死之前，為什麼沒有人提起過他（她）呢？這不是馬後炮是什麼？！

首要的問題是：誰比誰傻多少呢？

真歌假唱

「甜蜜的夢啊，誰都不會錯過，終於迎來今天這歡聚時刻」。這前半句是對的，後半句卻往往有問題。

多謝黨給我們帶來了這樣一個「歷史上最好的時期」。和平年代沒有戰爭的硝煙，所以在電視節目中歌舞昇平是「與時俱進」的標誌。我們曾經多麼天真地以為，那些明星大腕在台上的表演真是「台上一分鐘，台下十年功」修來的，卻還是有些疑惑，他們每次唱得跟 CD 上一個樣，是不是吃了什麼「神油」呢？

直到某一天，勇敢的崔健同志挺身而出說要搞什麼「真唱運動」……當時我們以為他瘋了，弄一些偽命題來嚇唬我們，直到只有了了幾個人出來聲援時，我們才發現之所以有 CD 般的聲音，那是因為它們就是 CD 本身發出的。

不知道有多少真歌被假唱給唱爛了，可以肯定的是一些舊歌也在假唱中流傳。最受人們注目的電視夜總會節目《同一首歌》不知道是不是假唱的濫觴。據京華時報十一月十五日的報導稱，「Hope·Star 新聲新秀演唱會」晚會承辦方田愛生稱《同一首歌》的壟斷地位嚴重影響了演出市場的正常發展。田愛生表示自己對《同一首歌》在演出時作假非常不滿：「不少歌手在演唱時都是對口型，根本就是在欺騙老百姓。觀眾花那麼多錢就是去看他們在台上活動嘴皮子嘛。」同時，田愛生認為《同一首歌》在各地所做的節目內容雷同，觀眾已經產生「審美疲勞」：「總是那些人在反覆地唱著同一首歌，比如經常露面的張行就總是在台上唱《遲到》，太沒勁了。這種現象不利於流行樂壇的發展。流行音樂發展了二十年，一直是那些個人在台上蹦，這是一個不正常的現象。我們這台晚會沒有一個明星大腕助陣，所有演員都是新人。我希望能有更多有實力的年輕人走到台上去，為中國樂壇注入一股新鮮的空氣。」

不知有多少節目習得了《同一首歌》的真傳，至今還在貽害四方？我們原來也不知道，原來假唱倒是解決了不少老弱歌手的「再就業」問題，讓我們固執地認為：「中國已經沒人會唱歌了」。

假戲假做

九月份我去了一趟無錫，參觀了太湖影視基地。其中有一個專案是再現當年拍《射雕英雄傳‧鐵血丹心》一部分打鬥場景。一群小孩分工明確，有主演，有配角，有放煙火的，還有拉鋼絲的。這次我很受教育，知道人是怎麼「飛」起來了。

這顯然只是電視劇製作的冰山一角。不過精彩表演應驗了一句話：演戲的是瘋子，看戲的是傻子。

讓人悲哀的是，這種超現實的製作手法早已不是電視劇的專利了，在新聞節目、娛樂節目也有不少讓人看似十分真切的手法。

曾幾何時，電視新聞上打上「LIVE」（直播），我們就以為記者正在即時為我們傳送新聞，一如「你沒看到我們的時候，我們在尋找新聞的路上；你看到我們的時候，我們在電視上」。

後來才知道，所謂直播，只是一兩個播音員的直播，而不是節目內容的直播。

同樣，一些宣稱「連線」的節目，也只是製作出來的而已，明明在一個城市，搞成一種現場「線上」的場景，倍兒真，這要感謝「蒙太奇」這個好東西。

同樣，一些假做法永遠在流傳，「連線」這種假互動外，短信互動成為一個最好的斂財藉口，你永遠不知道有多少人進入了包月的資費陷阱，也永遠不知道自己發送的短信有沒有人收到。

操盤手

在傳播學裡，把持傳媒產品生產、製作和傳送的人被稱為「把關人」。這些人就和食堂的師傅一樣，決定著學校飯菜的品種和質量。在

造假者生存的年代裡，我想到股市中常用的一個詞：操盤手。在他們眼中，唯以結果論英雄，講求效果第一。

在市場化活動席捲媒體運作的今天，電視的操盤手們個個唯收視率是問，拜廣告主為乾媽，卻不管這廣告內容的質量與品味。

大家都知道聲色犬馬的力量，所以豐乳廣告、整形廣告滿天飛。一支美容筆，號稱能讓五十歲的女人沒有皺紋，直銷價不到三百元。這廣告一做就是半小時，直到把人搞崩潰到不買為止。

醫療廣告上電視成為無數人的心病。在二〇〇三年廣告的關鍵字中，「不孕不育」廣告是重中之重。北京一家號稱專治「不孕不育」的新興醫院請了兩明星大做廣告，一人在電視微笑著說話，一人高唱著歌曲，走上了CCTV的播出流水線。雖然後來經新華社旗下媒體曝光其廣告虛假，廣電總局三番五次下發禁令，央視依舊照播不止。

更有改頭換面的廣告多如牛毛。最明顯的是煙草行業，從田裡爬起泥腿子還有泥上岸就西裝革履了。它們的大名稱不變，卻變成了運輸、文化、造紙等名頭出現。套用趙本山的一句經典台詞就是：你以為穿上馬甲我就不認識你了！

違規的多了去，不過由於劉翔代言了，所以白沙集團就成了一個糾查對象，被禁播。CCTV倒是「我自巋然不動」，照播不誤。

在電視圈裡，最不缺的就是下作的操盤手。廣告很多時候就像是一把切蛋糕的利刃，將節目來個五馬分屍，這種操作方法屢見不鮮。心軟的少切幾次，心狠就多來幾下，最惡毒的是在廣告打斷時說：「廣告之後更精彩……」等得嗓子冒煙了，卻是節目播完的歌曲或提示出現。這種場景你在看電視劇時見過，在名牌欄目如《藝術人生》中也看到過吧？

大的操盤手們或許不在乎節目的運作，他們的關注點在於如何營造新聞人物和新聞事件。在二〇〇三年第二十一屆中國電視金鷹獎評選中，共收到總票數達 3,513,166 張，無效票數達 1,272,943 張，「假票」佔到三分之一。二〇〇〇年，假票數為五十萬張，二〇〇三年是四十五萬張。

在二〇〇三年金鷹獎的最佳主持人評選中，投李湘的作廢選票達到四十五萬張，操作中雇有專人到網吧投票。中國視協聲稱李湘與此事沒關係，那麼這就應是操盤手們的功勞吧。

土豆

在華麗的煙花裡，在操盤手的屠刀下，普通老百姓做電視觀眾時又會是怎樣的狀態？

在西方，八十年代的學者把觀眾貼上「沙發裡的土豆」這一標籤。為什麼會是土豆呢？在吾鄉，土豆最宜於貧瘠的沙地，不需要肥料，也不需要多少水分。用福克納在《我彌留之際》裡的話說：「他們在苦熬（endure）。」最大的悲劇是他們熬出來後也只是賤賣的品種。

大約這是附會之說，西方人可能只是說人們一到家就深陷沙發裡，像肥碩的土豆一般沉重。這一個「沉」是對的，對中國電視觀眾來說，那就是「沉默」，因為中國人民太樸實了。

多年前王小波在〈沉默的大多數〉一文就說過這樣一段話：

> 所謂弱勢群體，就是有些話沒有說出來的人。就是因為這些話沒有說出來，所以很多人以為他們不存在或者很遙遠。……然後我又猛省到自己也屬於古往今來最大的一個弱勢群體，就是沉默的大多數。這些人保持沉默的原因多種多樣，有些人沒能力、或者沒有機會說話；還有人有些隱情不便說話；還有一些人，因為種種原因，對於話語的世界有某種厭惡之情。

正是由於沉默，所以被電視製作人們看作弱勢群體，離「草芥」也不遠了。在他們眼中，這是多好的欺騙對象啊。他們彷彿自己成為玩偶之家的主人，可以為所欲為。

殊不知，這些「土豆」們不是無話可說，而是有話不說，這是習得了甘地的「非暴力不合作」風範。他們或許在等待一些電視機構的垮掉，一些電視人的玩火自焚。

看過梵高一幅畫作《吃土豆的人們》，畫面上人們的面容很溫暖和快樂，大約藉此土豆的能量可以渡過皚皚寒冬吧。

如果將電視機構看作是吃土豆的人們，等到有一天土豆的食客們罷工了，世界將會怎樣？

求真

當電視業造假成風時，「真」才成了西藏高原的靈芝，總是那麼難尋蹤跡。

巴金老人被譽為中國文壇的良心，就在於他敢於說真話。他說：「所謂的講真話不過是把心交給讀者，講自己心裡的話，講自己相信的話，講自己思考過的話。」他花了八年時間，用那顆抖著的手，用真情寫下了一百五十篇《隨想錄》，計五卷四十二萬字。這是一部「力透紙背，情透紙背、熱透紙背」的「講真話的大書」，是一腔憂國憂民的喋血之言，它的價值和影響遠遠超出了作品本身和文學範疇。

巴老在他的《真話集》後記中，引用了安徒生《皇帝的新衣》：「在群臣皆說『皇帝新衣真好看』的時候，只有一個小孩子，高聲喊出真理：『他什麼衣服也沒穿！』」這正是巴老借那則童話，留給人世的醒世箴言。講出石破天驚的真話，也許，小孩子是出於童真，可大人們則需要膽識。

在巴老心中，「講出真話，人才可以心安理得地離開人世」。可你有沒有發現，現在活著的人講真話的，要麼是耆宿，要麼是稚童，還有一種情況是白丁。

比如熊德明。她今年四十三歲，初中文化，平日主要工作是割豬草餵豬。二○○三年十月二十四日，國家總理溫家寶在庫區視察時經過她家，停步和村民聊天。熊德明正好割豬草回家，鼓起勇氣向總理反映她丈夫在縣城當建築工人，被拖欠兩千兩百四十元工錢的事。總理對此高度重視，立即指示地方政府要解決好拖欠民工工資問題。熊德明當晚就拿到了被拖欠的工錢。

新華社對現場的報導是，溫家寶和村民們聊了半個多小時後，他問村民們：「大家還有什麼困難？有什麼需要我們做的？」

「總理，我想，我想說說我家裡打工的事。」一直坐在溫家寶左側的農家婦女熊德明有些靦腆地說。

溫家寶總理側過身對她說：「你說吧。」

這時，坐在旁邊的重慶市委書記黃鎮東也鼓勵熊德明：「有什麼事只管對總理照實說。」

除了自我鼓勵，還得領導鼓勵，熊大姐才說出了最想說的話，可見有多難，而她說實話的收穫是獲得央視二〇〇三年中國經濟年度人物評選中的「社會公益獎」，因求助民工擠爆家門但無力幫忙被迫外出打工。

今年也出了一個敢說真話的女性。十一月六日晚，在鳳凰衛視舉辦的中華小姐環球大賽的提問環節。當蔡瀾提問陝西選手姚佳雯要「老公還是要錢」時，答曰：要錢。第二個問題是「要父母還是要錢」，要父母。第三個問題是「要國家還是要錢」，答曰：「要錢。但是我想說的，不管怎樣比起來，最重要的還是我的媽媽。」其實在蔡瀾先生提問後，我還以為他提得太沒水平，因為中國大陸的小孩子都會回答得「政治正確」，但不料結果卻是戲劇性的。就憑這個直率的、貌似愚蠢的回答，成就了鳳凰衛視這次中華小姐選美的最大勝利，因為它還原了當事人的內心真實，這對以造假著稱的一些電視同行是一個最大的回應。

造假者們的最大害處在於，他們憑藉自我偏好虛構了一個個單向度的人，也建構起一個單向度的虛擬社會。他們試圖讓人們相信：這個世界只有一個聲音，而話筒的開關被他們掌控著。

他們當然不知道這些經典的話：

> 《論自由》的作者彌爾說：我們永遠不能確信我們所力圖窒閉的意見是一個謬誤的意見；假如我們確信，要窒閉它也仍然是一個罪惡。

伏爾泰則說：我用一句格言就能戳穿一個大人物，就像一支大頭針釘在蝴蝶上一樣。

這些名言讓我們重溫了曹雪芹的話：假作真時真亦假，無為有處有還無。這讓我們不要臉面做起假時或許會有所顧忌的吧。因為到頭來，「誰會相信誰？」都成為一個巨大的難題時，誠信成為一句空話。

經濟學家西蒙曾經說過：讓世界不要比沒有我們時更糟。在「還原真實、顯影現實」的路上，顯然還有很多人要前行，有很多事要完成……

2004 年 11 月 17 日

「很黃很暴力」背後有深意

　　去年年底，央視《新聞聯播》的一條報導引發了一陣網路狂歡：一個十三歲的小學生張某因為說了一句「很黃很暴力」，從而成為被惡搞為「二〇〇八第一網路紅人」。本是淨化網路視聽的正經新聞，卻被習慣於後現代生活的線民們解構成一樁娛樂事件。不過，這倒是一種必然，也是新形勢下新聞宣傳工作面臨的一種尷尬。

　　我們來分析一下當事人小學生張同學的話語方式。她在接受央視採訪時說：「上次我上網查資料，突然彈出來一個網頁，很黃很暴力，我趕緊把它給關了。」我們可以分析一下，看到一個網頁「很黃暴力」，會是什麼樣的東西？我個人看來，這肯定是強姦，因為只有這個詞才能充分體現「黃」和「暴力」兩層意思。但我們的張同學又說了，是「突然彈出來一個網頁」，由此可以推斷，她智慧超群，看到了一張照片就能斷定是強姦。而更令人驚訝的是，她才年僅十三歲，而且還是小學生。

　　費力來分析張同學說話的方式和內容，我的用意在於說明，她說的這句話根本就不是她本人的話，而是央視編導（記者）的話。對於一個十三歲的女孩子，即便她深諳世事，但在攝影機前大膽而義正辭嚴地說「很黃很暴力」也是極不可能的。我一直想，如果媒體有機會，一定要問問這位張同學，經歷是不是自己的，這句話是不是她本人的心裡話。而在本人看來，有八九成的可能是為了宣傳需要，從而讓一個小學生把成人的意圖給表達出來。如果我的這個推斷成立，那麼，被惡搞的張同學只是一個悲壯的犧牲品。看《新聞聯播》久了，我想沒有一個新聞研究者沒有將它改名為「宣傳聯播」的衝動。正是這種為了宣傳而宣傳，不用事實說話，卻進行高舉高打的斷語式宣傳，所以與普通民眾相隔越來越遠。如果這樣的思路不變，沒有張同學，也會有李同學、朱同學成為人們惡搞的炮灰。

　　「說真話，說實話」在巴金晚年反思的主題。當文藝界的人們在反思的時，我們的宣傳工作者和新聞從業人員卻對此想得很少。不能不

說，這是人民的不幸，也是時代的悲劇。看起來，這只是一個工作方式問題，實則這會影響一個民族的智性的培養與提高。一個優秀或先進的民族肯定是有思想的民族，而在認識上也會是多元的。對一句話的不斷惡搞，我覺得顯然不是針對張同學，而是針對的是她身後那後黑手們。

2008 年 1 月 22 日

為什麼是媒體？

　　十月上旬，有報導說某某人被判有期徒刑十三年。他是因假借央視《焦點訪談》記者之名大肆行騙，金額近三十萬。以某某知名人物的七大姑、八大爺的名義或以許之利益誘惑的方式騙財騙色的報導我們見多了，假媒體之威違法犯罪的案例近年來也時有所聞，但為什麼媒體成了可以利用的「由頭」？這是值得我們三思的。竊以為，這是和媒介的神化與異化分不開的。

　　在我國，新聞媒體屬於公共財產，民有、民治、民享是題中應有之義。正因如此，新聞事業是黨、政府和人民的耳目喉舌，不只有上情下達，也下情上傳的功能。而以記者為主體的新聞工作者只是政府和民眾的橋樑與紐帶，並沒有成為西方新聞學者所謂的「第四勢力」。

　　新聞學辭典對新聞職業的特徵是這樣描述的：能夠及時、敏銳地反映社會時局的變化；能與社會生活、人民群眾保持廣泛聯繫；作為喉舌、工具有很強的針對性；作為輿論的代表，有很高的權威性。不料個別新聞工作把輿論代表的權威性作了金字招牌，以有償新聞、敲詐、勒索等形式牟利的並不鮮見。所以我們今天看到有人扯媒體的虎皮讓「謀利」唱戲應直歎其高明之至。——這比假借某人的親戚斂財更見效果。誰也不知需要幫助的弱勢群體有多大，有罪惡行徑難得睡個安穩覺的人有多少。在這種情形下，媒體自身和公眾都有把媒體神化的傾向，自覺不自覺地賦予其無上的權力。

　　然而在理論上，弱勢的良民完全可以無償借用「民有」的媒體呼籲、抗議或尋求資助等等，然而事實並非如此簡單，因為部分媒體早已官派十足，自認為高人一等，「有權不用，過期作廢」，只管創收，哪有扶弱的惻隱之心？！按說睡不著覺的人總知道「若要人不知，除非已莫為」的樸素道理，即便擺平了「輿論監督、群眾喉舌，政府鏡鑒，改革尖兵」的《焦點訪談》之類的，又怎能達到「防民之口」的境界？但巨大的利益（如自己的位置、票子、房子、馬子之類）驅動還是讓一大

群隊伍邁上「公關」媒體的征程，因為在很多時候真是「一切皆有可能」！

所以竊以為，新聞媒體對假冒記者們的前仆後繼也負有不可推卸的責任。新聞隊伍中的一些人喪卻良知，久居鮑魚之肆而不聞其臭，使一些新聞媒體離普通民眾越來越遠，且留有「一顆耗子屎，壞了一鍋湯」的惡果。五十多年前，劉少奇同志在對華北記者團的談話中，提出新聞工作者必備的四個條件，第一「要有正確的態度」，全心全意為人民服務。現在真是有重提的必要了，以促使我國的新聞媒體回到其本義上來。

一八八三年，美國新新聞事業的創始人普利策在《世界報》的發刊詞宣稱該報將站在人民一邊，不依附財富勢力，它將揭露一切欺騙與無恥行為，反對一切公共弊端，為人民的利益而奮鬥。隨後該報以揭露社會弊端，發動改革運動，贏得了聲譽。同樣，在一百多年前，馬克思、恩格斯在評論法國出版法時說：

> 以前，報紙是作為社會輿論的紙幣流通的，現在報紙卻變成了多少有點不可靠的單戶期票，它的價值和流通情況不僅取決取於開支票者的信用，而且還取決於背書人的信用。

如果我們的新聞媒介都到了如此地步，那該是多麼可怕而可悲的事情！我們不要神化的媒體，異化的媒體，我們只要平民的媒體，有法可依的媒體（媒體及從業者的權責利有章可循）。

2002 年 10 月中旬作於定福莊南里

木子美現象的反思

　　木子美已成了一個網上網下的風雲人物了，據說這位二十五歲的編輯早在六月十九日，就開始在網路上公開自己的私人日記，自稱「過著很自得的生活」的她「工作之餘又有非常人性化的愛好──做愛」，於是日記一如她在某畫報上開設的性文字專欄，通體都是性的愛。

　　照她在小資（可謂小眾）媒體碼文字，或在網上張貼《遺情書》，我想影響面還是有限的，畢竟線民雖多，而網上資訊氾濫，想必「木子美」也只是一個小圈子的談資而已吧。但她顯然不會滿足於此，在十一月四日，新快報記者致電要求「採訪」時，她雖煩躁地說：「希望你們不要寫我，不要報導我了！我不希望媒體再來寫我了！」她卻說道：「我也是個記者，我知道（你們為什麼要採訪我），以前我就是因為考慮到是同行，配合了很多媒體的採訪，但現在我的私人生活受到了太多的干擾！現在很多人跑到我的博客（網路日記）上亂說，攻擊我！我不想再配合了！」

　　說得好，「我也是記者」，這當然暗示著她有著高超的「新聞策劃」的技巧：在文章中曝光了她與著名音樂人王磊在一家酒吧中做了一次不太成功的愛，並公開發表了出來，以此提高注意力，然後才有十一月十日《新聞週刊》和十一日新快報的報導，以及《時尚健康》十一月號的文章及《名牌》雜誌（10～11期）的訪談和照片，如此密度實屬罕見。另外，雖在博客上關閉了個人主頁，卻於十一日在榕樹下發表《遺情書（一）》，並於十二日發表《遺情書（二）》，憑這兩篇文章當上了「狀元」，還開通了貼著照片的個人主頁。又有搭東風的《遺情書》一書出版。

　　張愛玲說，出名要趁早。木子美年方二十五，顯然知道「歲月不饒人」的吧，所以就動用自己的身體實踐寫作，憑藉專業學習來的「真實寫作」及「有聞必錄」，成就了自己的名氣，以及坐收漁利之樂。而在這一過程中，我們的新聞媒體，是說，還是不說？

　　中國人民大學社會學教授周孝正指出：「木子美現象並非個體現象，它只是中國社會中新興的缺少社會責任感的群體代表。」這樣的定

性應是我們正處的時代背景，而對於我們的媒體來說呢，這毋寧說是隨處不在的考驗。法國社會學家布林迪厄在《關於電視》中精闢地指出：社會新聞，這向來是追求轟動效應的傳媒最鍾愛的東西：血和性，慘劇和罪行總能暢銷，為抓住公眾，勢必要讓這些佐料登上頭版頭條，佔據電視新聞的開場……電視的象徵行為在新聞方面表現在把注意力放在能吸引公眾的事件上，我們把這類事件稱為「公共汽車」，意即服務於全體大眾……「公共汽車」式的新聞不應觸犯所有人，沒有風險，千篇一律，不會產生意見分歧，讓所有人都感興趣，但採取的做法，便是不觸及任何事關重大的東西。所以我們看到，當王吉鵬大舉抵抗網路色情的旗幟時，網路媒體與傳統媒體都在跟進，形成良好的效果；而在這樣一次新聞同行策劃的以「色」取勝的炒作中，我們的媒體則又趨之若鶩。

所以正如皇馬中國行一樣，不是我們要不要報導的問題，而是如何報的問題。在新聞資訊的傳遞中，我們理所應當奉行新聞專業主義，即「要求客觀、公正、平衡的報導方式和實事求是、通情達理的評論方法。這是新聞媒介的報導和評論獲得公信力的有效途徑，採用專業主義的方式方法有利於新聞媒介獲得更多的公眾支援，發揮更大的社會影響。」（郭鎮之語）在這個現象的報導中，我們理應摒棄獵奇心理，不要「有聞必錄」，以摘錄其「日記」為樂，而更應讓各行業（特別是社會學）的專家以及青少年問題專家作充分的探討，擔當起大眾傳媒的責任，並著力倡導正確的世界觀、人生觀和價值觀。

木子美還在生活中「美」著，她說「本來，任何標籤對我都是無意義的」（《遺情書·自序》），這當然是矯情的一種表達，新書的〈跋〉裡寫編者的手札很直率：「一路讀下來，讀到的似乎只有，性愛」。這還是把「很『色情』與很『低級』的性專欄文章捨棄了大半（雖然我個人很喜歡）；部分與男人最真實的交流但也涉及『色情』的小說內容也作了刪節（雖然也是我個人喜歡的）。所以它是一本比我想像中乾淨的書」。

她的那双眼睛期盼地盯著大夥兒呢，讓我們跟著她的「性」一起「愛」下去吧……

玩弄媒體是容易的

　　身為一個媒體工作者，我總是自感淒涼：我的這一類人，怎麼會是這樣的東西呢？難道我這一生註定要成為一丘之貉嗎？有這種感覺，主要源自媒體記者太容易被人騙了。如果按照某人的說法，記者就是「雞」（我更情願用性工作者），有賤性，說不好還主動脫褲子呢。用多年前我闖蕩江湖時愛學說的話，「膽子放大一點，褲子脫下去一點」。

　　然而我竟不料，那麼多媒體人會傻到低智的地步。當然，很多時候，他（她）以為比路邊睡覺的乞丐聰明了很多檔次。但事實卻往往不是這樣的。

　　還是舉幾個例子吧。今天胡玫借何東的口說不拍《紅樓夢》了，意思是其他片約多狠了，且李少紅是她同學、朋友，自己放話自組隊伍拍時並不知道少紅也要拍。如果通過一個出氣筒的這些話都是「原聲」的，那麼，諸君可以看到胡大導演之前一系列的表演，我們就知道她是怎麼樣的人。另外，我一直對何東不感冒，也就是一個娛記出身，憑偶爾一兩次出位的採訪就自認為是大記者了，妄想把自己給明星化了，真是有海量。之前胡玫說不用選秀出來的小孩們演戲，也是他最先整出來的，而胡玫本人並不接受記者採訪，他於是儼然成為其「耳目喉舌」了。很早之前我就知道，他哥叫何新，曾風雲一時，大夥兒可以百度一下，而胡玫則是何新的老婆了。

　　看這種拙劣的表演真沒什麼意思。我有一個觀點是網路降低我們的道德標準。所以一些平日可能是正人君子的人會在網上成為惡棍，不看A片的人會狂下載此類小片。但人一家人在網上表演沒什麼問題，各位傳統媒體記者的立場何在？我的看法是，何東成了各報社的老闆了，他說什麼，大家就信什麼，也就登什麼。聽到風就是雨，解決了工作量和收入問題，好像也無損於他人健康。

　　這幾天還有幾個例子，最讓人髮指的是一個什麼中國作家實力榜。瞅准了，製作者叫吳某某，「中國作家富豪榜制榜人。一九八四年十二月生於湖北紅安。高中二年級退學寫作。次年春天北上，從事編輯工作。二○○四年加入物主義詩歌團體，曾為《財經時報》封面報導記者。」諸位，我並不會對學歷低的人有意見，但對一個二十三歲的人來主持這樣的「宏大敘事」總是有疑心的。比如，他現在身分是什麼？我們不知道，他也不說。那麼他為什麼要做這樣一個行動，有何目的，我們也並不清楚。再加上上次做的中國作家富豪榜引發的巨大爭議，我們是不是把他當成一個策劃人更合適？更讓人看不懂的是，他請的全是評論家來提名：

> 文學評論家朱大可、張閎、謝有順、葛紅兵、何三坡、解璽璋、
> 陳曉明、白燁、李建軍、唐曉渡。

　　這些人中，有些人我是知道的，有的人第一次知道名字。而其中不少人都是頗有爭議的，水平不高倒也罷了，多有譁眾取寵之輩。在「實力」二字如何定義都沒搞清楚之前，再找一批權威性欠缺的人評論家來摻合，實在不知葫蘆裡賣的什麼藥。讓人驚訝的是，居然新浪還做了一個專題。真有惡搞的意味，而新浪幹的好事倒也不多。我們的傳統媒體的記者們又盯不住了，開始報動態，偶有從質疑角度報導的，但最終還是被人利用來宣傳該策劃活動。

　　魯迅先生多年前說他不憚以最壞的惡意來推測中國人，我想在時下這樣的亂世裡應該重提吧。上週，影片《茶色生香》的製片人韓軼發郵件給我，說富大龍買兇殺人。我之前採訪過富本人，對他有一定的瞭解，也有他的聯繫方式，看過韓的郵件，我一笑了之，根本就沒有去求證，也沒有寫稿子。因為我知道，在這種事情上，記者根本無法查出真相，因為我們不是法官。那麼，這樣的案子讓法院去辦就完了。但今天我才發現，北京及外地多家媒體還是報導出來了，雖然是雙方的說法都有，相信讀者看完會和我一樣，一頭霧水。而且讀完感到很無益。

　　想起當年我黨主辦的《新華日報》在重慶國統區裡，以「有聞必錄」的新聞原則對抗國民黨的新聞審查制度，結果有了真實的聲音出

來。這麼多年過去了，現在一些報紙卻開始以「有聞必錄」作為自己的操守，不料卻愚弄了讀者，也作賤了自己，這是怎樣的悲哀？

2007 年 9 月 19 日

腦白金廣告狂播有原因

　　在各行各業「及時預警、科學決策、統籌兼顧」的大背景下，有些政府主管機構卻不擅長這一招，多是採取「亡羊補牢」式的方法，「兵來將擋，水來土掩」，而取得的效果當然了了。國家廣電總局算是一個突出的典型。近年來以禁令名義下發的通知不計其數，總是樂於擔任「救火隊長」一職。

　　據新華社的消息，國家廣電總局社會管理司副司長任謙七月三十日在揚州召開的全國「城市電視台廣告經營管理現場交流會」上說，雖然一些醫藥廣告有批文，但實際播出內容是被篡改過的；目前廣播的健康座談節目和電視台的醫藥短片廣告中，很多都是利用患者的名義和形象作證明，這都涉嫌違反《廣告法》。他還舉例說，根據舉報，觀眾對「腦白金」的「今年過節不收禮，收禮只收腦白金」和「黃金搭檔」的「送老師、送親友、送領導」廣告很反感。「一個很純潔的小孩，知道什麼是送禮啊？（這些廣告）會誤導下一代的社會價值觀念，對未成年人的影響非常惡劣。……應該讓企業換別的版本來播。」

　　「腦白金」的廣告由來已久。《市場報》二〇〇一年三月十七日第六版就發表了措辭強烈的意見，「雖然腦白金的幕後策劃大師史玉柱一再在媒體上求饒：『求求你們別再罵我們的產品了！我們的命根子在腦白金。』但是，企業家的社會責任感哪裡去了？」而最可探究的是，為什麼我們的電視播出機構至今仍在播類似的「送禮」廣告，讓人頓時有罵「腦殘」的衝動。

　　腦白金廣告的創意很簡單，廣告語可以說很惡俗。但是上至中央電視台，下至各省級衛視，播出頻次實在讓人驚歎。這倒正應了中國是一個「禮儀之邦」的國度。有意思的是，廣電總局在七月下旬公布了首批「廣播電視廣告播放行業自律示範單位」，央視等三十家播出機構赫然在目。按該局的說法，這些機構在廣告經營播放活動中執行國家相關法律法規較好，未受到因嚴重違規被廣告主管部門通報批評等處罰；注重

行業自律建設，內部各項管理規章和機制較完善，並能自覺接受社會監督。我們無從知道，腦白金廣告這麼多年，是否連一個舉報都沒到過這些播出機構。

其實按照我國《廣告法》的規定，「廣告應當真實、合法，符合社會主義精神文明建設的要求」。此外，縣級以上人民政府工商行政管理部門是廣告監督管理機關。但作為廣播電視廣告播出的渠道管理機構，國家廣電總局相關官員發出對廣告內容的意見倒也無可厚非。但是，廣告製作單位怎麼創意是自由的，但能否在廣播電視播出，這顯然有賴於廣電管理部門的把關。

聯繫到廣電總局近年來的表現，一種現象讓我們難以解釋：總是出了事故才出「馬後炮」式的結論或補救式措施。遠的有「第一次心動」的播出事故，近的有湯唯因出演《色‧戒》而被「封殺」事件。這就非常值得反思。規則是既定的，卻在處理方式上難以一視同仁，甚至「出爾反爾」。從這個意義上說，有法可依是一回事，及時而公正地執法倒是重中之重。對有監督管理權力的國家有關部門來說，這應是通用的規則。

2008 年 8 月

「負面」的標準由誰定？

　　二〇〇七年十一月的幾期《南方週末》評論版上，有幾篇關於「負面報導」的文章刊載，要旨是為這類報導正名。而在我看來，出現這一現象最重要的背景是，「負面報導」能見諸媒體的太少了，從而形成「全國一片紅」的假象，害莫大焉。作為一個研究者，我本人更願意深究的是，究竟是誰在制定「負面」的標準？到底誰有資格制定標準？

　　在學術圈，「負面報導」是擺不上檯面的一個概念，因為它含義模糊，只是屬於一個價值判斷的定義，因此主觀色彩濃厚。而之所以在官方和實務界成為一個通用詞，應該源於李瑞環在一九八九年十一月召開的全國新聞工作研討班上作的題為《堅持以正面宣傳為主的方針》的講話。用一句話來說，在他眼中，「正面報導」就是弘揚主旋律的報導。不過，在講話中，他並沒有提到「負面報導」這個詞。而慣於「二分法」的人領會倒挺快，就生造了「負面報導」一詞。

　　在李瑞環的講話中，並沒有否認不要所謂「負面報導」，而是指出批評性報導一樣可以做。這種實事求是的觀點其實是官方和實踐者多年的共識。比如一九五八年一月毛澤東關於辦好廣西日報的一封信中，就提到「一張省報，對於全省工作，全體人民，有極大的組織、鼓舞、激勵、批判、推動的作用」。其中「批判」二字言猶在耳。新華社名記穆青早在一九五六年就寫過一篇〈應該增加一些報導問題的新聞〉的文章，提出「新聞是一種輿論，輿論的力量就在於不斷地從生活中提出迫切的問題，來引起群眾和有關部門的注意，促進問題的解決。」

　　那麼，為什麼建國以來優良的新聞傳統被一些曲解和誤用了呢？那是因為有錢的人怕財富失去，當官的人怕丟烏紗帽，所以不少有權有勢的當然要抵制「負面新聞」了。所以他們一言九鼎，一句話就可以「封殺」「負面新聞」，讓陽光歸陽光，陰影歸陰影。

　　但問題是，有權有勢就有權力來劃定新聞「正面」、「負面」的標準嗎？非也。這在西方資本主義國家都是不可能的，更何況中國是一個

講究民主政治的社會主義國家。在共產黨的十七大報告中,胡錦濤明確指出,「落實黨內監督條例,加強民主監督,發揮好輿論監督作用,增強監督合力和實效。」他還在「堅定不移發展社會主義民主政治」的專章裡提出,要保障人民的「知情權、參與權、表達權、監督權」。顯然是把人民當家作主的本意作了細化,而作為黨和政府及人民的耳目喉舌,新聞媒體的權利和地位也得以強調。

事實上,在建設和諧社會的進程中,那些不和諧的人和事最容易為廣大的群眾發現,而他們可資使用的公開渠道除了司法外,最重要、最便捷的就是大眾媒體。同樣,作為國家發展和建設進程上的一隻隻「牛虻」,新聞媒體更多時候充當了瞭望塔,能及時發現暗礁和陷阱。群眾雪亮的眼睛和媒體的專業角度正好可以形成輿論合力,並實現中國良好發展的目標。

毛澤東曾說,「人民,只有人民,才是創造歷史的動力。」而對新聞來說,「防民之口,甚於防川」。對一條新聞是「正面」還是「負面」,不是看報導對象的價值判斷,而應是秉持「老百姓心中有桿秤」的理念。只要新聞媒體的報導沒有違反現行法律,沒有違反成文的紀律,就可以刊發和播出,而不應時常大棒在手,一個電話、一個傳真就把「不得報導」的指示落到實處。這種粗暴、簡單的工作方法,其實就是不折不扣的「人治」作風,不折不扣的「喜鵲文化」產物。而這背後更多的是「公器私用」,倒是另一話題了。

狗一代
——一個新階層的誕生

世界變化快，所以很多東西是我們無法預料的。記得在我上高三時，鄰居的小兒子在成都地質大隊工作，拿了一個大哥大回到鄉下，那時候這玩藝兒值一萬塊錢。不過由於我們的大院子正好在山坳裡，信號實在是太弱了，所以我二叔借用時必須跑到半山坡上高聲喊叫。我想不到的是，五年後，我工作一年的時候就花了兩千元買上了手機，輕巧且還是全中文顯示的。另一個沒想到的是，一九九四年上大學，四年裡對電腦的認識是 DOS、WIN 3.1。大學畢業一年後才知道 WIN 98 當道並開始使用互聯網。

最大的意外是，在二〇〇二年，我重回校園，開始新聞研究工作，卻已告別了紙與筆：電腦與網路已經成為必須品。從那時起，一想到需要查詢的資料，Google 這個東西就成了首選工具。在這種情況下，寫論文似乎不需要腦子。當我們閉眼冥思片刻時，你是否會猛然發現，我們已經離不開 Internet，離不開 Google 們了？

我把那些有著網路依賴症的人稱為「狗」一代，這個「狗」，你當然可以認為是 Google 的發音，但放眼開去，它更像是網路時代「沒有人不知道你是一條狗」的圖騰代稱。

首先需要指出的是，「狗」一代的描述沒有誇張成分，因為無論從形態上還是從精神上，無論男女，無論老幼，他們在電腦前都像極了甩動毛尾巴的一條狗。

狗一代事實上是社會階層的一個類別，它的形成基於如下主要特徵：

1. 生產和消費離不開網路。網路已經像毒藥一般滲透入狗一代的血液中，他們忙時、閒時想到最多的就是用電腦，上上網。廢寢忘食不悔與網相戀；

2. 從精神氣質上來說，狗一代算是有些先鋒（不算另類）的一批人。據 CNNIC 報告顯示，截至二〇〇四年六月三十日，我國上

網用戶總數為八千七百萬。這對於全國十三億人來說，對於還有那麼多將「網」認作蜘蛛網的同胞來說，這顯然是九牛之一毛，因而也有維布倫所指稱的「誇示性消費」傾向。維氏指出，「舉止文雅、維持有教養的生活方式，是遵守誇示性有閒與誇示性消費準則的具體表現」。狗一代誇耀的是自恃時尚與新潮的網一代，而與電腦的親密關係成為這個階層最根本的標誌；

3. 狗一代宣稱沒有時間翻閱印刷書籍，只會掃幾眼電子書，用眼睛在網路世界巡遊，三天兩夜也不累；

4. 在我們生活的資訊社會裡，狗一代將資訊的儲存權從人腦讓位給電腦，所以頭腦空空。書到用時方恨少，卻在網路資訊庫裡取一瓢即可打造出煌煌巨著來。他們借助唾手可得的公共資訊，拼接成自己的獨立產品，然後四處兜售，一天後就已經不知文章所雲。

對狗一代來說，書離他們越來越遠。那些秉燈夜讀的生活更像是一個神話，在視覺文化主導的時代裡，眼睛總是不夠用，美女圖片、MTV 和動漫們勾引著他們，那些煽情的標題吸引著他們，那些邊緣的文字帶著色彩就像野花一般召喚男男女女們。

對狗一代來說，電腦從僕人變成主人。馬克思就是偉大啊，所以叫導師啊。他老人家百年前提出的「異化」理論在狗一代身上又應驗了。當人類鬥志昂揚地發明出這些高科技產品時，並沒有想到，為自己的服務的「狗」卻讓自己真正成了一條狗，這怎是一個「驚」字了得？

對狗一代來說，地球照轉，太陽照亮，正如心似 F1 賽車在資訊高速路上飛馳，忘掉自己姓甚名誰，忘掉手長還是腳長也不足惜。他們讓螢光打在蒼白的臉上，雙手靈敏，頭腦虛置，思維的觸角漫無邊際。

對狗一代，我們能說些什麼呢？四年前，我蝸居在華中一個小城市裡，反覆聽樸樹的第一張專輯。主打歌《New Boy》中對新世紀是這樣展望的：「穿新衣吧，剪新髮型呀，輕鬆一下 WINDOWS 98……快來吧奔騰電腦，讓它們代替我來思考……」這更像是一個末世寓言。所以在電視節目中，李敖驕傲地說：「我是末世人腦，而你們都被電腦給控制了。」他號稱在同齡人中讀書是最多的，一般人能達到他閱讀量四分

之一就不錯了。這個喜歡橫批豎罵的搗蛋鬼，無論書房還是客廳堆的都是書，而他最大的能耐是活學活用，所以有資格說三道四。

「狗一代」這個標籤，光鮮而廉價，一不留神，它就飄落在你我的背上，跟著我們衰竭，然後老去，最後駕鶴西去。

這是誰的悲哀呢？

2005 年 4 月 9 日

吹哨人與社會良性運轉

　　三鹿問題奶粉事件，推倒了國產奶粉的第一張多米諾骨牌，從而揭開了一個食品行業潛規則的遮羞布。不過，在這一事件中，值得我們深思的地方非常多。其中，最大的疑問是，據國家處理奶粉事件的領導小組調查發現，三鹿早在二〇〇七年十二月即陸續接到消費者關於嬰幼兒食用三鹿奶粉出現疾患的投訴。但問題是，為何遲至今年九月才經媒體大面積報導才得以曝光？從這一點出發，本人認為西方多國通用的「吹哨人」制度值得借鑒。

　　我們先來看看，三鹿問題奶粉事件發展的脈絡：三鹿早在二〇〇七年十二月即陸續接到消費者關於嬰幼兒食用三鹿奶粉出現疾患的投訴。公司在今年六月份就發現產品中非蛋白的氮含量異常，確定產品中含有三聚氰胺，但在八月二日才上報石家莊市政府。央視《新聞聯播》報導稱：「在二〇〇七年十二月至二〇〇八年八月的八個月中，三鹿集團公司未向石家莊政府和有關部門報告，也未採取積極補救措施導致事態進一步擴大。」而石家莊政府在八月二日「雖然採取了一些措施，但直至九月九日才向河北省政府報告」。而且在「八月二日至九月八日的三十八天中，石家莊市委、市政府沒有向省或中央國務院做過任何報告，違反了有關重大食品安全事故報告的規定」。在這一事件中，還有一段插曲，最早對外披露中國地方政府瞞報的不是中國公民，而是新西蘭總理克拉克，她告訴新西蘭電視台的《早餐》節目，擁有河北石家莊三鹿集團 43%股份的新西蘭乳業巨頭恒天然（Fonterra）「嘗試了幾個星期」要求中方回收有問題的三鹿產品，但不得要領：「中國的地方當局拒絕這麼做。」她本人九月五日得知此事，三天後就下令新西蘭官員越過河北地方當局，知會北京有關部門。

　　再看內地媒體的報導，九月九日，名為〈十四名嬰兒同患「腎結石」〉的報導出現在《蘭州晨報》上。因為報導未點明品牌名稱，旋即在網路世界大量轉載，眾網友「強烈要求公布是何品牌奶粉！」九月十

一日，事件升級，《東方早報》率先報導禍首為「三鹿」奶粉。九月十一日，新華社發文，清楚指出三鹿公司已發表聲明，自稱公司二〇〇八年八月六日前生產的部分批次奶粉受到三聚氰胺的污染並全部召回。自此，全球各大媒體關於三鹿問題奶粉的報導大面積爆發。大家可以清楚地看到，《蘭州晨報》的報導時間正好在「知會北京有關部門」的第二天。

那麼，為什麼這麼大的事情此前就沒有媒體報導呢？從事後的抽查來看，加入三聚氰胺早就是奶業的潛規則，為什麼沒有內部知情人士或受害者站出來舉報呢？本人認為，這就與中國內地對舉報人的保護不利有關。在西方，不少大案要案都是線人舉報而挖出來，有的甚至影響了世界歷史。這主要歸功於不少國家的良好的「吹哨人」制度。吹哨人（Whistle-blower）在英語裡指的是揭發內部違規的人。《華盛頓郵報》二〇〇六年四月十六日的頭版在報導波音公司的新聞時，所寫的標題就是：「Boeing Parts and Rules Bent, Whistle-blowers say」，意思就是「據揭發，波音公司零件不合格，管理制度鬆懈」。僅就美國而言，吹哨人就曾擔綱起歷史的重任：前美國國務院分析員丹尼爾・埃爾斯伯格，一九七一年向《紐約時報》等媒體提供了後來眾所周知的「五角大樓文件」；真實身分在二〇〇五年曝光的「深喉嚨」，前聯邦調查局副局長費爾特是《華盛頓郵報》一九七二年「水門事件」報導獲得成功的關鍵人物之一；一九九四年，美國第三大煙草公司布朗與威廉森煙草公司不久前被解雇的研發部副總經理、生化學家傑夫里・威甘德，向哥倫比亞廣播公司的《六十分鐘》節目披露，該煙草公司刻意對消費者隱瞞產品中含有對人體有害的成分。在安然公司倒閉後，美國於二〇〇二年通過保護投資者法案，並且特別加進了保護吹哨人的條款。目前，美國《「吹哨人」保護法》在四十多個州適用。目前，拉美等許多國家希望「政府問責項目」幫助它們起草本國的「吹哨人」保護法。

正是有了良好的「吹哨人」制度，在美國，負責證人安全專案的機構就有四個：聯邦馬歇爾辦公室負責證人的安全、健康；司法部執行局負責證人進入專案的確認；聯邦監獄局負責強制證人的監管；聯邦總檢察長辦公室，對進入項目的具體案件作最後審批和確認。各個部門相互

協作、密切配合，採用整容、改變住址甚至移民等多種手段，來確保證人的安全。這樣的制度設計，顯然可以鼓勵更多知情者勇敢地站出來，揭開黑幕。而對於該制度，內地顯然是缺失的，「舉報人屢遭報復」類的新聞常見報端，有識之士則曾撰文分析「從鄭筱萸案看我國舉報人保護的缺失及立法的緊迫性」等。

　　事實上，隨著社會分工的細化，做為社會原子的人在知識結構上必然是「跛腳巨人」，也就是在個人知識範圍外就是一個文盲。我相信，此次要不是三鹿問題奶粉事件，全社會中很少有人知道世界上還有三聚氰胺這樣一個東西，更不用說它有什麼危害了。從現實情況和最佳效果來看，各行各業的專業人士其實就是最佳的「吹哨人」。想想看，如果奶業從業人員能向相關部門或是新聞媒體報料，指出摻雜三聚氰胺的潛規則，受其影響的天下嬰兒該會減少無數，拙劣的「行規」自然也會提前終止。

　　可以說，正是有千千萬萬的「吹哨人」，一個健康的社會才得以正常延續。不過，這還只是一個重要方面。依據西方的經驗，「吹哨人」在社會中並不孤獨，他們都有很強的民意在支持，而作為「社會公器」的大眾媒體則能夠給「吹哨人」以吶喊的舞台。從這一點說，中國內地的媒體在社會擔當上，還應有更大的作為。

2008 年 9 月 23 日

奧運開幕式評論：勿害孩子　救救大人

　　北京奧運會開幕式通過中國傳統文化與現代技術的結合，讓中外觀眾開了眼界，也引來好評不斷。不過，新近爆出的兩條消息，卻讓人們大跌眼鏡：《歌唱祖國》並非林妙可所唱，聲音為一位七歲的小女孩楊沛宜；開幕式中壯觀的貫穿北京的「腳印」焰火看似實況圖像，實際上是事先錄製好的、經過電腦特效處理的鏡頭。我不知道別人怎麼看這兩條新聞，於我，內心裡是出奇憤怒：就像進豪華餐廳裡點了一桌「滿漢全席」，吃完後，事後卻被告知所有材料都是人工造的，而非取自天然。這和吃了蒼蠅的感覺沒什麼區別。不過，也得感謝如陳其鋼和高曉龍這樣有良知的「廚師」，能把「大餐」的真相告訴我們，雖讓人心生憤怒，倒有識見打破鐵屋子的勇士的驚喜。

　　其實對中國電視節目或演出的作假，吾國人士應該早就習以為常。幾年前，崔健就曾發起「真唱運動」，在宣言中稱，「假唱的最大危害在於破壞歌壇真正的遊戲規則，設置了一種潛規則，讓音樂依附於強勢傳媒」。這裡所稱的「強勢傳媒」就是中國的各大電視台。二〇〇五年，新修訂的《營業性演出管理條例》明確指出，以假唱欺騙觀眾的，為演員假唱提供條件的，將被公之於眾；演出舉辦單位、文藝表演團體在兩年內再次被公布的，由原發證機關吊銷營業性演出許可證；個體演員在兩年內再次被公布的，由工商行政管理部門吊銷營業執照。

　　不過，奧運開幕式演出似乎在不屬於「營業性演出」，所以完全無視該《條例》的存在，而且還有一些宏大的理由。陳其鋼在接受北京人民廣播電台採訪時表示：「我想全中國的觀眾和聽眾應該理解，這是為了國家利益。」以「國家利益」和「對外形象」，就可以無視全世界四十億觀眾的權益，用虛假的「滿漢全席」來蠱惑觀眾，就可以無視楊沛宜這樣一個天真無邪的小女孩的價值，並不加任何說明。這跟盜竊和搶劫有什麼區別？用虛假的焰火來示人，而不向世人說明，這和當年中國的「假大空」宣傳有什麼區別？魯迅先生在《狂人日記》的末尾這樣怒

吼：「沒有吃過人的孩子，或者還有？救救孩子……」半個多世紀過去了，我看時代主題應該變成「勿害孩子」和「救救大人」了。「勿害孩子」，就是不要把成人的一些莫名規則加害於少年兒童，免得過早地沿襲了成年人世俗和功利的習氣，導致「童年消逝」的悲劇。對於「救救大人」，這是對於每一個中國人來說的，這是大有言說的必要。

正如捷克前總統哈威爾所言：「假如社會的支柱是在謊言中生活，那麼在真話中生活必然是對它最根本的威脅。正因為如此，這種罪行受到的懲罰比任何其他罪行更嚴厲。」而暢銷小說《追風箏的人》中，作者借一個父親的嘴說，「當你說謊，你偷走別人知道真相的權利。當你詐騙，你偷走公平的權利。沒有比盜竊更十惡不赦的事情了」。可見說謊是多麼大的罪過。這也難怪巴金先生晚年以《隨想錄》這本「講真話的書」贏得了中國人的尊重。

英國《金融時報》八月十三日的社評題目赫然為《奧運何須作假》，其觀點是「奧運賽事無需作假就足夠壯觀了」，但遺憾地是，公然做假給西方人一個印象，「中國是由一批控制欲很強的人組成的」。忠言逆耳，在我們反思億萬觀眾面前做假的現實時，翟學偉先生在《中國人的行動邏輯》一書中描述的「中國人的臉面觀」有了具象。在他所說的有臉有面子、有臉無面子、無臉有面子和無臉無面子四類中，奧運開幕式本是中國人「有臉有面子」的一種努力，最終最換來無臉無面子的境地。

所幸的是，謊言終究不長久，真相終會大白天下。就像一個孩童成長路上的障礙和驚險一樣，奧運開幕式做假對一心想做大國國民的中國人來說，當是非常好的一課。其中，誠實、禮節當是核心要素。

2008 年 8 月 13 日

讓北大三角地消失沒道理

據十一月一日京城多家媒體報導：

> 曾作為北大「民間資訊發布中心」佇立了至少十幾年的北大三角
> 地海報欄近日被拆除。昨日北大有關負責人介紹，隨著時代的變
> 遷，資訊傳播主要借助網路進行，海報欄已漸失資訊集散的作
> 用，反而充斥著一些商業招租廣告等，與北大整體環境不符，所
> 以在環境整治中被拆除。

北大三角地由於是「民間資訊發布中心」，在重大事件產生時往往
就成了一個輿論爭鋒的平台，近於哈貝馬斯所說的「公共領域」。漢
娜‧阿倫特在《人的條件》一書中，將公共領域比喻成許多人圍坐在一
張桌子前，這張桌子將每個人都彼此聯繫而又相互分隔，公共領域就是
這張桌子，它的功能就是將這些人作為獨立的個體聯繫起來。很不幸，
北大佔地 2,661,581 平方米（3,992.277 畝），卻容不下三角地這張幾十
個平方的「桌子」了。

回溯歷史，在文革中，第一張馬列主義大字報就是在「北大三角
地」張貼的。從這個意義上說，它也是一個歷史圖騰，應該加以保護才
是。就算是作為中國慘痛教訓的一個見證者，北大三角地也應有作為一
個見證者的歷史地位吧。但正如李安先生在接受媒體採訪時說的那樣，
「中國不留東西，現在要拍七、八十年代的戲，找道具都找不到了」。

用北大官方的說法，之所以拆除三角地，是因為「隨著時代的變
遷，資訊傳播主要借助網路進行，海報欄已漸失資訊集散的作用，反而
充斥著一些商業招租廣告等，與北大整體環境不符，所以在環境整治中
被拆除」。這種說法顯然站不住腳：如果說是由於內容太過商業化，就
把它拆除，就如同把洗澡水和嬰兒倒掉一樣可笑，而且從管理角度，對內
容進行分類管理並不是一件難事；而對資訊傳播僅就借用網路來進行就可
以，那我看長安街大街上的報欄和宣傳語都可拆了，讓大家上網就行了。

　　而用民間的說法，北大三角地曾經或正是大眾發表見解，表達觀點的民主地。但在一些管理者看來，它和當年的西單民主牆一樣，是「洪水猛獸」，所以毋寧讓它銷聲匿跡，以求「政治正確」。二○○三年，網上的《北大三角地》論壇自二○○○年五月開壇以來就曾被封關，至今不見重張。同樣，二○○四年，「一塌糊塗」網站也被關停，學者賀衛方於九月十六日專門就此寫了〈就「一塌糊塗」網站關站事致北大校長書〉，稱「期望作為守校有責的你們能夠出面挽救我們這一個言論空間，這既是為這個網站上的網友們，更是為了整個社會的利益」。二○○六年九月，才有一個與北大無甚關聯的新「一塌糊塗」網站開張。由此看來，拆除網上「三角地」的措施早就做過了，並沒有踐行北大老校長蔡元培的「相容、並包」方針。

2007 年 11 月 1 日

湯唯被封殺與中國口頭政治運行體制

　　據多家媒體報導，湯唯拍攝的化妝品廣告被封殺，繼而據說她也成為中國首位被封殺的演員。當然，對這些消息，我並不十分確信，一來媒體做一些典型報導或極正面宣傳噁心了我，讓我對它們故作正義地揭一些無所謂民生的「黑」感到麻木。我會情不自禁地想到，「幸許這是湯唯公司的自我炒作。又或者，只是湯唯起點太高，想到好萊塢發展，從而自絕於內地的國人吧。」

　　當然，這都是本人作為一個卑賤小人的一孔之見。很多事實本來很簡單，但國人的一個長處時把它弄複雜。而這都是中國傳統裡「口說但無憑」的毛病所致。這適合於我上述的想像，也適合湯唯被封殺的傳說。廣電總局（當然已有人戲稱為「廣電總急」）的人士可以站起來指著報導者的鼻子說，「儂說我殺，可見過我殺時用的刀了麼？」我料想也沒有電視機構敢把所謂「封殺令」的官方本拿出來，除非它不想混了。而最大的問題是，這種東西多是口頭指示，是桌子底下的鬼子行為，所以多半沒有文本可拿。

　　研究歷史的吳思先生創了一個詞叫「潛規則」，國人結合自己所歷、所睹，深以為然。他寫的書，我沒有細看過，但我倒覺得，作為中國現實中的「潛規則」，口頭政治運行體制就是一種廣泛存在，也是一種典型。它慣有的表現是，「通過口頭傳達某項本人或某領導的意見，形式可以是電話、傳真或低語」。即令是傳真，發令人絕不會留下落款，以防被人抓著把柄。而就算是在一個封閉或半公開的會議上下指示，也只是要求同志們帶上耳朵，可以筆記，但斷不允許錄音的。

　　口頭政治運行體制的好處很多，比如資訊傳達直接了當，又比如可把一些不能放在文件中的意見推銷出去而不會覺得不妥。舉例來說，某移動通信公司贊助的一個演出，可要通過某部向新聞單位施壓，在稿件中必須寫上贊助商的全稱。當然，通過口頭傳達，還可以培養親信，拉攏同道，排除異己成為可能。好像鄧小平同志批評過派性，我想多些

私語，派會更多一些。最重要的一點在於，口頭政治運行體制毫無政治風險（至少發令者如此認為），指令的對與錯與發令者有關也無關，當對的時候，對發令者來說，就有關；而如果發的指令出了問題，發令者完全可以對此保持緘默，甚至否認有這樣的指令發生。這真像是在中國做房產的商人，基本上只會得利不會賠錢。

可是遺憾的是，這種以紀律、機密為名義來指導工作的方式、方法現在看來多麼地不合時宜。不少人腦中曾經以為的「不得報導」能像一道聖旨起作用，不料中國太大了，加之網路傳播的逐步強壯，「輿論一律」、「守土有責」都成了可笑的標籤。

在何懷宏先生編的《西方公民不服從的傳統》中，羅爾斯對公民不服從的定義是：「這是為了一個至關重要的社會目的而做出的對於法律的審慎，有鑒別的侵犯。」但遺憾的是，以非暴力為主要特徵之一的公民不服從在中國還不是太多。重慶「最牛釘子戶」楊武、吳蘋夫婦算是傑出的代表吧。而他們應對的是法律，但湯唯們卻只能對空中飛揚的一些律令進行鬥爭。

這樣下來，如果湯唯要一紙訴狀上告到法庭，連告誰都是一個難題。

附文　南方都市報刊登的湯唯「封殺令」摘要

1. 所有廣播電視新聞，專題，文藝，廣告，直播等各類節目，從現在起，一律不得報導，炒作與湯唯有關的任何事情。

2. 對湯唯為聯合利華旁氏所做廣播影視廣告，廣播電視播出機構尚未與有關單位簽署有關廣告協定的，不得簽署與播出。已經簽署廣告協議的，能退簽的須立即堅決退簽。正在播出的廣告，儘快安排播完，不得安排重播，不得續簽協議。對湯唯所做的其他廣告，也不要簽署協定，不要播出。

3. 此事要以電話專項部署方式進行，不得報導，炒作此事。

2008 年 3 月

「敏感」的中華文化標誌城

對我不長的新聞生涯來說，今天可能是讓我最悲喜交加的一天。之所以這麼說，是因為一篇報導，而報導中的主角是今年上半年備受爭議的中華文化標誌城。

昨天下午，經過採訪山東濟寧方面，內容今日在所在的報紙見諸文化版，題為《中華文化標誌城延長半年徵方案　山東濟寧方面稱該專案肯定會建》[1]。實話說，這個題雖然有「文化」兩字，但題材上更像是國內版「中國新聞」之類所需。這種認知也在其他轉載的報紙得到體認。比如上海新聞晨報、成都華西都市報、廣州新快報都將其放在了國內版。

這其實點出了我今天的喜。我只是一個文化版跑文化、娛樂新聞的老記者，但寫的一篇新聞稿能在同一天讓全國幾大城市的讀者都能看到（幾乎是同時），這對我的新聞生涯來說，這是第一次，恐怕也是最後一次吧。這並不能說明這篇稿件寫得如何，只是說明題材選得好，有著極高的關注度。

為什麼選這個題？其實以前跑過中華文化標誌城的記者多如牛毛，到該項目官方網站上去瀏覽的也不在少數。為什麼沒有跟蹤報導呢？大半年過去了，三月炒得轟轟烈烈的事件有何變化？這只是證明我個人對中國人的認識，那就是健忘。柏楊先生多年前寫了《醜陋的中國人》，說了中國人的一些不好習慣，現今的中國人改了多少？就近的說，汶川大地震過去了半年，還有多少人想得起逝去了多少生靈？還有幾人在內心裡有著憐憫之心和偷生的感恩之心呢？

今天上午，接到兩個電話，一個是山東濟寧方面打來的，大抵想罵一通吧。但本人說他的電話打錯了，也沒有跟對方對話。中午，另一個電話是央視某名牌欄目的，編導稱就中華文化標誌城一事跟我做一個連

---

[1] http://bjyouth.ynet.com/article.jsp?oid=46142187。

線，是錄播。我答應了，並做了簡要準備。當時約定的時間是下午六點多一點，結果下午五點又電告我，報題時，領導說太敏感了，這個話題不做了，所以不用連線了。

在中國當下，甚至幾千年歷史長河的，敏感或許有不同的標準，而且都常常作為一種對付事件和人的擋箭牌。如果你要他人給個說法，人準回答說，「這個太敏感了，涉及國家穩定，是國家機密」。其實聽到這樣的話時，我們要十萬個小心，因為背後就涉及到一些個人或小團體的利益，只是被人上綱到全民或國家的利益了。

中華文化標誌城建不建，怎麼建，顯然不只是關山東的事。但問題在於，如果不建，山東某些地方的父母官們得以彪炳千秋、揚名萬世的機會可能就沒有了。當然，還有人會說，「十七大報告不說了嗎？要推進文化大繁榮大發展。建不建當然不是問題」。持這種觀點的人可以翻看新中國史，尤其是大躍進的那一章。

說到底，敏感不敏感，其實標準是在民心。對中國的傳媒來說，如果是社會公器，如果是黨和政府，以及人民群眾的耳目喉舌，那麼「敏感」二字就是自我設限的理由。很多時候，新聞報導中的自我審查比他人審查更可怕。當然，我無法揣測是不是有人招呼了。誰都知道，在中國，我所稱的「口頭政治」向來沒有斷絕，已經成為法治的最大障礙。

這也是我悲哀的原因。

2008 年 11 月 25 日夜

注：「中華文化標誌城」，是以曲阜、鄒城兩座國家歷史文化名城為依託，以「四孔」、「四孟」等古文物、古遺址為載體，以把兩座國家歷史文化名城融為一體為建設方向，使之更加具有中華文化標誌意義和德化、教育、紀念、展示功能的獨特的精神文化空間。

但上百位全國政協委員提交提案反對上馬，認為中華文化標誌城，是打著文化名義破壞歷史遺產和傳統文化環境，不但勞民傷財，還會引起各地爭相效仿。

D面 男女的秘密

閒話女人

忽然想到要作這樣一篇小文，全然是因為「這是一個戀愛的季節，空氣裡都是情侶的味道」。加之我愛的人不在手心，也不在旁側，孤獨卻累積地滋長起來，所以想到要說說自己心裡的話，對與我擦肩而過的「天下無雙」，及孑然一身的女子。——我知道碼文字真像草擬的《徵婚啟事》，相親的人由著它來看相公，總會訝得叫出聲來。鬼知道為什麼我還要試著這「驚人的一寫」呢。

最可愛

「芸，我想是中國文學上一個最可愛的女人」，這是林語堂先生為《浮生六記》所作序言的第一句話。芸，即陳芸，芸娘，書作者沈復的結髮之妻，用現在的話說，她是既傳統又現代：每天起得早，勤儉持家，沉默少語，對人恭而有禮，又「多情重諾，爽直不羈」，時常將居所辦成「文藝沙龍」，而自己「拔釵沽酒，不動聲色」，還背著翁姑，偷偷（甚至於女扮男裝）遊山玩水，看到美女還遊說其作丈夫的小妾（太過火了不？）。

所以沈先生在四十六歲的時候追憶「閨房記樂」、「閒情記趣」等等。在那些如水的歡樂時光裡，短別即「恍同林鳥失群，天地異色」，回家則「魂魄恍恍然化煙成霧，覺耳中惺然一響，不知更有此身矣」。害得最懂生活的語堂先生「只願認她是朋友之妻，可以出入其室，可以不邀自來和她夫婦吃中飯」，打瞌睡時，「她可以來放一條毛氈把你的腳腿蓋上」。

（本人愚癡：某夜外宿同事處，某男不借床位，某女交我光燦鑰匙一把。躺在鬆軟的床上，有暗香撲鼻，這可是芸之再現？未可知。）

魅力之光（之一）

一則老廣告說：做女人，「挺」好，其實說的是曲線魅力，和內衣廣告片同功同能。誰要說豐乳、肥臀、細腰加粉面即女人之至美，我就會舉出下面這個深刻的例子。

寫過《情人》、《痛苦》等作品的杜拉斯將一生的理想寄託於「不朽的愛情」，這當然是當代小資們的楷模。然而在她老人家年近七十歲的時候，和還不到三十歲的揚・安德莉亞相愛了，並相守了十幾年。揚性格柔弱，無權無錢。人們懷疑他們的感情時，杜拉斯說：「年齡並不重要」。

和眾多人一樣，剛看到上面的故事時我的頭很暈，懷疑揚先生是在傍富婆，但十幾年的時間顯然夠長，他們會有正常的夫妻生活，而揚並沒有包二奶，也沒有逃走。想了幾天，我明白了：這是格拉斯的魅力太大！幸好我沒有同她生同一個年代，不然我二十歲後的歲月都會獻給她，My God！

《情人》裡第一段話是這樣寫的：

> 他對我說：我認識你，永遠記得你。那時候，你還很年輕，人人都說你美……與你那時的面貌相比，我更愛你現在備受摧殘的面容。

這也許就是揚給格拉斯的心裡話，教我想起葉芝《當你老了》中的詩句：我更愛你臉上的皺紋。

（這些經典的話我要牢背在心，預備朗誦給百歲壽辰的老婆聽。）

魅力之光（之二）

格拉斯的戀情會讓很多男同胞抱恨終生，但沈從文先生與張兆和的愛情故事則會讓他們欣喜。這當然又是一個「一切皆有可能」的注解。

張兆和係「合肥張家、蘇州名門」張氏四姐妹中的老三。葉聖陶說：九如巷張家的四個才女，誰娶了她們都會幸福一輩子。她在中國公

學讀書時收到沈從文老師的一封信，第一句話是「不知道為什麼我忽然愛上了你」。隨後，情書寫得越來越多，越來越長。兆和告到胡適校長那裡，胡卻笑著說：「我知道，沈從文頑固地愛你！」而她脫口而出：我頑固地不愛他！

但沈從文先生的筆太厲害，求愛未成時自我安慰說：我行過許多地方的橋，看過許多次數的雲，喝過許多種類的酒，卻只愛過一個正當最好年齡的人。我應當為自己慶幸……害得張兆和不得不愛上他。六十年後她在校閱《從文家書》後感歎說：「從文同我相處，這一生，究竟是幸福還是不幸？得不到回答。我不理解他，不完全理解他。」

長著一張瓜子臉的張兆和像極了蘇南女生（實為合肥人氏），害得我大學時的兄弟因此對一蘇州女孩一往情深，單相思得每天在宿舍窗前等候她嫋娜的身影和輕盈的腳步。

呼喚

按照佛洛伊德的精神分析理論，女人對愛的渴求應屬潛意識層面，在庸常的生活中是不顯山露水的，男人則充當了叫醒它的鬧鐘。問題在於，有的呼喚聲音太小，有的喚錯了方向，所以沉睡的獅子猶安。

在文言文，我們在不經意間會發現：語言和文字完全可以成為稱職的呼喚武器。它們裹挾著感情色彩和玫瑰香味深入女人最軟的心窩，奏響一系列粉紅色的樂章。

所以我們看到沈從文在三年零九個月時間裡，大約寫了好幾百封情書才攜得佳人歸；身為外省大學生的揚‧安德列出於仰慕給杜拉斯寫了數年信，在信中表達了自己對其作品的理解，使得杜氏接信後欣喜若狂，認為「安德列是真正瞭解夏日戀情的男人」，由此才有忘年的愛情；汪偽政權政要的胡蘭成寫信給孤傲的張愛玲，談對她作品的理解，使張相信他是最瞭解自己作品的人，至死都不後悔二人的相愛。

但語言的狼牙棒在使用中也會產生厭人的呼嘯聲。方鴻漸這個假博士的拿手好戲就是用三寸不爛之舌串起語言的珍珠項鏈。鮑小姐在遊輪上就成了他寂寞歸程的五香瓜子，蘇小姐吃醋不已，回到上海後委身於

他的願望愈加強烈。只可恨唐曉芙小姐更甜得惹人愛，方費盡心機差點釣魚到手，可最終圓不了自己的話，唐小姐只好不情願地說了聲「再會」。但一小時後，她又打電話到方家，大抵想挽回，但鴻漸以為是蘇小姐打來的，怒說：「咱們已經斷了，斷了！聽見沒有？好不要臉……」唐小姐不再聽後面的話，「人都發暈，好容易制住眼淚，回家」。從此二人天涯孤旅。

錢鍾書先生最喜歡的人物唐小姐到重慶後，就斷了線索。如果她的墓碑還在，我會獻給她一束鬱金香，不敢說一個字，怕驚怒了她老人家。

男人角色

男人在歷史長河中的大半截裡，不是一隻可有可無的魚，也不是紅鼻子的小丑角色。他佔據了大部分的資源和話語權，頭顱高高在上，所以現代民主社會裡才會要求男女平等，愛情觀裡才有相敬如賓的理想標杆。

在《傾城之戀》中，范柳原給白流蘇唸《詩經》上的幾句詩：「死生契闊——與子相悅，執子之手，與子偕老。」這其實是張愛玲自己念的，因為范是個商人而已，他的強勢和地位是不會想到純情之詩的。

在張愛玲小說文本中，我們可以看到，沒有一個優秀的男人出現過，他們的共同特點是：對女性態度的不恭和缺乏人氣，時常放縱和不負責任。女人始終是男人壓迫的對象。張在小說中說：婚姻如同長期的賣淫。

這是刺耳的聲音，我們都不願聽。多年前，我的一個已婚大齡同事在異地做銷售，每週必會逛窰子一次，他的審美觀是：女人就看一張皮（臉）。沒有人像《半生緣》裡曼楨那樣說他：「我不知道嫖客跟妓女是誰更不道德！」因為他早已不知「德」為何物。

所幸還有男人把女人作為自己的「隊伍」（武漢方言），事業的幫手和冬天煨腳的火爐。更有謙虛、謹慎的沈從文先生，懷著謙卑的心情向心儀的張兆和請求道：「讓鄉下人喝杯甜酒吧。」在沈致張的書簡裡，我們會驚訝地發現，沈自稱四弟稱張為三姊、三姐，甚至小媽媽。年紀大張兆和許多的沈從文葆有一顆童心，認為自己是需要關愛與呵護的，所以他們的愛情更似母子之情，所以也更牢固更持久。

我的朋友說：每個男人在女人眼中都是一個小孩子。是的，他們任性淘氣，連苦讀詩書時也需「紅袖添香」。在吾方土語中有「女大三，抱金磚」之說，這當然不會是戲語，是歷史經驗的總結。

一個和三千

男人大都希望如戴望舒先生一樣「在悠長、悠長又寂寥的雨巷逢著一個丁香一樣地結著愁怨的姑娘」（多浪漫！）而女人大都希望一生只碰到一個白馬王子，他的目光堅定，對自己忠貞不渝。

一個普適的愛情取向是：女人願意在一棵樹上吊死，而男人則巴不得後宮三千。

浪漫的男人在女人眼中是危險動物，稍不留神就會「春光乍泄」，因此她只好避而遠之。她堅信和他在一起不太會有好命運（所以我有些後悔大學時主修文學，給人以恐怖形象）。有詩為證，海子為他的四個情人寫的《四姐妹》：

> 荒涼的山崗上站著我的四姐妹
> 所有的風都為她們吹
> 所有的日子都為她們破碎

可世上還是有癡情女願做別人的情人，如《情人》中的法國女中學生明知與中國男人不可能結婚，但還是獻身於他，並為著他最後說「他愛她將一直愛到他死」而終身感動。有首歌唱「情人卻愛我更多，虛情假意的話不說」，這是不是愛的異域裡瑰麗誘惑之所在？那有沒有女人巴不得在三千棵樹上吊死呢（當然不是去當風塵女子）？

本人能力有限，只想擁有一個女人窮盡一生，但這一個女孩子在四季裡是不一樣的，她是身著不同色彩服裝的精靈，和我過著「布衣菜飯，可樂終身」（芸娘語）的幸福生活：

> 我的女人在春風拂面的三月
> 滾滿石頭的坡上放羊、割草

對如黛的群山心懷崇敬
為瘦弱的羊羔找到嫩綠青草
內心狂喜並深刻感恩

我的女人夏日裡橫渡千河水
像一條絢麗的魚縱橫水際
對萬水之源心懷感激
烈日下調整好內心的溫度
迎接一次又一次的浪擊

我的女人深秋裡唱起小曲兒
整個果園都熟透，紅葉綴滿大地
她和芬芳的收穫一樣嬌豔欲滴
枕著千年的古鐘入眠
夢到庭院的花兒在狂歡

我的女人站在寒冬的都市
大雪紛飛，大街上人徑蕭條
茶已沏好，詩卷裡暗香浮動
望穿一萬年的秋水
靜聽溫暖的腳步鏗鏘作響

（拙作《我的女人》節選）

記得一個好像叫高更的人晃悠在某個島上，遇見一個少女。他逕直對她說：「我是大畫家高更，我想我們合作可以創造出偉大的作品來！」這個女人後來成了經典名畫上的裸體女人，高更的短時生活伴侶。同樣，王小波先生是在光明日報社急切地問李銀河：「你有沒有男朋友？如果沒有，看我這人怎麼樣？」如你所知，他們成恩愛夫妻。

我頓時無話可說了，理了短髮，面帶微笑，走在大街上……

2002 年 6 月 13 日夜於重慶半月樓

閒話男人

　　寫這篇小文，不只因為寫了篇《閒話女人》，就得跟上一篇達到陰陽和諧，還因聽到一個女人對我說「好男人越來越少了」。我想我應該為她的悲哀和曾經對我的癡情用文字來紀念紀念，雖然我身在廬山，自己的面目都還只是霧中之草。

皇帝

　　從很多種意義上說，皇帝是最值得崇拜和嚮往的生活角色。不是說「普天之下，莫非王土，率土之濱，莫非王臣」麼？天下當然是君王的，國內的一草一花一木也都是你的，這不令人持久瘋狂嗎？廣袤大地都是朕的後花園。——真是美女如雲，在龍體上如過江之鯽，而且眾多美女只能是「寂寞宮中紅」並抱恨而死。

　　你要說這種生活離粗茶淡飯的恬適生活太遠，那我只好佩服你是花花世界孤獨的勇士或尼姑。君不見為著過過坐龍椅的癮，什麼父子、母子、兄弟、姐妹關係一筆勾銷，讓爺翻身做主，就連中國史上武則天之所以成為唯一女皇，也還有些離奇故事：十三四歲之間入宮，為太宗才人（無實際名分的姬妾），後被發至感業寺為尼，由此邂逅高宗，進而立為皇后（三十歲左右）。高宗死，立兒子李顯為帝，不出兩月，廢之。另立李旦為帝，稱制如故。西元六九〇年，她實在忍不住革唐命，自稱聖神皇帝，如此稱帝約十五年。黃仁宇先生的書上說：其私生活據傳可以與女沙皇凱撒琳相埒，六十多歲寵愛薛懷義，教其以出家人的名義入幸宮中；七十多歲又以美少年張易之、張易宗兄弟和她及女兒太平公主燕居作樂。這種玩弄天下男人於股掌之間的快感，除了當皇帝，還有什麼更好的途徑呢？

　　但可惜的是，自古皇帝多薄命。這可能與古代科技不太發達，抑或當時的人參、鹿茸及虎鞭粗製濫造，甚至假冒偽劣雲集，害得無法解決

陰陽失調難題，只好殫精力竭也未可知。但官方記載，武則天享年八十一，想來實在不是皇恩浩大，而是美男子們貢獻多，這該又是陰盛陽衰的佐證。

地主

然而對大多數老百姓來說，當皇帝的似乎是「天賦皇權」，揭竿而起反有盜賊之名，收益雖大，但風險太大，所以只好降低要求。「地主」就是這種實用的角色：衣來伸手，飯來張口，連腳都有人洗；每天的任務就是到自己的土地上走一走，看一看；抽抽大煙，晚上則大紅燈籠高高掛，小妾不要太多，也不至於毀了精氣神，還有助於延年益壽。在電影《活著》中，少地主福貴不喜女色，天生一個賭相但來來往往都是傭人背的，這比賓士當然安全柔軟；小說版本裡福貴常逛妓院，曾在一個肥胖女人背上向自己的丈人打招呼，而幹事時感覺是在一條船上。

在當代，想當一個地主似乎也較難，除非很有錢。朦朧詩人顧城的詩純淨而迷離，有一種童話的美。他很願意將理想中的至美世界映現在平淡的現實生活裡。——他一直想擁有一個女兒國，讓她們芬芳在後花園裡。

如你所知，他和謝燁客居新西蘭時，英兒陪伴著他們的田園生活。而男人在他眼中都是敵人，所以把兒子小木耳寄養他家。——最終的結果是：顧城砍死了妻子，然後自殺。他說過的話成了讖語：死是一個深洞，洞底外是一片新天空（大意）。

我只好歎一口氣，把皇帝夢和地主夢深埋在心底，深夜裡計取利息，免得「見光死」。

太監

本詞條在《新華詞典》裡是這樣定義的：又稱宦官，封建時代被閹割的在帝王宮廷內服役的男子。

此官大概自秦始皇時就有了，大抵是皇帝感覺空氣裡都是陰柔之氣，不利於身心健康，於是找了些雄性來，但為保險起見，得使其不男不女，說話像母鴨子。

我們大多數人都看貶了太監，本人很不以為然，私下認為這些人抱有忠誠愛君之心：寧願落地之日才與男根合葬，確是付出了拳拳男兒心。只是亂世中宦官專政讓史學家們咬牙切齒，可試問，「王侯將相，寧有種乎」？

再說不是誰想當太監就能成的，首先得面皮白嫩，口齒伶俐吧？都得過五關斬六將才入得了圍的啊（十之八九是美男子吧）。只是眼看花開花落，何等的英烈氣概！

中國歷史上最偉大的太監是司馬遷。因李陵之禍，慘遭「最下腐刑」——宮刑，他痛不欲生但轉念想到「人固有一死，死有重於泰山，或輕於鴻毛，用之所趨異也」，所以「隱忍苟活函糞土之中而不辭者，恨私心有所不盡，鄙沒世而文采不表於後也……」最終他給後人留下的是「究天人之際，通古今之變，成一家之言」的巨著《史記》，耗時十二年，寫完之後不久即辭世。

今天，我捧讀《列傳》時，只有深深的慚愧與無盡的敬仰。司馬遷說「《詩》三百篇大抵賢聖發憤之所為作也」，這樣說來，我覺得自己是地道的精神上的太監，精神的男根不知深埋於何處。

想起「一代怪傑」辜鴻銘。他拖著長辮子走進北京大學課堂時，引來自負的學生們一片嘲笑聲。辜說：「我的辮子是有形的，而你們的辮子是無形的。」於是一片寂然。

同樣，在你的人生旅途上，你扮演了多少次這樣的角色：一邊大呼小叫「怕死不革命」，臨陣卻是給閹割了的雄雞？

但話得說回來，該是「太監」作態時也不要無端雄起。比如對恩愛家庭的朋友之妻，就不要作非分之想，要秀出沒能力的樣兒來。

酒與色

我一直認為酒與女色有親密的姻緣關係，換句話說，從純淨的杯中酒或芬芳的酒香中可以感受到夢中伊人的氣息。

男人什麼時候愛喝酒？快樂或悲傷時都會，但悲傷時居多。歌詞曰「舉杯澆愁愁更愁」，Why？更多的時候，男人將酒作為可以依偎的港灣與傾訴的佳人，但斯人獨憔悴，幻像漸次遠去，只好落得形影相弔。在酒吧，吧麗們在環形的櫃檯裡手握骰子像是一種隱喻：終有一些單身的男子捉了大杯紅酒或啤酒來與美女對酌。我不知道除了調情發生的快樂之外是否還有故事。

還是李白喝酒最純粹，與岑夫子、丹丘生們為喝酒而喝酒：「人生得意須盡歡，莫使金樽空對月」，「烹羊宰牛且為樂，會須一飲三百杯」，「五花馬，千金裘，呼兒將出換美酒，與爾同銷萬古愁」，類同於梁山好漢的「大碗喝酒，大口吃肉」。

更多的時候，我們看到「酒精依賴症」患者噴吐著酒氣找自己的女人說事兒，正是有了酒壯膽，平時不敢說的，不敢做的都會顯現出來，比如掄起板凳砸人，比如婚內強姦等等。很多比翼鳥因此而對抗得頭破血流，蛋打雞飛，從此咫尺天涯。出現這些情況時，我們說：酒成了殺色的罪魁禍首。

在我求學於淮海平原時，寫過一篇酒的讚美詩，最後的句子是：在一方圓桌上我們舞起了先鋒的武器。——對「糧食中的糧食」的讚美是由衷的，那時候我憧憬著酒桌上不只有友情，很可能還會有愛情。

遺憾的是，激情已成為塵灰的歷史。有趣的是，兩年前我在武漢某食府吃飯時，餐巾紙上寫著這樣的話：中午喝好不喝醉，因為下午要開會；晚上喝好不喝倒，免得老婆到處找。

角色

男人往往自視很高，按重慶話來說，是「霸道」：他不但要做小家庭的君王、法西斯，還要「吃著碗裡的，看著鍋裡的」。上蒼在造人的時候，不幸給了男人以強悍的體魄，所以女人們備受折磨，隨時有被折斷肋骨的危險。

有媒體做的一個調查顯示，男人十有八九渴望有一夜情，而女人卻相反，即便是有著這樣渴望的女人，大抵都是怨女一族吧。看了這則調

查的女權主義者一定會呼籲把瀘沽湖畔的摩梭族生活拷貝到每座城市的各個家庭，像《紅色娘子軍》裡唱的那樣，「奴隸要翻身」。

但這只是夢中小景，更現實的策略是去努力尋一個「不會讓女人受一點點傷」的好男人。他們被潮水沖散在馬路上，鋼筋小泥屋裡，數目不可考，因男人彷彿都是變色龍，近朱者未必赤，近墨者未必黑。所以很多時候女人要以一生的代價去尋找他，而且極有可能臨死前也不能見他一面。

西方的擇偶觀裡有著名的「麥穗理論」，是說我們尋找伴侶時如同走進了一個麥田，一路有麥穗向我們招搖，很多人不知道摘取哪一支，因而就會有躊躇與彷徨，遺憾與悲傷。而正常的男人再花心，他也得選擇一支來陪伴自己的旅程，只不過有人會在短短的一生裡一換再換。

有人說：女人都是被動的，這從生理上也可以看出來。棄婦會告訴我們說男人把她的美貌、青春、幸福都盜走了，永不歸還，這比竊國者更可惡。女人用自己的身體和身心包容她曾經熱愛的男人，雖也曾在他的滋養下短時裡容光煥發，但男人失去的顯然少很多，並可恢復原貌，但女人不行，雙乳下垂，皮膚老化，任怎麼美容也沒用。讓女人更氣憤的是：現今男人似乎越老越有魅力，只要有實力。一個活的例子是梁錦松之於伏明霞。

更讓人看不懂的是，男人在外的情況（武漢話，即情人）越多，似乎越有能耐。其實古代已有此風：秦淮名妓中，與騷人過往的多如牛毛，如冒辟疆將董小宛納為小妾，留下了名篇《影梅庵憶語》。我們會為文化人與煙花女子的真情所打動，為因之而流傳下來的優秀作品擊節而歌。沒有人去譴責他們的不忠不檢，這更讓現代女人絕望。而現今更有報導說某某歌星與一富豪簽下身體租讓合同，幾年服務時間換來一輛跑車，一幢別墅。

眼紅的女生中會有做同樣的好夢的吧。如果人數眾多，我會為男人辯護說：看給你們慣的。把男人都捧成皇帝了，能怪誰呢？

落寞與謙卑

謙卑的男人現今越來越少了，所以只好在歷史的故紙堆裡去拜訪他們；而落寞的男人並不比古代少，倒有愈發壯大之勢。

在中國古代文學史上，遷客騷人失意深重，多有朝不保夕之苦，所以一有閒，就會帶幾個銀兩去喝酒，聽聽小曲兒，藝妓成了他們最貼心的知己。於是在《琵琶行》裡，白居易感喟琵琶女「門前冷落車馬稀，老大嫁作商人婦」，成為「座中泣下誰最多」的江州司馬；文人們稍有些作為了，就會將青樓女子贖得自由身，納為小妾，比如柳如是的故事。

同樣，在當下，落寞、失意的人會把眼光投向很多非陽光群落，所以在酒吧，很多情色生意在上演，在娛樂場所，交易每天都在進行。不過現今的青樓女子大都出身布衣，琴棋書畫之能無從談起；而尋樂之人斷然不會娶她們做自己的女人。我的朋友問我道：這是時代的進步還是退步？我不知道，只知道在沈從文先生的小說裡，那些吊腳樓裡的故事還有些情致。

阿根廷人博爾赫斯被譽為「作家們的作家」。在他十八歲時，他父親強迫他去和一個妓女幽會。當他從房間裡出來之後，感到自己被深深傷害，此後他對女人一直有種陌生感和恐懼感。在與熱戀過的兩個漂亮女人的合影上，顯得緊張而且平庸。他只信賴一個女人，那就是他的母親。在七十六歲時，他寫道：我犯下了人們所能犯的最深重的罪孽——我從不感到幸福。這個幸福很大程度上是男女的歡愛吧。雖然他八十七歲時娶了四十歲的二任妻子瑪麗亞，但他已失明了，不知道妻子的模樣，他更願意將其看作是自己的母親。這樣看來，謙卑多半導致落寞，而落寞與謙卑並無一定的因果關係。這真是讓人頭痛的事情：謙卑與霸道似乎是一架天平上的砝碼，而這「度」的掌握在男人的心裡。

我曾經以為某位女子是上天派來與我同行的，但她只是冷冷地回應我的熱情，掌握著「感情的火候」。她無從知道，當我留意與我擦肩而過的女子，我就會想起蔣捷的《虞美人》：

> 少年聽雨歌樓上，紅燭昏羅帳
> 壯年聽雨客舟中，江闊雲低，斷雁叫西風
> 而今聽雨僧廬下，鬢已星星也
> 悲歡離合總關情，一任階前點滴到天明

　　我內心的恐懼如詞所述，所以我的眼中有淚水暗湧，套用艾青先生的詩，那就是：

　　　為什麼我的眼中常含淚水？
　　　因為我對這女人愛得深沉。

　　我知道謙卑過了度，而「霸道」並沒有增長起來，只好隨它去了。

2002 年 6 月 29 日夜於重慶半月樓

《雷雨》：只有一個男人是好的

今年七月的最後一夜，到北京人民藝術劇院首都劇場看了《雷雨》。這四幕劇幕幕有高潮，雷鳴聲響個不停，在它的伴奏下，一男一女的愛恨情仇衍生出兩代人的愛恨情仇。

魯迅先生說過：所謂悲劇，就是把美好的東西撕給人看。這是很精闢的：在德高望重的周家，看起來好的東西（財富、兒女、老夫少妻）一點點在破碎……而我看過之後，覺得最大的悲劇在於，男人都是壞的，除了一個。

作家周樸園年輕時仗著自己家裡有錢，勾引了自家的僕人侍萍，待其生了三個男孩後留下倆健康的然後將母子倆趕出家門，並望置之死地。然後，周樸園娶了門當戶對的繁漪，又生下了周沖，但求過安穩的日子，因為周樸園以為，侍萍已死，所以假惺惺地老家俱不變其位，窗戶在夏天也不開，前妻的照片赫然擺放在老櫃子上。不料，侍萍沒死，而且「老鼠生兒會打洞」的諺語真是說對了，周平儼然是年輕時的周樸園：和後媽偷情，「勾引」同母異父的妹妹四鳳並使其懷孕。另一個男人——四鳳的親爹魯貴也不是好東西，奢望將四鳳當作一棵搖錢樹，坐山吃山。

上面三個男人都是「陰」得很的高手，總是佔盡好風光的主兒。顯然上蒼不饒恕他們，讓周樸園受「四面楚歌」的折磨，最終失去所有的孩子；讓周平承受倫理的煎熬，最終自殺身亡；只有魯貴在前半生自私得很快樂，但中年喪女無論如何都是傷口永遠的痛。

曹禺先生身為男性，顯然對男人沒有最終失望，所以還有一個周沖在。我認為在《雷雨》中的唯一好男人就是這個周沖，因為他有著一種善心和一種愛心：他願意將自己的學費分一半讓四鳳上學，在大海被打之後到他們逼仄的家去慰問，對四鳳的愛單純而堅定……最讓人感動的是，當他知道自己的大哥周平是四鳳所愛的人時，自己並沒聽從繁漪的教唆，去和大哥拼、鬧，而是紳士的說只要四鳳過得好就行了，在四鳳被電了後，他是第一個衝出客廳去救她的，並最終同赴天堂。

　　嚴格說來，周沖還算不上一個男人，他才十七、八歲，但正因為年輕，他承載了很多人們對男人的期望品質。我甚至認為，他應該是曹禺先生自己理想的化身。正是周沖這樣一個人，成就了男人之所以為男人。

　　周沖的現實意義在於，現在好男人太少了，更多的是自私得一塌糊塗的人。在慕容雪村的《成都，今夜請將我遺忘》中，主人公陳重活著並不「沉重」，倒是過著縱欲的「帝王」生活，但當知道自己的妻子趙悅可能有外遇時，頓時如芒在喉，精神幾近失常，而自己照舊放蕩不止。在我最愛的電影《半生緣》中，曼楨對沈世鈞憤憤地說：我不知道嫖客和妓女哪一個更不道德？！

　　但問題是，大男子主義總是存在的。有報導說，在北京，購房子進入「她」世紀，亦即很多單身女性獨自買了住房，一種是等夫來，一種是獨身生活。世界總在變著，正是在「她」世紀裡，好男人大概會越來越多吧。

2004 年 8 月 3 日夜

一個憂怨的女子

　　有時候我走在大街上就會暗想，為什麼我的前小半生遇到的憂鬱女子居多？她們都有著性格上的陰沈偏向或者命運上的不順，所以總把我當作救火隊長，視作傾訴的最好對象。想來人生就是說不清說不明的吧，正如儲安平在《自語》一詩中所寫的那樣：說我和她沒干係，原不過像兩片落葉，今天偶爾吹在一起……

　　N就是這樣一位女子。雖然是東北人，卻已沒有了豪爽之氣。我認識她在二〇〇二年，是經一個同學介紹的。那時她已經參加了兩次廣播學院的研究生入學考試，但二試二不中，所以要問詢我考研的經驗。一問她，才知道專業課沒考完，我就提了些意見，然後說如此如此複習就行了。由於我的英語不太好就問她英語有沒有問題吧，同學說當然沒問題，因為她其時正在一所電大英語教學。

　　但人算不如天算。她在二〇〇三年的入學考試裡，就差在英語這一門上。世界的荒謬性在於，一個善游者溺水的可能性並不見得小。她第二次見到我時，臉色很暗，大概極盡懊惱吧，就到學校來看有無挽救成功的可能。但在二〇〇三年，未達到國家線的考生已經沒法在本校其他專業調劑了。我建議她調劑到她家鄉東北的一所大學，她卻否決了，說一定要到北京，要到廣播學院。

　　這樣下去的結果是她來年再戰。我以為她仍然會報考我所在的系，因為難度係數偏小，這從她專業課成績通過就能證明。考試中她不時讓我推薦一些資料和文章，我甚至還把自己買來的專業期刊先行寄給她複習。此後一長段時間沒了音訊，也不知道她複習得怎麼樣。直到今年入學考試初試成績出來，她要進入複試環節了，她才打電話說考的分終於夠了，不過改報了我所在學校的另一個系，是最熱門的專業之一。我當時很驚訝，覺得她這個跨度太大，而且她考的系是難度係數最大的。她到學校來參加複試的那天，打電話問我如何準備，我那時正在上班，所以只是說了個大概。也沒時間照上一面。

幾月後，她的成績出來了，說複試只得了二十來分。雖然她的筆試成績算是中上水平，但複試成績太低了，所以上我所讀學校的可能性是沒有了。她卻只不顧，大老遠趕過來，想著運動運動可能就會成功。但現實總是殘酷的，所以她只能悻悻而歸。我又建議她調劑到她所在省份的其他高校，在哪兒上都一樣，實在要到北京來，畢業後照樣可以在北京工作。最後的結果是，她調劑到一座海濱城市的師範大學，學習現代文學專業。

這個身材高挑的女子，正是由於屢戰屢敗的經歷，讓自己進入了一個「鬼打牆」似的心境：心裡想著到北京上學，卻總不能遂意。這真是加謬筆下的推巨石的西緒弗斯現代版。所以在海濱城市裡，這個大多數國人艷羨的城市，她並沒有滿足感，卻老在懷想如果到了北京就會怎樣怎樣。

她在複習考研的時候就會有這樣那樣不切實際的想法，從而學不進去。剛開學時，我打電話過去問狀況如何，她卻說「剛好哭過，因為有太多的東西要看又有太多的東西沒看又不知從何開始，不得要領」。在她所住的宿舍裡，其他三位都是應屆生。我忍不住說，「數你年紀最大，怎好讓小妹妹們反過來安慰你，你應該是她們的榜樣才是」。

她回應說，是心裡有點急，因為換了不喜歡的專業，所以就失卻了方向。幾個月後，我在做一項名為「健康忠告」的系列訪談時認識了一個心理醫生，這才覺得N可能由於受挫感導致心理健康出現了一定的問題。照專家的說法，心理健康是一個綜合的、相對的概念，沒有絕對的標準。個體在自身及環境許可範圍內是否達到最佳功能狀態，從狀態的情況就可以來判斷他（她）是否健康。一個心理健康的人至少要具備三個方面的特徵：良好的個性、良好的處世能力以及良好的人際關係。當然這樣標準看起來簡單，但真正能達到的少之又少。但不可否認的是，N偏離這些標準太遠了，所以如果她是美國人，自然就會去看心理醫生。

可她不是，所以不時地向我這個素昧平生的男子傾訴，期許得到一絲安慰。我只能對她說，珍惜現在的，忘記過去的。比如她對北京的迷戀。北京有什麼好呢？空氣污濁，氣候惡劣，不宜人居住。在全國各

地，事業有成的人多了去，也並不見得都會到北京來漂泊，因為它並不
是每一個中國人的家園。廣播學院有什麼好呢？這裡培養的學生一向被
認為浮華無底蘊，工作上手快，後勁不足，還不如在海邊讀點乾貨在肚
裡再走遍天下也不遲。

　　介紹我認識 N 的同學事後告我說，N 由於鐵下心來考研，連朋友都
沒有談。我看過 N 的身分證號碼，知道等兩年都快到三十歲了。我曾經
喜歡鄭重其事地對大齡女子說，按照醫學的觀點，高齡生育是很危險
的。這可能帶了杞人憂天的意思。但要到三十歲了，才上研究生，事業
是空的，愛情也是空的，何以堪呢？一個朋友研究生畢業後工作了，最
近發給我的郵件說，在她的學習中，有四個「空」：腦子空（沒有學到
知識），心理空（沒有底氣），兩手空（沒有真本事怎麼能混好日
子），眼空（看不到未來）。想來說出了現實一種。

　　但人的悲劇性可能就在這裡，為著一個不確定的理想，甘願不斷地
推著巨石上山，任憑歲月流逝如水，進行中不言後悔，老來回首時或許
才有些許的遺憾。但 N 卻是在追求夢想的過程中不斷興奮，卻又不斷結
怨，這是一種內生的怨，可能是對時運的怨，更有可能是對自己的怨。

　　可是，在我們的一生中，不如意的事情何其多呢？我們帶著微笑
的臉龐迎上前去，卻換來黑色的塵灰。但我們依然還會微笑著迎向前
去嗎？

2004 年 12 月 6 日

你手機裡都有什麼短信？

轉眼間，我們進入了手機時代，所以在地鐵裡，在公交車裡，在馬路上，行走著那麼多「玩」手機的人。正像多年前，我們將一台黑白或彩色電視機置於客廳中心，而且往往搭上潔白的紗巾以防塵一樣，這種近乎膜拜的行為像極了一種儀式。而對於手機的操持者來說，短信成了儀式中的儀式：它已成為一種最時尚的生活方式。

當手機取代電視成為個性化的媒體中心，我們猛然發現，人際傳播與大眾傳播是如此之近，一個重要表現就是手機短信這一附加功能在手機所有功能中開始位居前列。「全球移動通信系統」最近的調查顯示，德國人每年發送兩億條短信，幾乎是芬蘭（7,500 萬條）和英國（7,000 萬條）的三倍。在我國，到二〇〇四年二月底，全國手機用戶已達 2.823 億戶，大約平均每月增加 680 萬戶。今年前兩個月，僅移動短信業務量已達 317.3 億條，每月的同比增長均在 91%左右。近日，資訊產業部專業人士宣布，中國今年的短信發送量將達到 5,500 億條左右。預計在二〇〇六年前後，短信等資料業務將成為中國移動通訊運營商利潤的。據專家預測，到二〇〇六年，包括小靈通短信業務在內，全國短信發送量有望達到 14,000 億條以上。僅短信的市場的規模就將超過 1,400 億元人民幣。其中，中國移動的短信發送量就將達到 9,500 億條，約佔整個短信市場份額的三分之二。

商人們看到利益，百姓看到樂趣，而作為新聞傳播的研究者，我們看到的是短信這一新銳武器對人們生活的影響、傳播理念的更迭以及對社會發展的功效。正是基於此，我們對手機短信的內容充滿了萬分的好奇，對其進行內容分析顯得很有意義。

以手機號 131619××××× （擁有者身分為在讀碩士，男性）為例，存有 57 條短信。

其中一條是其導師所發：時間為二〇〇三年四月二十七日，其時正值非典時期，所以老師賦詩一首：……猶有口罩俏，俏也不爭春，只把平安報，待到科技擒魔時，全民揶手笑。

一條是姐夫發的：時間是二〇〇四年一月十日，內容為：明天爸殺豬，我也要回去，不妨一路。原來時間已近過農曆新春，家裡殺年豬，碩士剛在城裡住下，好心的姐夫就要求路過他住的城鎮然後一起回老家。

絕大多數是新老同學發的。一個同學發短信說：一女子說：「一百塊俺不是你想的那種人，兩百塊俺今晚是你的人，三百塊你今晚別把俺當人，四百塊你今晚到底來幾個人？五百塊不管你來的是不是人。」個中幽默與辛酸又有幾人知呢？短信是二〇〇三年三月二十八日發的，這個同學其時正讀研，專業是思想政治教育，個性本份，單身。

還有一條是以前的女同事發的。當時碩士想請她看話劇，她回覆說：「我要去長春。你交女朋友了嗎？」她結婚了還念念不忘同事的幸福。

另一個小朋友在念本科，暑假裡學校正整修以迎接校慶。二〇〇四年七月二十六日發的短信是這樣說的：「這兩天拆牆拆樓的動靜是不是使你要瘋了？我已經神經衰弱了。」

最有歷史印記的一條是二〇〇四年五月一日一個同學發的：一起吃飯吧，十分鐘後小樹林見。「小樹林」是學校的一個小飯館，但七月後，它已不復存在了。

更多的短信是節日的問候，但人們已經喪失了創作短語的熱情，所以這為短信寫手的飯碗提供了保障，流傳來流傳去的短信都是同一化的句子和祝福了。

對短信的發送者，我們可以根據其性別、年齡和職業，從而來推測接受者本人的個性、愛好與職業。這正如我們走過一個陌生人身旁時，我們的身形已被掃描進了他（她）的大腦皮層一樣。短信成了每個人的一種身分標記，這真是新時代一個標誌性事件。而對短信內容分析顯示，人們更多地將短信作為人際交流的平台，一些日常生活中不講的，或者常講的內容都有呈現，前者如一些肉麻奉承與問候，後者如葷段子。

而最重要的是，短信這一人際傳播工具開始承載大眾傳播的內容。這在非典時期人們不斷地相互追問北京是否灑藥之類的消息時就凸顯了

出來。同樣，當某某人得到一條重大消息後，他（她）會借助手機短信將大眾傳播的範圍擴大，而接收到的人又會多向傳送，從而形成分布世界各地的資訊中心。

　　我們始料不及的是，正是手機短信在加大謠言或流言的傳輸速度之外，更對縮小二十一世紀「資訊溝」（Information Gap）做出了卓越貢獻。陽光政務也只是手機短信推動的一方面而已，我們由此可以看到，手機短信成為社會文明進程中的一個重要助推器。

　　要達到手機短信價值的最大化，最大的問題在於，我們應該怎樣參與到短信的生產與傳播中？就在此刻，請打開你手機的收件箱和發件箱，看看我們行動的那些證據。

2004 年 9 月 17 日

一個熟悉女人的來信

　　W 是我工作時認識的一個朋友，偏胖偏矮的職業女性。按照我年輕氣盛時的想法，這樣的女人活著應該是很艱難的，因為少有人去追求她。但後來的接觸證明我的想法是錯的，當我們看著她的背面時，雖然沒有犯罪的衝動，但從正面看然後和她交上幾句話，卻有內心的衝動。

　　我離開她工作的城市有四年多了，中間有幾次電話聯絡，知道她結婚了，買了房子，去年又生了小女兒。表面上看來，她該有的都有了，過的應該算是人上人的生活，從而也是幸福的吧。不料國慶前的一天，她發來的短信讓我再次感到現實的表象與事實的真相總是有著很多差距的。

　　我收到她第一封短信時，我正在廣播學院站等待地鐵，準備去做 part-time job，她的短信來了，是溫軟地問：「你現在還好嗎？很久沒有聯繫了」。

　　我說我在幫同學的忙，一個月左右的工作。

　　然後她說：「真好，有工作的日子一定很充實。像我，現在是脫離社會的日子，感覺有些失去自我。」

　　想來她在家裡相夫育子了。

　　我祝福她，說她自己什麼都有了，有什麼遺憾的呢？

　　她的回答卻是出乎我的意外：

> 你並不瞭解，我也是一言難盡，原本我以為婚姻是平和而寧靜的，有了老公和孩子就會是最幸福的人，我以為男人和女人一樣容易滿足，可是我錯了。

　　看來她有新故事，而我並不需要知道明細，只說：「天下男人都是喜新厭舊的，又何必有大的希望？」

　　她卻說：

不過我還是認為傳統一點的好，我還是喜歡普通的生活。早知道男人那麼經不起誘惑，我寧願獨身。

我說要不我打電話過來吧。撥了她的手機，通了，沒有接，短信卻又過來了：

這邊的朋友都認為我過得很好，有一個有能力的老公，所以我也只能這樣光輝地活著，學著做一個聰明的女人，更重要的是，我在乎我的孩子，不用安慰我。

末了說又來了一條：「算了。我也覺得自己變了，變得敏感，所以有時很孤獨。」

記得我發了一條短信給她說：「說實話，你嫁了別人又怎樣呢？可能還是這種結果吧。」但她的抱怨還是來了，傳給我這個曾經熟悉的朋友聽，讓我知道她的心境。但是在這個世界上，怨婦何其多呢？

這讓我想起四年前我在某地工作時遭遇的一件事。有大半年時間，我租住一個大酒店裡。酒店是一個三十多歲的男子承包的，既有客房也有餐飲服務。老闆娘則是一個大建設單位的會計，每天朝九晚五，他們有一個小女兒，大約有五歲。這小倆口算是男俊女貌，酒店的收入較穩定，所以算是當地的富裕之家。我一人租住一個三人間，每天忙完銷售業務，有著大量的閒暇時光，晚飯也多在酒店吃，所以和小倆口混得很熟。其時我並沒有看出二人的感情有什麼問題，心裡倒在暗想，某日能娶上這樣一個既聰穎又漂亮、能說會道的女人該是多大的福分。不料，某一天老闆娘卻敲了我的門，然後說有急事要避一避。她面色驚惶，坐定後細說短長。原來她與同部門的大齡領導好上了，而雙方都有家庭，被對方的老婆發現被鬧到酒店來了。我問她他先生有何看法，她也拿不準，不過決然地說：「是他先出去亂搞情人，我才出牆的。」

這個閱歷豐富的女人，在我這個剛畢業一年多的男生面前，像一個孩子。她提的問題是我聽聞的最高難度係數的：「你說我是不是應該離婚和他到省城去工作？」老領導關係多，省城有同學要他去工作。我就問：「那他會離婚嗎？」她很猶豫，說可能不會，但她敢，兩人可以私

奔。我更為難了，我無法給出一個好的答案，然後只好說些安慰的話。如你所想，後來，老闆娘依然當著老闆娘，和老闆依然看起來是美好的一對，她對我說，心裡就是放不下這個孩子。

這個故事對年少不更事的我影響巨大，至少讓我知道了很多貌似幸福的家庭都會有不一樣的不幸，而女人更多地站在了弱勢的一方。那麼，婚姻對我這個年輕的單身男子來說，又會意味著什麼呢？

幾年後，我又發現，現在有不少人（無論學歷、性別和年齡）在擇偶時，雖然見著一個人沒有生理欲望，但卻會有結婚的衝動。這是為什麼？我對朋友說，很多時候我們結婚，不是結的那個女人，而是和那個女人的父母戀愛，確切地說，是和她家的財產戀愛。這和人們吵吵嚷嚷說請人吃飯一樣：明明是去吃「菜」，去要宣稱是去吃「飯」。這是中國典型的「立牌坊」手法，這讓我又對婚姻生活的幸福持審慎態度。

寫這篇文章的過程中，我在聽著阿妹的《空中的夢想家》。多年前我聽過，那時候有淚水暗湧，因為那時我是空有理想，在做著無關理想的事情。多年後，耳邊又響起這首歌，阿妹唱道：

> I'm a dreamer on air，dreaming on air with you。空中的夢想家，U.F.O.（you're forever）。每個人都有一個夢，才不會孤單的說話。每個人都有一個家，才不會在夢裡害怕。找個人說說話，不管秋冬春夏。只要有夢，就有天堂。

理想都是很美好的，我們在葉芝的《當你老了》詩中見過（愛你臉上的皺紋），也在杜拉斯的《情人》（更愛現在年老色衰的你）裡見過。我們吶喊著「我感到一生中最浪漫的事，就是和你一起慢慢變老」，然而卻在大街上「徬徨又徬徨」，希望結識一個「鬱金香一樣華貴的女郎」抑或「暴發戶一般腰纏萬貫的紳士」。

世界本如此荒謬，所以我們無話可說，即便是面對一個熟悉女人的來信時。

2004 年 10 月於定福莊

男女的選擇

　　女人是一種奇怪的動物。這一說法當然並不意味著男人不奇怪。女人更奇怪的地方在於她是感性動物，而男人是理性動物。很多時候男女之間的爭吵、衝突與紛爭都是基於此的。

　　朋友告訴我一個故事：有一對男女戀愛一年，一日去租房子，不巧房子年久失修，牆上掉下了水泥塊，男人躲開了，卻砸到了女人的頭上。女人從此和男人分手，理由是：關鍵時刻不顧我，什麼時候會顧我？

　　這個感性的女人當然忘記了這個男人首先是人，有著本能的明哲保身的條件反射，從而就忘掉還有一個女人的存在。不過從另一個角度看，女人是弱勢的，而且首先是從心理自我弱勢，所以會有被保護的欲望。

　　想起一個很老的命題，就是當你的母親和妻子一起落水時，你首先搶救的哪一個？對於理性的男人來說，這就是一個令人猶豫的難題：沒有母親，就沒有自己；沒有妻子，就沒有兒女。所以對他來說，救誰都是對的，又都是錯的。而在操作層面來說，可能救離他最近的才是最科學的。

　　這一老問題的預設前提是這個男人不是「旱鴨子」，在水裡能游起來。如果游不起來呢？他的選擇是動還是不動就是一個大難題。因為不動，顯然可能會少死一個人，但良心上難過；動的話，則可能同赴水底安息。

　　如你所知，生活中總不會老會這樣考人的題目。但一次就夠讓人傷神的。兩口子在大街上吵架，女人一生氣不顧紅燈，逕自往馬路對面衝。此時，車聲呼嘯，你是拉她還是不拉她？如果你和她只有兩三步遠，顯然你不會猶豫；但如果她已經到了馬路中央，有七八步遠，你會不會猶豫？如果是後者，對於男人這樣的理性動物來說，他大抵是不會衝的。因為衝過去的代價可能是他被車撞死，而他親愛的老婆還活得尚

好，幾天後改嫁。但女人顯然對此是有微詞的。在她們看來，用極端的方式可以考驗出一個男人的真情，一個簡單的道理是：「一個男人為了我而甘願冒死的危險，當然我要以身相許」。但從另一個角度來說，女人是容易走向自私的，為著一己的考量，就不顧他人的死活，即便這個「他人」是自己最愛的人！

嗚呼哀哉！男和女，女和男，本就難以平等，所以那些生活中的選擇，誰又說得清呢？

此文獻給美女 WIND

　　新千年的第一年，我嚴重染上了一種網路聊天程式的毒。那時我整天晃蕩在江城的大街小巷，異想天開地想撥開網名的面紗，直抵一個正當最好年齡女子的現實世界。事實上這種方式最適合我個人的行事風格：快火烹調。我更願意將互聯網看作我的熱心紅娘，她會促成我夢想中的「佳人想見一千年」。

　　終於在秋天的一個午後，我在百萬網友中捕獲了一個「WIND」的網名，她的電郵名是 SAD.WIND，這一點在很大程度上吸引了我，而其所在地是「江城—山城」，與我的正好相反，而這種基於異鄉情結的溝通會更容易，所以就有了持續而深入的交談。不料她竟是一個絕佳的寫手。當我將自認為不錯的詩行發給她時，她會冷冷地說沒她寫的好，哪天發幾篇她的東東給我看看。這是一種尊貴的彰顯與實力的自信吧，我想。

　　一天後，她發了篇千字文到我的電郵裡，開首是「我一直認為九月不是一個適宜成熟的季節……」歷數她沒有東南飛而向西部來的理由：她並不需要一個熟悉得如同手紙的城市，嚮往在一個陌生的城裡體會一個人的戰爭；還有她鍾愛的網路新生活：溫柔地勾引陌生的友人，熟稔後殘忍將其拋棄，她將這種心緒提煉成了短詩「浮生一點」。

　　我斷定她是世間少有的奇女子，桀驁不馴、氣質高雅，所以產生了強烈的面對面意識。她在那邊淺淺地笑了，說得先把照片發一張過來。我自信自己不是最醜的山城人，就很自覺地去掃描了發到她的郵箱裡。

　　不料（又是一個不料）這一發導致了半年的網上不照面，我從江城回到山城，一直見不到她上線。不斷地留言、不斷地發電郵，她才回應說她總在午間作網上遊，而其時我正在當夢中仙。又是溫文爾雅的溝通，她終於把她的照片發過來了，清爽而調皮；終於留了一個電話號碼；終於允許到某處見她一面。

我們對坐在炸雞店的潔淨的桌子邊，點了套餐，獲取了一隻小狗。她就餐時不安分地東張西望。她說她最喜歡打望這個城市的俊男靚女，倘在大街上見了一個帥哥，她會用大大的眼睛盯著他看，直到看得人抬不起頭。「看！進來一個美女。」她突然輕聲提示我，我只掃了一眼，回到她二十三歲的眼神上，有種無邪的光，像是兒童驚奇地看陌生的世界。我知道自己不是她標準裡的俊男，只好說：「你也很靚的啊」。她卻只不顧，一邊到處搜尋，一邊用手摸小狗的頭。

炸雞吃完，她開始和我正兒八經地講故事。學的政法，去年畢業就到這裡的一家企業裡當會計，但最想做的是電視編導工作，因為在江城的電視台實習過。「很美」，她沉浸在幸福的回憶裡。那為什麼又不待在家鄉呢？那是因為拿不到編制，地位收入都不一樣。在這一點上，她又是一個較為傳統的女孩子，但她的穿著打扮又很新潮。我看著她的玉米燙頭髮說她的髮型最近蠻流行，和照片上的不一樣。她說那是去年的髮型了，五一後要去把頭拉直，老一個樣子沒意思。

我都很難弄懂她撇家的溫暖來到異鄉是基於怎麼的打算，薪水要求不高，只是免費地住一室一廳，自由自在而已，而這是很容易達到的啊。

我開始喜歡上她了，她雖然有些特立獨行，但特別得讓人不忍放過和她做朋友。她適時地問我：她是不是像一個學生，同事都說她沒長醒。同事們當然是這個說法，因為最小的都三十好幾了啊，我想。

在一個長假裡，她要回江城去度假，一來探望父母。返鄉前幾天，她說行李太重，自己對山城又不太熟，到火車站不太方便。我疑心她在心裡想我送她上火車，但我又有任務，不好請假。她在那邊頓了一下，說可以找同事送的。想了良久，在她離開的前一天，我才打電話告訴她我已請了明天半天假要送她，晚上不知可不可以答謝我。她的聲音顯得特冷，說晚上還有安排，明天再說吧。我立馬有一種深深的失落。第二天，我意料中的事發生了，我在大街上徘徊了大半天，一直都沒有電話來，捱到中午，我知道載她的列車已經遠行了。我知道一切已無法彌補。這時候我突然想《圍城》裡方鴻漸和唐曉芙的訣別來，我發覺自己真像是小方，愣頭愣腦的，錯失了難得的好時機。

　　此後的時間裡，她再也不和我聯繫了，是我傷之太深了嗎？我只能在自己身上找原因。每當我一人獨坐時，我就會拿出她的照片，細細的看，像是在鑑賞一件稀世之寶。

　　就這樣一個美的女子，強烈地搜尋這座霧色極重城市的美，在平淡的生活裡，她壓制不住跳舞的衝動；她又是那麼平常得和所有上班族一樣，為了生計而奔波不止。我知道她骨子裡要汽車要洋房，「可我不能偷不能搶」，只好在一張吱吱嘎嘎響的床上思想她要的生活和我們倆在一起的生活。而這樣做是很痛苦的，也是不可避免的。

2001 年 5 月 6 日

我們熱愛校花兒的九大理由

　　她在我們身邊生活時，我們仰慕著她；她嫋嫋娜娜地成為我們深重記憶之一分子時，我們對著相冊說「青春不會變」。今天，我們對著鏡子歷數熱愛校花的理由時，就像數著自己手板心上奔突的線條，雙眼迷亂……

1. 我們熱愛校花兒，是她給了我們與她擦肩而過的物質基礎，「這一刻，我的心飛了起來」，把自己想像成一匹白色的駿馬，而她是戴著遮陽帽的莊園少女。翻開字典，查到「緣」目，加上一條新的注解。

2. 我們熱愛校花兒，是她身上芬芳的氣味，快樂了校園單調的空氣，這時候到處都是「情侶的味道」。把自己想像成暖色的丘比特氣流，而她是冷氣流維納斯，而夢想是「陽光總在風雨後」。

3. 我們熱愛校花兒，是因為我們太恨學校加給我們的枷鎖，三點一線的生活，按部就班的學習，讓我們立馬想「落荒而逃」。我們把校花想像成燈塔，她給我們待下去的理由，還大面積照亮我們前行的路程。

4. 我們熱愛校花兒，是她給我們樹立了一個參照，「天下熙熙，皆為利來；天下攘攘，皆為『美』往。」我們循著魔鬼身材天使面孔走去，想像多年後的伴侶也許會與之不差毫釐。

5. 我們熱愛校花兒，是她給了我們找一個理由苦練車技，想像「我騎著單車帶你去看夕陽」，更要為著我們「看過很多的山，看過很多地方的水」，想像有一天「坐地日行八萬里，巡天遙看一千河」。

6. 我們熱愛校花兒，是她給了我們生活的道理。我們這麼多孤獨的男生只有一人越過了獨木橋，抵達她的心靈深處，這讓我們多麼早地知道世間的「叢林法則」，知道日後事業之路面臨的荊棘與坎坷。

7. 我們熱愛校花兒，是她給我們上了生動的一課：上帝給了我們平凡的外表時不忘創造一個絕色之人來裝飾這個世界。她和我們同在一片藍天下，所以我們要深刻感恩，與人為善，過馬路時四處張望時要一看再看。

8. 我們熱愛校花兒，是她這個符號已經滲入我們的血液，成為我們青春的一個胎記，上面寫著我們的快樂和憂傷，寫著我們的激情和思考，寫著我們的落寞與幻想。

9. 我們熱愛校花兒，是她讓我們知道什麼是瞬間與永恆。在夕陽西下的那片金色山坡我們不停地唱：她們還在開嗎？她們在哪裡啊？幸運的是我，曾陪她開放……

……

久違的事想起來還是甜的，久違的人還在腦海的第一層。在月光如水的夜晚，在晨曦朦朧的清晨，我們走過鋼筋的森林，走過如碗的花園，想像鮮花開滿村莊，想像校花兒安居城市，想像我們回頭看見滿天的翅膀。

精品購物指南　2003 年 6 月 9 日　第 16 版

女人抽煙

　　女人抽煙的歷史同男人比起來大約難分伯仲，我以小人之心揣度，女人看到自己的男人抽煙，心裡難免生發些好奇之心，於是兀自到廚房或是荒郊野外猛吸一口，結果給嗆得雙淚漣漣，還得迅即摸出水果糖一把塞到櫻桃小口，以除異味，免得給男人吻出怪相來。

　　不過那已是男權社會的一個小插曲罷了。在女性翻身做自己主人的今天，男人倒是抽得少了。據說有錢的都上雪茄吧了，全洋貨，吸一支幾十上百元不等，自然是不能帶上老婆這個附件的，最好帶上情人，讓她免費欣賞面前這個優雅的紳士之秀。有趣的是，今天的女人則是旁若無人地吸起了香煙，多年前的摩爾煙，如今的茶花，或是 MILD SEVEN，煙嘴很白，煙體纖細如楚王所好之細腰。在大街上，在辦公室裡，時有女人優雅地吞雲吐霧。我在某直轄市電台裡看到，十個女人中就有三人抽煙，她們的身分是主持人，是記者；而四十歲以下的男人似乎都在自覺地拒絕「老煙槍」的稱號，最多在應酬時抽一兩支。

　　女人為什麼要抽煙？乍看起來同「男人為何抽煙」一樣難以作答。作為後繼者，女人在這一行動上找到了效仿的對象：男人。在男權社會中，男人總會有更多的壟斷權利，比如嗜煙如命，女人們只好謹慎地要求他們給予她們另一些權利，比如在買煙時捎帶一些糖果、五香瓜子之類回家。——而這樣的善舉（或補償）在一年中總是屈指可數的。——是故，在推崇男女平等的今天，一些女人竟忍不住扛起了「煙槍」，任憑尼古丁穿肺而過。有一句成語正述其果，曰：矯枉過正。

　　女人並非不知道香煙這廝的危害種種，但仍義無反顧地踏著男人們走過的腳印前行。同剛學吸煙的嫩男人一樣，她嘗到了一丁點兒甜頭，比如暫時疏鬆緊繃的神經，啟迪所謂「廣袤思維」，得到了「我行我 COOL」的招牌。某一天她才發現，這些東西多麼微不足道，因為明眸皓齒沒有了，黃牙粒粒顯現；X 光片裡的肺上有了黑點，咳嗽成了家中常客；吻自己的小兒女時頭腦裡得先問自己「刷牙了嗎」，「吃口香糖

了嗎」；而在吻自己的男人時，不吸煙的他則會白眼相向，吸煙的他則會讓自己煙上加煙。在大呼 DIY 的時代裡，女人把男人當做西施，自然有邯鄲學步的意味了。

吾鄉有順口溜說：「男人不喝酒，白在世上走；男人不吃（抽）煙，走路打偏偏」。「打偏偏」的意思是說走路不穩，大有嚴重腎虛之相。好在這樣的「警語」在當代男人中的號召力每況愈下，女人卻把它篡改了扛在肩上。嗚呼，一千多年前的詩人杜牧在脂粉氣的秦淮河邊歎道：

> 煙籠寒水月籠沙，夜泊秦淮近酒家。商女不知亡國恨，隔江猶唱《後庭花》。

這第一個字是指女人手指間轉動的香煙嗎？

2002 年 8 月 27 於重慶半月樓

求婚被拒的十大理由

　　當我老了，需要一個溫腳的伴兒時，我集起全身的勇氣，向她求婚。在昨天晚上的床上，我預想了被拒絕的十個理由，以強制性的免疫應付不測風雲。

1. 我的錢夾子和手機背面裡的照片你想不想看，他不是你，也不是我，有興趣認識一下否？
2. 跟一個既沒錢又沒學歷的人在一起真是浪費老娘的時間。
3. 跟一個只有錢沒有學歷的人在一起真是一種恥辱，你摸著良心說說看，是不是錢上的每個毛孔都滴著包身工的血。
4. 跟一個沒有錢只有學歷的人在一起真是一種空談，務虛的時代一去不復返了。
5. 如果你是劉德華，我會說一個字「OK」，但你不是，所以我說「NO」；如果我是張曼玉，我或許會給一個笑容，但我不是，所以我的臉長似老馬。
6. 婚姻是愛情的墳墓嗎？如果是，你為什麼要找死？如果不是，那是愛情的生活化還是生活的愛情化？這種高深的問題想清楚了再找我。
7. 我以前認識你嗎？如果你就衝著我夏日午後在王府井的一個陽光笑臉，我坦白地告訴你，這個笑臉被一萬個人貯存著，問題在於他們沒來，如果不是你有問題難道是我有問題。
8. 你是不是很近視？如果是，你不可能發現我真實的臉，那麼你就會活在一種虛構的想像裡，等到我們最近的距離為 0 釐米時，你就猛扯自己的頭皮，然後抓俺的臉皮；如果不是，你難道沒看清我的小拇指上永遠的小戒指，以及我內心裡閃耀的資訊？
9. 二十年前，我媽放棄了做淑女的尊嚴，大膽地向老爸說了三個字，這樣的後果之一就是我。二十年後，我希望我的兒女也這自豪地向面前的男人這般敘述。

10. 今天的新聞就是明天的歷史，我想在回望時要有精彩的華章，為了這，你能上珠慕朗瑪峰上高聲呼喊我的名字嗎？

下山，下山，愛

　　照李敖的理論，男女戀愛就像登山，由於到山峰的距離是一定的，所以總會有達到顛峰的時候。通俗的說法是高潮總會有，但高潮之後就會走下坡路了，所以男女關係只是「三個月」的問題。

　　但普羅大眾還是只不顧，堅定不移地「上山，上山，愛」，沒有退縮和畏懼，正如我在公車上常見那些狗男女摟得很緊，可能他們誤以為公交車是床。還有一種極端的做法是，認為愛本來是遙不可及的，正如緒西弗斯推著的巨石，總是還沒到顛峰時就腿發顫，頗有陽痿之相，所以一輩子都是這般面如桃花心很糟。

　　從這兩種向度出發，我倒覺得愛不要從上山始，應該從下山起。正如我們眼光向下一樣，不要只盯著張曼玉林青霞，只需看看鄰家小妹的長相和德性就可以了。這種認識顯然有高屋建瓴的意味，也暗合了中國老莊哲學裡的「知足常樂」。這是從我們愛的對象出發所作的認識，而從愛的實質內容來說，不要預設高潮才是對的，有道是「天天見到的事物實則是一種乏味產品」，而在夜晚偶見的星星才是我們內心的高潮點。

　　下山時我們會聽到風聲，看到狗尾草的微笑，循著腳印的山路滑行，體驗飛起來的感覺，背後沒有巨石推進，也沒有纖繩前拉，這種時候我們體驗到作為一個凡人的尊嚴與驕傲，當一些人鼓吹「無限風光在險峰」時，他們也許不知道，那些蒼天白雲並不比山間的雲朵美麗，那種「君臨天下」心態無疑是揠苗助長，所以我們堅決地眼光向下，心態向下，為一棵嫩綠的青草歌唱，為看清同伴身上一個個優點而欣喜不已。

　　我們「下山愛」的另一個理由是，在山下，有流淌的河流等著我們，像魚兒一樣游泳的欲望勾引著我們，洗淨平庸生活的可能在眼前閃現⋯⋯

　　下山，下山，愛，從這一刻起，從鬆軟的座椅想起，從閒暇的週末做起，快樂風聲水起……

2004 年 6 月 3 至 4 日

走了那麼遠　尋找一雙眼

我們一來到人世間，就有一根肋骨在另一個人身上。從這個意義上說，我們一生都在行走，穿行在尋找另一個自己的路上。

多年前，我談到了麥穗理論。這個理論是說，我們尋找伴侶的過程，就像是進入了一塊大的麥田，麥穗很多，我們一路進田地時，總在張望，生怕漏掉最大的麥穗。所以我們不斷往前走，最終的結果很可能是，在將到跨出麥田時，我們被迫摘了一個小麥穗。

將我們交際圈子視作麥田也是恰當的，問題在於，我們每個人的麥田是不一樣大的，隨著社會節奏的加快和人情的冷漠，我們越來越陷於自己的小麥田裡。前幾天看電視節目，說「八分鐘約會」時下在北京很流行，參加的男男女女都是事業有成，但交際圈子小，沒有時間談戀愛。這實則是對現代資訊社會溝通便利極大的諷刺。

還是說麥穗。當我們把目光聚集在尋找最大時，實際進入了一種教條主義的形而上學誤區。它更像是比賽犬脖子上的饅頭，總成為向前無效奔跑的理由。所以，我們走了那麼遠，其實是在尋找一雙眼。眼睛的力量在於它是心靈的點睛，在於它提供給我們進入別人心靈的一個通道。所以我們在尋找另一個自己的過程，也是達到目光交集的過程。

行走在大街上，我習慣用我的近視的眼睛觀察這個世界，透過鏡片，我看到越來越多的景，越來越多的人。正如我覺得沒有受污染的笑臉越來越少一樣，我很少能見到澄澈的眼睛了。它在小孩的身上有過，它在老人的身上存在著，而在青年和中年身上漸行漸遠。這讓我對自己的眼睛抱著極大的懷疑：它的不純淨是不是也是在我身上呈現？如果是，那麼我有什麼權利去尋找我命定的那雙眼？如果不是，我還有沒有可能找到那雙心儀的眼？

這顯然是一個 Big Problem。我承認，當年我浪跡天涯時，我的眼睛為聲色犬馬所污染，那種放縱的心情、懷疑的基調都在眼光中顯現出來。確切地說，我和我自己成了兩個人。幾年後，我再度回到校園，逐

漸找回自己，這正如女孩子天天照小鏡子一樣，我每天照見自己的內心，像煉金礦一樣，獲取盡可能高的純度。我看到自己的眼光裡仁慈與友愛在生長，心胸開朗，感恩之情貫穿生活始終。

當我用逐漸清澈的眼神尋找另一雙眼神時，我知道，這正如大海撈針一樣，是可遇不可求的。我固執地認為，現在的家庭中，夫妻和睦的是少數，這是我不斷追問已婚青年男女的一個結果。一個前同事告訴我，現在她每天回到家和老公根本就沒有話說，待一塊兒看看電視而已。這個女人還只有三十一歲，小孩七歲，而漫長的家庭生活還在等著她。劉小楓博士在《沉重的肉身》中評論基斯洛夫斯基的作品時說：純粹的愛情只能是同一個蘋果的兩半重新再合，可是，一個蘋果被切成兩半後，分別被生命的無常拋到無何他鄉，一半遇到（哪怕一模一樣的）另一半的機會已近於零。所以從這個意義上說，我們能尋到電擊的那雙眼真是偶然中的偶然，這近乎奢望，一個明顯的後果就是我在大街上觸目可及的迷惘眼神與閃躲心事。

而在我們尋找途中，還有巨大的風險，因為眼睛也會說謊。它們可能以虛偽的面具出現，如果我們認定心不會說謊，但這要付出或大或小的時間與經濟成本。事實上，因為欺騙眼神而導致同床異夢的例子不是太少，而是太多。

眼神也會成長，所以變化倒是常態。我們從眼神中希望看到永遠，但問題是永遠到底有多遠，在我們有限的生命長度裡，它又佔據了多少刻度呢？但可悲的是，很多人如我一樣，睜大天真的眼，執著地走在路上，為了自己的那根肋骨，殫精竭慮，死而後已。因為人們相信，在自己有生的歷程中，那雙眼會穿透自己的心靈，即便夢想沒有實現，下輩子轉世時它見到自己時仍會百感交集。

2004 年 6 月 12 日下午於定福莊

情詩不斷

戀歌

請允許我在你的掌心裡盡情舞蹈，聖潔的天使。

這秋的蕭瑟，冬的漫長，誰看見我的激情在塵土中飛揚，越過層層疊嶂的山城，抵達濱海之城？

你依然獨白美麗琵琶遮面，漠視我的青春。花前月下，有人吟哦，有人歡愉；有人徬徨，有人落寞。

夜的深邃，在我擊碎你之前，美天使積蓄了太多的火焰。大海之大，可以納百川，大海之藍，浸透我心房，請在我隕落前拉開我的門栓。

寬廣的道路奔突向前，時光的隧道中，你我面對面，一如歷史與現實的對話。在你身後，有多少美好記憶的碎片浮現。

請允許我有充足理由跳舞，沿你掌紋的方向進入你的心臟。

2001 年 1 月 22 日

獻詩——致愛人

如果我能夠
毫不遲疑地舉高雙手觸及蒼穹
摘下星星作你的紐扣
請你給我一個燦爛的笑容

如果我能夠
歷盡滄桑採擷眾城之花
一針一線縫製成絕世的霓裳
請你給我一個經典的姿勢

如果我能夠
把我們的相逢重複一萬次
所有的悲傷因我們破碎
請你為我唱支不老歌曲

如果我能夠⋯⋯
在狂潮襲擊我的血脈之前
請上蒼撫去我心房上積久的塵埃

當你老了

當你老了
枯坐窗前衰蘭垂掛
蔥綠盈天，碧波如鑒
忍觀風箏追趕似水流年

當你老了
最愛的人饋贈的詩歌
淺吟低唱在你寬厚的懷中
永遠的話由誰去說

當你老了
落英繽紛流星般掠過
風捲簾幕，裙裾遠逝
梧桐樹下守望四季

當你老了
鵝卵石閃耀著星光
昔我去時，楊柳依依
一把豎琴深藏於斯
今我來兮，瀟瀟雨歇
靜默的磐石一敗塗地

最後的情詩——給 L.X

這時候我看到彩霞
鑲嵌在藍天白雲之間
牧童唱起不老的情歌
揮動皮鞭啟動回家的快樂空氣

對於空氣來說，你就是風
所有的幸福將你環繞
繞過天涯與海角
繞過相思一棵樹

對於樹來說，你就是枝蔓
住在溫潤的懷抱
一吹一拂都是絕美的油畫
掀開隱密的山山水水

對於水來說，你就是魚兒
一天到晚歡游在草石叢中
路過春夏秋冬
路過歡歌白晝

對於畫來說，你就是夜
田野是你隱忍的睡衣
一呼一吸都是魅力的心跳
迸射字字珠璣的詩歌

對於詩歌來說，你就是村莊
天真的孩子在這兒安居
他們遊戲的樣子讓人心碎
透亮的眼睛照見天上星星

我若是星星，你就是天上彩霞
所有光色將我照耀
在詩歌的村莊陶醉
風舞著樹，晝夜裡放歌

而這時候我看到彩霞
鑲嵌在藍天白雲之間
牧童唱起不老的情歌
揮動皮鞭啟動回家的快樂空氣

2005 年 1 月 18 日廣院絕戀

巴蜀情歌

我的妹子呃
打起你的燈籠哎
照著哥子走巷子羅

在靜幽的山坳深處　曲江之畔
身著補丁的船工拉動纖繩前仆後繼
鳥聲、川江號子、犬吠聲
在你的秀髮之間穿梭如昔
像前夜春雨浸濕後月光下的巷子

哥在石板路上走，妹子
你的秀眼是蒼天上嫦娥姑娘嗎
叭嗒　叭嗒　叭嗒
我的光腳板踏在銀色的石路上
吱嘎　吱嘎　吱嘎
我那窄扁擔閃溜溜像妹子光潔的臂膀

妹子晾好帳子和毯子
盆地迴旋的風中它們富含靈氣
妹子你清唱一首曲子，灌滿一槽豬食
照一照新買的鏡子
別咬破期待久遠的手指

哥在夜路上走啊
天一亮就要進妹子免扣的家門
油燈是我早看清楚了的啊
哥要把賣糖的手給妹吻

妹妹的哥喂
我的花兒為你開
我的夢兒為你待

哥哥不容易來　南來北往苦煞人
只莫把哥變成瘦幹幹一個人
賣糖的擔子是沉又沉
我倆是要把日子過得輕又輕

我的好阿哥啊好阿哥
做完生意就趕緊把家回
當妹的看山看水眼珠兒疼
專等哥哥光腳丫踩進門

纖纖的妹子喂
你把哥子思變了形
看不厭你的頭髮和嘴
忘不掉你的小手和腿

妹子黑夜路一般遠又長
我的腳邊有蛐蛐兒叫
唱著不倦的思鄉曲兒
千家萬戶都隱去了燈光
把天倫之樂盡情地享

妹子　我的肩膀黝黑
嫦娥的裙裾下精亮精亮
扁擔吱嘎作響是我的伴娘
你的心窩是哥的航標

妹子莫把那窗子關上
大自然的水聲、蛙鳴永不消亡
哥正踏著它們的步調
天明兒把紅髮帶給你紮上

妹妹的哥喂
等疼你的筋和骨
柴火照亮你牆上的模樣

我聽到鐘聲咚咚響
昨晚你是我甜美的夢鄉
黎明的更夫幸福地快馬加鞭
駛入我習慣了黑壓壓的心窗

哥的腳步在妹的心坎上
一近接一近地心慌慌
照見我累積的憂傷與熱望

阿妹　阿妹
摸一摸哥兒的手掌
阿哥　阿哥
親一親妹子的臉龐

我們的相思就像紅髮帶鮮亮
我們的幸福就像那黑夜綿長……

語言文學類　PG0500

麻辣人世間
——一個大陸青年的社會觀察筆記

作　　者／ 張家渝
責任編輯／ 林泰宏
圖文排版／ 陳宛鈴
封面設計／ 陳佩蓉

發 行 人／ 宋政坤
法律顧問／ 毛國樑　律師
印製出版／ 秀威資訊科技股份有限公司
　　　　　 114 台北市內湖區瑞光路 76 巷 65 號 1 樓
　　　　　 電話：+886-2-2796-3638　傳真：+886-2-2796-1377
　　　　　 http://www.showwe.com.tw
劃撥帳號／ 19563868　戶名：秀威資訊科技股份有限公司
　　　　　 讀者服務信箱：service@showwe.com.tw
展售門市／ 國家書店（松江門市）
　　　　　 104 台北市中山區松江路 209 號 1 樓
　　　　　 電話：+886-2-2518-0207　傳真：+886-2-2518-0778
網路訂購／ 秀威網路書店：http://www.bodbooks.com.tw
　　　　　 國家網路書店：http://www.govbooks.com.tw
圖書經銷／ 紅螞蟻圖書有限公司
　　　　　 114 台北市內湖區舊宗路二段 121 巷 28、32 號 4 樓
　　　　　 電話：+886-2-2795-3656　傳真：+886-2-2795-4100

2011 年 4 月 BOD 一版
定價：340 元
版權所有　翻印必究
本書如有缺頁、破損或裝訂錯誤，請寄回更換

國家圖書館出版品預行編目

麻辣人世間：一個大陸青年的社會觀察筆記 / 張家渝著.
-- 一版. -- 臺北市：秀威資訊科技, 2011.04
 面； 公分. -- (語言文學類；PG0500)
BOD 版
ISBN 978-986-221-718-4(平裝)

855   100003046

讀者回函卡

感謝您購買本書，為提升服務品質，請填妥以下資料，將讀者回函卡直接寄回或傳真本公司，收到您的寶貴意見後，我們會收藏記錄及檢討，謝謝！如您需要了解本公司最新出版書目、購書優惠或企劃活動，歡迎您上網查詢或下載相關資料：http:// www.showwe.com.tw

您購買的書名：＿＿＿＿＿＿＿＿＿＿＿＿＿＿＿＿＿＿＿＿＿

出生日期：＿＿＿＿＿年＿＿＿＿＿月＿＿＿＿＿日

學歷：□高中 (含) 以下　　□大專　　□研究所 (含) 以上

職業：□製造業　□金融業　□資訊業　□軍警　□傳播業　□自由業
　　　□服務業　□公務員　□教職　　□學生　□家管　　□其它＿＿＿

購書地點：□網路書店　□實體書店　□書展　□郵購　□贈閱　□其他

您從何得知本書的消息？

　□網路書店　□實體書店　□網路搜尋　□電子報　□書訊　□雜誌

　□傳播媒體　□親友推薦　□網站推薦　□部落格　□其他＿＿＿＿＿＿

您對本書的評價：(請填代號　1.非常滿意　2.滿意　3.尚可　4.再改進)

　封面設計＿＿＿　版面編排＿＿＿　內容＿＿＿　文／譯筆＿＿＿　價格＿＿＿

讀完書後您覺得：

　□很有收穫　□有收穫　□收穫不多　□沒收穫

對我們的建議：＿＿＿＿＿＿＿＿＿＿＿＿＿＿＿＿＿＿＿＿＿

＿＿＿＿＿＿＿＿＿＿＿＿＿＿＿＿＿＿＿＿＿＿＿＿＿＿＿＿

＿＿＿＿＿＿＿＿＿＿＿＿＿＿＿＿＿＿＿＿＿＿＿＿＿＿＿＿

＿＿＿＿＿＿＿＿＿＿＿＿＿＿＿＿＿＿＿＿＿＿＿＿＿＿＿＿

11466
台北市內湖區瑞光路 76 巷 65 號 1 樓

秀威資訊科技股份有限公司　　　收

BOD 數位出版事業部

....

（請沿線對折寄回，謝謝！）

姓　　名：＿＿＿＿＿＿＿＿＿＿　年齡：＿＿＿＿　性別：□女　□男

郵遞區號：□□□□□

地　　址：＿＿＿＿＿＿＿＿＿＿＿＿＿＿＿＿＿＿＿＿＿＿＿＿

聯絡電話：(日) ＿＿＿＿＿＿＿＿＿＿　(夜) ＿＿＿＿＿＿＿＿＿

E-mail：＿＿＿＿＿＿＿＿＿＿＿＿＿＿＿＿＿＿＿＿＿＿＿＿